더 뉴 게이트

06. 광신자의 야망

THE NEW

더 뉴 게이트

GATE

06. 광신자의 야망

카자나미 시노기 지음
Illustration 마계의 주민
김진환 옮김

라루나

목차

「THE NEW GATE」세계의 용어에 관해

● **능력치**

LV: 레벨

HP: 히트 포인트

MP: 매직 포인트

STR: 힘

VIT: 체력

DEX: 기술

AGI: 민첩성

INT: 지력

LUC: 운

● **거리·무게**

1세메르 = 1cm

1메르 = 1m

1케메르 = 1km

1구므 = 1g

1케구므 = 1kg

● **화폐**

쥬르(J): 500년 뒤의 게임 세계에서 널리 통용되는 화폐.

제일(G): 게임 시대의 화폐. 쥬르보다 10억 배 이상의 가치가 있다.

쥬르 동화(銅貨) = 100J

쥬르 은화(銀貨) = 쥬르 동화 100닢 = 10,000J

쥬르 금화(金貨) = 쥬르 은화 100닢 = 1,000,000J

쥬르 백금화(白金貨) = 쥬르 금화 100닢 = 100,000,000J

● **주요 종족**

휴먼(인간족): 개체수가 가장 많고 다양한 국가를 이루고 있다.

드래그닐[용인족(龍人族)]: 힘과 생명력이 특히 강하다.

비스트[수인족(獸人族)]: 휴먼에 이어 개체수가 많고 부족마다 특징이 다르다.

로드[마인족(魔人族)]: 전체 능력치가 큰 편차 없이 고르게 높다.

드워프: 손재주가 좋아 무기나 도구 제작이 특기다.

픽시(요정족): 수명이 길고 마법 사용 능력이 뛰어나다. 요정향이라는 독자적인 세계를 구축하고 있다.

엘프: 픽시 다음으로 수명이 길다. 위기 감지 능력이 뛰어나다. 숲에서 살아가는 자가 많다.

슈바이드 에트락
521세. 하이 드래그닐. 게임 시절의 신의 서포트 캐릭터. 용황국 킬몬트의 초대 국왕.

에이라인 슈바우처
25세. 휴먼. 강력한 무기를 보유한 상급 선정자. 잘생긴 얼굴 뒤로 오만한 성격을 감추고 있다.

미리
8세. 비스트. 교회 고아원에서 지내는 소녀. 「점성술사」의 칭호를 가지고 있다.

비지 로레트
524세. 하이 픽시. 육천 멤버 캐시미어의 서포트 캐릭터. 다수의 몬스터를 사육하고 있다.

슈니 라이자

521세. 하이 엘프. 신의 서포트 캐릭터. 500년 동안 신을 기다려왔다.

빌헬름 에이비스

22세. 로드. 마창 『베놈』을 사용하는 모험가. 외모나 말투와는 달리 정의감이 강하다.

티에라 루센트

157세. 엘프. 「잡화점 달의 사당」의 종업원. 강력한 저주에 걸린 흔적으로 머리카락 대부분이 까맣다.

신

본작의 주인공. 21세. 하이 휴먼. 온라인 게임에서 이름을 떨친 최강 플레이어. 데스 게임 클리어 후, 500년 뒤의 게임 세계로 차원 이동되었다.

주요 등장인물

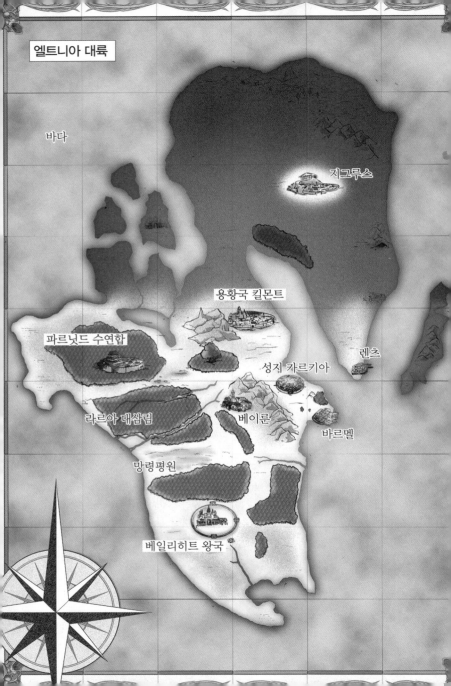

엘트니아 대륙

바다

지그루스

용황국 킬몬트

파르닛드 수연합

렌츠

성지 카르키아

라르아 대삼림

베이룬

바르멜

망령평원

베일리히트 왕국

무너진 일상 | Chapter 1

THE NEW GATE

요새 도시 바르멜에 몰려든 몬스터 대군을 물리치고 승전 파티가 열린 지 며칠이 지났다.

　신 일행은 아직 바르멜에 머무르고 있었다. 『대범람』의 사후 처리를 돕기 위해서였다.

　슈니의 마법 스킬【블루 · 저지】와 신 일행의【회신장(灰燼掌)】으로 잿더미가 된 몬스터도 많았지만 그 외의 사체는 평원에 그대로 흩어져 있었다.

　청소 작업은 승전 파티 전에 시작되었지만 워낙 숫자가 많다 보니 이 정도로 많은 시간이 걸린 것이다.

　"그건 그렇고 굉장하군. 이곳에 널브러져 있던 몬스터 사체는 전부 레드라는 녀석이 해치운 거라면서?"

　"그래. 난 그때 성벽 위에 있었으니까 똑똑히 봤어. 나 말고도 그곳에 있던 모두가 봤지. 검은 파도처럼 밀려오는 몬스터 무리를 혼자서 쓰러뜨린 거야. 정말 굉장했다고."

　신의 귀에 그런 대화가 들려왔다.

　사체 청소를 끝내고 성문으로 향하는 사람 중에서 몇 명이 수수께끼의 인물 『레드』에 관해 이야기하고 있었다.

성내에서도 다양한 소문이 퍼져나갔고 정체에 대한 의견도 분분했다. 그럴듯한 내용부터 말도 안 되는 내용까지 각양각색의 소문이 있었다.

혹자는 하이 휴먼의 부하 중 한 명이라고 주장했다.

혹자는 이 세상에 남은 영웅 중의 한 명이라고 주장했다.

그리고 혹자는 염신(炎神) 이라슬러의 화신이라고 주장했다.

실제로 신의 서포트 캐릭터인 슈나나 슈바이드라면 불가능한 일이 아니었기에 첫 번째 가설인 「하이 휴먼 부하설」이 유력하다고 한다.

그리고 세 번째 가설은 붉은 갑옷 때문에, 신화에 등장하는 염신 이라슬러가 강림한 것처럼 보였다고 한다. 이라슬러는 전쟁의 신 중 하나였고 이 가설을 믿는 사람이 의외로 많았다.

'신이 내려왔다는 건가. 게임 세계에서 이라슬러는 보스 몬스터였는데.'

게임에서 염신 이라슬러가 부여하는 시련은 자신의 현신과 싸우게 하는 것이었다. 그 탓인지 이쪽 세계의 사람들에게도 널리 알려져 있었다.

덧붙이자면 보스 몬스터로 등장할 때의 모습은 거대한 화염검을 든 인간 형태였다. 따라서 레드─ 즉, 신이 사용한 큰 낫과 제법 비슷해 보였는지도 모른다.

"그런데 어째서 레드라는 이름인 거지?"

"빨간색이라서 그런 거 아냐?"

"만약 그렇다면 너무 대충 지은 것 같은데. 가명이라도 조금 더 괜찮은 이름이 있지 않았을까?"

커헉!

신은 적지 않은 충격을 받았다. 그 자리에서 대충 생각해낸 이름이기는 했지만 그렇게 혹평을 받을 줄은 몰랐던 것이다.

'레드, 이상해?'

머리 위의 유즈하가 물었다.

'이상한 것 같지는 않은데 말이지.'

이상하지는 않았다. 너무 대충 지었다는 것에는 반론할 수 없지만 말이다.

덧붙이자면 레드도 파티에 초대하자는 이야기가 있었는데 연락할 방법을 아는 사람은 아무도 없었다. 슈니에게도 문의가 왔지만 현재 어디에 있는지는 모른다고 대답해두었다.

신은 매일 함께 작업하며 친해진 중년 모험가 랄 라트와 잡담을 나누고 있었다.

"그건 그렇고 전투보다도 사후 처리가 더 힘들 줄은 몰랐어."

"아니, 그건 사치스러운 생각이야. 그렇게나 큰 전투에서 사망자가 안 나온 게 어디냐고. 더 이상 바라면 벌 받아."

"그야 그렇지만 말이지. 이렇게나 많으면 맥이 빠질 수밖에 없잖아. 그런데 아저씨는 전투에 거의 참여하지 않았지? 어떤 모험가는 뭘 위해서 대기한 건지 모르겠다고 말하더라고."

"이런, 들킨 건가. 핫핫핫!"

처음에는 신도 존댓말을 썼지만 본인이 불편하다고 했기에 편한 말투로 이야기하고 있었다.

랄은 모험가 랭크가 B였기에 「선정자」라는 말을 모른다. 전방에서 싸운 사람들을 상급 모험가로만 생각하는 것 같았다.

신이 방금 언급한 것처럼 유격대로 편성된 모험가들은 활약할 기회가 거의 없었다.

기사단처럼 연계해서 싸우는 것이 불가능했기에 몬스터 무리를 향해 무작정 돌격할 수는 없었던 것이다.

게다가 그들은 슈니와 가일의 마법으로 일망타진되는 몬스터들을 눈앞에서 볼 수 있는 장소에 배치되어 있었다.

앞으로 돌격한다 해도 마법에 휩쓸릴 뿐이었다. 일단 마법사들을 호위하는 역할을 맡기는 했지만 결국 싸움다운 싸움은 하지 못했다.

"그런데 슈니 라이자는 정말 대단하더군. 우리 같은 사람은 죽었다 깨어나도 흉내도 못 낼 거야."

"일반인의 눈에는 괴물로 보이겠지. 마음만 먹으면 나라 하나를 사라지게 만들 수도 있으니까 말이야. 아저씨도 무서워진 거야?"

"그야 당연히 적으로 상대하고 싶지는 않지. 하지만 저런 미인에게라면 죽어도 여한이 없을 것 같기는 하거든!"

"⋯⋯뭐, 나도 이해 못 하는 건 아니야."

"그렇지? 예전에는 여신이니 성녀니 치켜세우는 녀석들이
한심하다고 생각했는데⋯⋯ 실물을 보니 그럴 만하더라고.
젊은 녀석들은 아주 넋이 나가더라니까. 나도 그 대규모 마법
을 봤을 때는 똑같이 넋이 나갔고."

랄은 볼만했다는 듯이 껄껄 웃었다. 기사들도 얼이 빠졌을
정도니, 젊은 모험가들이 그러는 것도 무리는 아니었다.

그리고 신이 모르는 곳에서 슈니의 팬은 점점 늘어나고 있
었다. 만약 우락부락한 남자였다면 두려움의 대상이 되었을
만한 상황이지만 슈니의 경우는 강한 능력마저 매력 포인트
가 되어버린 것이다.

"그리고 강한 것만으로 사람의 가치를 평가할 수는 없어.
이 나이를 먹도록 다양한 녀석들을 봐왔지만 사람은 가진 힘
과 됨됨이에 따라서 영웅도 될 수 있고 악당도 될 수 있는 거
라고. 강하냐 약하냐만으로 사람을 판단해선 안 되지. 그리고
강한 힘을 가졌다고 해서 무조건 좋은 일만 일어나는 건 아니
거든."

나이에 걸맞은 경험이 담겨 있는 것이리라. 랄의 이야기는
흔해빠진 내용이었지만 무시할 수 없는 무게감이 있었다.

"그런 질문을 하는 걸 보면 지인 중에 비슷한 녀석이 있나
보지?"

"뭐, 대충 그래."

"그렇군. 그렇다면 너무 두려워하지는 마. 나는 그것 때문에 한 번 실수했던 적이 있으니까 말이야."

랄은 평소의 활기찬 모습과는 다르게 살짝 어두워 보이는 표정이었다.

"명심해둘게."

"그래. 자, 이제 성문에 거의 다 왔군."

두 사람은 몬스터 사체를 실은 수레를 성문 옆에 세워두고 보수를 받기 위해 길드로 향했다.

길드에서는 사후 작업을 원활하게 진행하기 위해 모험가들에게 의뢰 형식으로 일을 맡기고 있었다.

보수를 받아 든 신은 동료들과 약속이 있다는 랄과 헤어진 뒤 주위를 잠깐 둘러보았다.

슈니와 티에라는 다른 작업장을 담당하고 있었는데 끝나는 시간은 신과 비슷했기에 이곳에서 합류하기로 되어 있었다.

시간을 죽이기 위해 길드 내에 있는 술집 구석에서 과일 주스를 마시던 신에게 길드의 접수처 여직원인 엘리자가 말을 걸어왔다.

"실례하겠습니다. 신 님, 지금부터 잠깐 시간을 뺏어도 되겠습니까?"

"네? 으음, 일행이 올 때까지 기다리는 동안이라면 괜찮아요. 유즈하도 함께 가도 될까요?"

"네. 난폭하지 않다는 건 이미 잘 아니까요."

『범람』이 종식된 바르멜은 평상시와 다를 것 없는 상태였다. 신은 어째서 자신을 부르는지 짐작이 가지 않았다.

"무리한 부탁을 해서 죄송합니다. 일행분이 도착하시는 대로 저희 직원에게 전달하라고 해두겠습니다."

신은 엘리자가 안내하는 대로 따라갔다.

모험가들의 주목을 받기는 했지만 이미 익숙해진 일이었다. 선정자로 최전선에서 전투에 참가한 신의 이름은 일부 모험가들에게 조금씩 알려지고 있었다.

두 사람이 도착한 곳은 길드 마스터의 방이었다. 안에 들어가자 길드 마스터인 바렌과 베일리히트 왕국의 공주 리온이 기다리고 있었다.

"갑자기 불러내서 미안하네. 자네에게 지명 의뢰가 들어왔는데 남들 앞에서 이야기할 수는 없는 일이라 말일세."

신은 그 옆에 리온이 앉아 있는 것을 보고 의뢰 내용을 대충 예상할 수 있었다.

"……혹시 리온 님의 호위 임무인가요?"

"아아, 그렇다네. 그러고 보니 자네는 리온 님과 친하다지. 의뢰 내용은 리온 님을 베일리히트까지 호위하는 일일세."

승전 파티가 끝난 뒤로는 마주칠 기회도 없었고 『범람』이 끝난 지 제법 되었으므로 신은 그녀가 이미 바르멜을 떠났을 거라고 생각하고 있었다. 하지만 그 예측은 빗나갔다.

"신에게는 카르키아로 전송되었을 때부터 많은 도움을 받았으니까 말이지. 보수도 두둑이 준비하겠다."

이참에 지난번 일의 보답까지 함께 하려는 것 같았다.

현재로서는 리온이 신에게 줄 수 있는 것이 거의 없었기 때문이다.

"아…… 죄송합니다. 이 의뢰는 맡기 힘들겠네요."

"왕족의 의뢰를 거절하겠다는 건가?"

"길드 규정을 보면 지명 의뢰를 받아들일지에 대한 판단은 모험가에게 달려 있다고 되어 있을 텐데요?"

길드에는 의뢰를 특정 모험가에게 맡기기 위한 지명 제도가 존재했다.

그리고 모험가에게는 그 승낙 여부를 판단할 수 있는 권리가 있었다. 물론 거절한다고 해서 길드에서 불이익을 받는 일은 없었다.

예전에는 지명 의뢰가 반강제로 이루어졌다고 한다. 그 때문에 이것을 악용해 특정 모험가를 함정에 빠뜨리는 사건이 발생했다. 돈으로 고용한 자객을 의뢰 장소에 매복시켜 몬스터의 습격으로 꾸며 살해한 것이다.

하지만 자객을 물리친 모험가가 길드에 보고하면서 사건이 만천하에 드러났다.

조사 결과 과거에도 비슷한 사건이 있었다는 것이 밝혀졌고 그 이후로는 지명 의뢰를 거부할 수도 있게 되었다.

다만 귀족이나 대상인의 의뢰처럼 모험가 개인이 거절하기 힘든 경우는 길드가 중재하게 되어 있었다.

"안 되는 건가?"

"죄송하지만 저에게도 해야 할 일이 있어서 말이죠."

"아무리 해도 안 되는 건가?"

"그렇게 불쌍해 보이는 눈빛과 포즈는 어디서 배운 건가 요……."

신은 그녀의 평소 캐릭터와 어울리지 않는다고 생각하며 한숨을 쉬었다.

그러자 바렌이 끼어들었다.

"거절할 수 있는 것은 사실이지만, 그래도 괜찮겠나? 왕족 의 지명은 보통 고위 모험가만 받을 수 있다네."

"괜찮습니다. 오히려 섣불리 가깝게 지내다가 주위의 시샘 을 받는 게 더 무서워요. 그리고 우리는 이제부터 킬몬트로 가야 합니다. 방향이 정반대잖아요. 이미 준비도 거의 끝나가 거든요."

"으으음, 신을 꼭 아버님께 보여드리고 싶었다만."

"안 만날 거거든요? 만나자마자 자기 나라를 섬기라고 할 까 봐 안 만날 거거든요?"

"흐음."

"토라져도 안 되는 건 안 됩니다."

신은 베일리히트의 상층부에 상급 선정자로 알려져 있지만 그들 모두가 신을 환영해줄 리는 만무했다.

　리온은 왕족이었고 그 밑에는 귀족들이 있다. 특권 계급에 속한 인간은 이따금씩 국가의 안위보다 자신의 이익을 위해 움직이는 법이다.

　……물론 그것은 신의 상상에 불과했지만 빨리 용황국 킬몬트에 가서 슈바이드와 합류한 뒤 성지 카르키아를 조사해보고 싶은 것도 사실이었다.

　게다가 신이 호위를 거절한다 해도 베일리히트에서 사람을 보내주거나 다른 모험가에게 의뢰가 돌아갈 것이다. 아무래도 일국의 공주를 혼자 보낼 리는 없었다.

　게다가 사실 리온에게는 호위가 전혀 필요하지 않았다.

　"뭐랄까…… 사이가 좋은 것 같군."

　"나와 신의 사이니까 말이지!"

　"이래서 주위의 시선이 무섭다니까요……."

　바렌이 쓴웃음을 지으며 말하자 신은 힘없이 대답하며 시선을 피했다.

　"유감이지만 어쩔 수 없군. 억지로 강요할 생각은 없으니까 말이지. 하지만 다음에 베일리히트에 오면 나를 찾아와 다오."

　"……노력해보죠."

　리온의 태도를 보면 그녀 역시도 처음부터 큰 기대는 하지 않았던 모양이다.

신의 입장에서는 끈질기게 매달리지 않아 다행이었다. 리온에게 상처를 주고 싶지는 않았지만 그에게는 우선하는 목적이 있었던 것이다.

"용건은 이걸로 끝이네. 시간을 뺏어서 미안하군."

"아니요. 저도 마침 시간이 남았던 참이었거든요. 그러면 실례하겠습니다."

신은 구석에서 대기하던 엘리자와 함께 길드 마스터의 방을 나와 홀로 돌아왔다.

신이 홀에 도착하자 술집 한구석에 사람들이 몰려들어 있었다.

"……또 시작인가."

물론 몰려든 사람들의 한가운데에는 변장한 슈니…… 유키와 티에라가 있었다. 신은 기척으로 알 수 있었다.

매번 있는 일이었기에 신은 별로 당황하지도 않았다. 이렇게 많은 사람들이 몰려드는 이유는 엘리자에게 이미 들은 뒤였다.

당연한 일이지만 모험자 대부분은 남성이었다.

여성도 간혹 있기는 하지만 슈니처럼 미인에 몸매도 좋고 실력까지 뛰어난 경우는 흔치 않았다.

있다 해도 여성들끼리만 행동하거나 귀족들에게 채용되는 경우가 많아서 일반 모험가들이 가까이 다가설 기회는 없다고 한다.

그래서 주로 둘이 함께 다니는 슈니와 티에라를 파티에 영입하려는 모험가나, 자신의 저택에 초빙하려는 귀족의 심부름꾼들이 잔뜩 몰려들어 있었던 것이다.

"오늘은 또 유난히 엄청나군."

"두 분은 이미 바르멜에서 이름과 용모가 널리 알려졌으니까요. 어쩔 수 없는 일이죠."

"그래서 동료인 나에게 살기와 질투가 집중되는 건가요?"

"……어쩔 수 없는 일이죠."

이건 엘리자도 좋게 포장할 수 없었던 모양이다.

"그쪽에서 사람들이 모이는 걸 막아준다고 했던 것 같은데요."

"네. 직원들에게 대기하고 있으라고 전달해두기는 했는데……."

엘리자는 주변을 돌아보았지만 접수 데스크에도 직원의 모습은 보이지 않았다.

"이상하네요. 접수 데스크에는 최소 한 명은 대기하도록 되어 있는데요."

"……아, 자기 임무를 내팽개치지는 않았던 모양이네요."

신은 한숨을 쉬며 인파를 향해 다가갔다.

남자들투성이라서 알아보기 힘들었지만 가만히 집중해보면 슈니와 티에라 외에도 다른 여성의 기척이 희미하게 느껴졌다.

신을 발견한 남자들에게서 좋지 않은 시선들이 집중되었다. 하지만 신에게는 이미 익숙한 일이었다. 그는 그런 시선을 전부 무시하며 두 사람의 이름을 불렀다.

"이봐, 유키! 티에라! 이제 그만 가자!"

잠시 기다리자 사람들이 양옆으로 갈라졌다. 금발에 붉은 눈이 된 슈니의 뒤를 티에라가 따랐고, 이어서 길드 제복을 입은 여성도 따라 나왔다.

"기다리게 해서 죄송해요."

"아니, 오히려 내가 기다리게 한 건데 뭐. 먼저 도착했는데 잠깐 볼일이 생겨서 말이야. 자세한 이야기는 걸어가면서 할게. 그런데 그분은 누구야?"

남자들은 신을 향해 웃어 보이는 슈니에게 넋을 잃거나 신을 향해 질투의 시선을 보내고 있었다. 신은 그들을 무시하고 두 사람 뒤에서 잔뜩 위축된 여성을 보며 물었다.

"어, 저기, 저, 저는 모험가 길드 바르멜 지부 소소, 소, 소속인 프란이라고 합니다!"

그녀는 잔뜩 긴장한 모습이었다.

상당히 몸집이 작은 여성으로 키는 150세메르 될까 말까 한 정도였다. 보브컷으로 자른 갈색 머리와 동그란 눈이 인상적이었다.

외관상으로는 중학생이나 초등학생으로 보일 정도였다.

"프란, 다른 직원들은 어디 갔나요? 신입 혼자에게 접수 데스크를 맡겨선 안 될 텐데요."

"서, 선배님은 방금 전에 온 상급 모험가분을 상대하고 있어요. 다른 분들도 전부 바빠서 저도 열심히 하기는 했지만……."

"너무 많은 사람들이 몰려드는 바람에 혼자서는 대응하기 힘들었어요."

"……맞아요."

슈니가 거들어주자 프란은 어깨를 축 늘어뜨리며 동의했다.

두 사람에게 몰려드는 모든 남자들을 신입 한 명이 처리하라고 하는 것은 역시 가혹했다. 신이 같은 입장이었다면 저런 집단에게는 가까이 다가가고 싶지도 않았을 것이다.

경험 많은 베테랑 직원이었다면 조금 더 능숙한 일 처리를 보여주었을 테지만 뒤늦게 말해봐야 부질없는 일이었다.

"죄송합니다. 저희의 불찰로 불편함을 겪게 해드렸네요. 사과의 의미로 뭔가 원하시는 게 있다면 말씀해주세요. 가능한 범위라면 들어드리겠습니다."

"저, 정말로 죄송합니다!"

"……으음, 뭐, 괜찮겠지, 유키?"

"네. 이번에는 타이밍이 나빴던 것뿐이고 피해를 입은 것도 아니니까 신경 쓰지 않으셔도 됩니다."

슈니가 고개를 끄덕이며 말했다.

사람들이 몰려드는 것은 늘 있는 일이었기에 반쯤 체념한 것이 사실이었다. 신은 그런 일로 굳이 프란을 탓하고 싶지는 않았다.

"그렇게 말씀해주시니 저희로서도 다행이네요."

엘리자와 프란은 그래도 미안하다는 듯이 고개를 숙였다.

한번 맡은 업무를 제대로 수행하지 못하는 것은 길드의 신용과 직결되는 문제였다. 아무리 슈니와 신이 괜찮다고 말해도 본인들의 마음은 그렇지 않은 모양이었다.

연신 고개를 숙이는 엘리자와 프란에게 다시 한 번 괜찮다고 말한 뒤, 신 일행은 길드를 뒤로했다.

"미안. 내가 바로 합류했다면 그런 일이 벌어지지는 않았을 텐데."

"갑자기 볼일이 생겼다면서? 어디로 불려 갔던 것 같던데."

"맞아요. 무슨 일이었나요?"

대충 눈치챈 것으로 보이는 두 사람에게 신은 지명 의뢰에 대해 이야기했다.

그 말을 들은 슈니는 의미심장한 미소를 지었고 티에라는 납득했다는 표정이었다.

"상식적으로 생각해보면 신을 자기 나라에 영입하고 싶어 하는 게 당연하잖아. 그 사람은 왕족인 데다 신의 정체는 몰라도 능력이 어느 정도인지는 대충 알고 있잖아?"

"대충 말이지. 뭐, 나도 반대되는 입장이었다면 똑같은 생각을 했을 거야. 그 뭐냐, 머리로는 이해가 되는데 내 사고방식하고는 역시 너무 다르다니까."

신은 그렇게 말하면서도 리온만큼은 다른 왕족들과 다를지도 모른다고 마음속으로만 덧붙였다.

그리고 이번 같은 특수한 사태가 아니었다면 이 정도의 호의를 보여주지는 않았을 거라고 말하는 신에게 슈니가 의문을 제기했다.

"정말로 그럴까요?"

"슈니?"

"신의 사고방식과 태도는 이쪽 세계에서 흔히 볼 수 없어요. 플레이어분들이라면 모를까, 평민들에게 왕족이란 하늘위에 사는 사람처럼 보일 수밖에 없죠. 리온 님은 자신을 편하게 대하거나 전투에서 안심하고 등 뒤를 맡길 만한 사람에게 이끌릴 거예요. 신은 두 가지 조건을 전부 충족할 수 있으니까 꼭 이번 일이 아니었더라도 호감을 가졌을 거라는 생각이 드네요."

"뭐, 리온이 아니었다면 '이 무례한 놈!' 하고 혼이 났겠지."

"맞아요. 리온 님은 뭐랄까, 왕족보다는 평민에 가까운 사고방식을 갖고 있는 것 같아요."

"나도 동감이야."

리온의 말에 따르면, 왕족보다는 전사로 교육받은 시간이
더 길다. 따라서 왕족답지 않다는 것도 어떻게 보면 당연한
일인지도 몰랐다.

　　"하지만 난 리온하고 약혼할 생각은 전혀 없어. 포기해주길
바랄 수밖에."

　　"하이 휴먼이라는 정체까지 들킨다면 오히려 더욱 세게 나
올 것 같네요."

　　"지금까지의 행동을 생각해보면 부정할 수 없겠는데."

　　신은 그녀가 우정 때문이라는 명목으로 다짜고짜 찾아올
것 같다고 생각했다. 만약 하이 휴먼을 끌어들일 수만 있다면
국왕도 기꺼이 공주를 내줄 것이다.

　　"어쨌든 지금은 슈바이드와 합류하는 게 먼저야. 리온을 따
라갔다가는 그대로 임금님과 알현시킬 게 뻔해. 바렌 씨에게
는 미안하지만 베일리히트 쪽에 해명하는 건 길드에 맡겨야
겠지."

　　길드에서 일처리를 얼마나 잘 해줄지는 모르지만 신은 일
반인이 아닌 선정자로 알려져 있었다. 그것을 고려하면 길드
에서도 나름대로 신경을 써줄 것이다.

　　리온 본인에게 단호히 이야기한 만큼 더 이상 무리한 요구
를 하지 않을 것이라는 막연한 기대도 있었다.

　　게다가 그에게는 달의 사당의 소개장도 있지 않은가. ……
거기까지 생각이 미쳤을 때 신은 자신이 소개장에 대해 잘 모

른다는 것을 깨달았다.

계속 아이템 박스에 넣어둔 채였고 바르멜에서 꺼내 쓸 때까지는 있는지조차 잊고 있었을 정도였다.

베일리히트에서 처음 효력을 발휘했을 때 여러 이벤트가 발생한 덕분에 무의식중에 꺼내는 것을 기피하고 있었는지도 모른다.

슈니를 만나기 위한 단서이기도 했지만, 그것을 사용하기도 전에 만나버렸다는 점도 한몫했다.

아무리 신이라도 【THE NEW GATE】 내에 존재하는 모든 아이템을 알고 있는 것은 아니었고 그런 아이템도 있구나 하는 정도로 받아들이고 있었다.

일정한 조건하에서만 효과를 발휘하는 아이템이야 플레이어의 능력 여하에 따라 얼마든지 만들어낼 수 있기 때문이었다.

극단적으로 말하자면 「달의 사당」이라는 강력한 네임 밸류만 아니었어도 그저 빛나는 종이에 불과했다.

"저기, 슈니. 이제 와서 말이지만 그 소개장은 어떻게 해서 만든 거야?"

신이 아는 한 달의 사당 안에 그런 아이템을 만드는 기능은 존재하지 않았다. 그렇다면 슈니의 오리지널 작품이라고 봐야 했다.

"소개장 말인가요? 달의 사당에서 사용하는 생성기에서 나온 종이를 사용했어요. 나머지는 연금술을 응용한 거고요. 발광 효과의 마법 부여로요."

"생성기로 만드는 종이에 그 정도의 내구력이 있던가? 그건 마법 부여에 사용할 만큼 특수한 종이는 아니었을 텐데."

"저도 신이 사라진 뒤에 상당한 시간이 지나고 나서야 발견한 거라서 자세히는……. 분명 게임 시절에는 단순한 종이였지만 품질은 최고급이었으니까 이쪽 세계의 변화에 따라 마력이 깃든 걸 거예요. 물론 부작용은 없다는 걸 이미 확인했고요."

달의 사당에 있는 생성기는 다양한 제작 재료를 생산해내는 홈/길드용 설비였다.

달의 사당에는 종이 외에도 다양한 제작 재료와 금속 같은 아이템을 만들어내는 생성기가 여럿 있었다. 다만 현재 달의 사당에서 사용하는 것은 종이 생성기뿐이었다. 데스 게임 시절, 신이 마지막으로 달의 사당을 나오기 전에 생성기를 놓아둔 방의 문을 잠가두었기 때문이다.

종이 생성기만 사용할 수 있는 것은 그것 하나만 다른 곳에 놓여 있었던 덕분이다.

"한번 확인해볼까."

한시라도 빨리 킬몬트로 가서 슈바이드를 만나야 했지만, 자신의 홈이나 담당 길드 하우스에 대해 자세히 알아두는 것도 중요했다.

"그렇다면 지난번 그 숲이 눈에 띄지 않고 좋을 것 같네요."

"그렇겠네. 가자."

†

이제 곧 해가 질 무렵이었다. 신은 슈니와 티에라, 유즈하와 함께 모습을 감춘 채로 도시를 나와 예전에 공터를 만들어 둔 숲으로 향했다.

달의 사당을 실체화하고 안으로 들어간 뒤에 신은 제일 먼저 생성기를 살펴보기로 했다.

생성기를 모아둔 방 안에는 광석과 식재료, 몬스터에게서 얻을 수 있는 제작 재료 등 종류별로 분류된 생성기가 쭉 놓여 있었다.

겉보기에는 30제곱세메르 정도 크기의 상자에 불과했지만 이쪽 세계에서는 고대급 무기에 필적하는 가치를 지니고 있었다.

쉽게 입수할 수 없는 제작 재료를 시간만 들이면 무한하게 얻을 수 있기 때문이다. 실제로 사용해보면 엄청나다는 말밖에 나오지 않는 물건이었다.

그리고 생성된 아이템은 카드화되어 생성기 내의 아이템 박스에 수납된다.

"이게 뭐야……."

신은 먼저 광석과 제작 재료를 확인했다.

아이템 박스 내의 리스트를 확인하자 대량의 아이템명이 나열되었다. 그 숫자는 100이나 200 정도의 수준이 아니었다.

아이템 종류에 따라 상당한 차이는 있지만 가장 적은 것이 1000개가 넘었고 많은 것은 수십만에 달했다.

게임 시절에 아이템 박스는 한 종류의 아이템을 999개까지만 수납할 수 있었지만 상한선이 달라진 것인지도 몰랐다.

"아이템이 잔뜩, 쿠우."

"확실히 그러네. 오리할콘, 미스릴, 아다만티움 덩어리에 정제된 히히이로카네까지. 바하무트의 이빨과 발톱, 베히모스의 간…… 아니, 계(界)의 물방울이 엄청나게 쌓여 있잖아! 이 정도면 고대급 무기를 무한정 만들 수 있겠어……."

신은 유즈하의 말에 동의하면서 항목을 스크롤해보았다.

게임 시절에는 반년에 하나밖에 생성되지 않아 원망을 샀던 레어 아이템까지 엄청난 숫자를 이루고 있었다.

500년 동안 쌓인 물량임을 감안하면 납득이 갔지만 게임 시절에 열심히 광석을 채굴하던 기억이 허무하게 느껴지는 것은 게이머의 숙명인지도 모른다.

"식재료도 마찬가지네요. 최고급 식재료가 엄청난 숫자로 쌓여 있어요."

식재료 생성기의 리스트를 확인한 슈니도 놀라고 있었다. 100년 정도는 가볍게 버틸 만한 양이었다.

"난생처음 보는 아이템들만 있네. 이게 다 뭐야?"

관련 지식이 부족한 티에라는 아이템의 종류보다도 숫자에 놀란 눈치였다.

신은 일단 일부 아이템을 자신의 아이템 박스로 옮겼다.

자신의 아이템 박스에 들어 있던 것과 생성기에서 만들어진 것이 차이가 있는지 검증하기 위해서였다.

"잠깐 무기를 만들어보고 올게. 너희도 재료가 쓸 만한지 시험해줘."

"알겠습니다. 전 저녁을 준비할게요."

"나도 간단한 포션 정도는 만들 수 있어."

"부탁할게."

신은 티에라에게 연금술 세트를 건네준 뒤에 유즈하와 함께 대장간으로 향했다.

그리고 화로에 불을 피운 뒤 생성기에서 얻은 오리할콘 광석 카드를 꺼냈다.

"응?"

카드를 실체화하려던 신은 그 카드에서 아우라 같은 것이 발산되는 것을 발견했다.

신은 아지랑이처럼 일렁이는 그것을 가만히 바라보았다. 그러자 카메라의 핀트가 맞춰지듯이 카드에서 나오는 아우라가 점차 선명해지기 시작했다.

"마력…… 맞지?"

"반짝반짝~."

마검이 내뿜는 아우라와 비슷하면서 엷은 은색이었다.

비교해보기 위해 신의 아이템 박스에 들어 있던 오리할콘 광석 카드를 꺼내자 이쪽은 옅은 보라색이었다.

하지만 계속 같은 색을 유지하지는 않았고 까맣게 변했다가 옅은 파란색으로 변하기도 했다.

지라트의 장비를 수리할 때나 새도우 일행의 장비를 업그레이드할 때는 발견하지 못한 사실이었다.

"흐음. 모르겠는데. 어쨌든 만들어볼까. 유즈하는 조금 떨어져 있어."

"쿠우!"

신은 사소한 의문점은 일단 제쳐두고 두 장의 카드를 실체화했다.

현재 아우라의 색 외에는 별다른 차이점은 없었다. 광석의 양은 조금 달랐지만 원래 일정하지는 않기 때문에 큰 문제는 아니었다.

신은 화로에 불을 피우고 오리할콘을 정제하기 시작했다. 불순물을 제거한 오리할콘은 아우라가 더욱 짙게 나타났다.

그것을 모루 위에 놓고 망치로 내리쳤다.

동일한 공정을 통해 완성된 검은 두 자루 모두 전설급 중급품이었다. 겉모양도 거의 똑같았고 차이점이라면 역시 검신을 뒤덮은 아우라 정도였다.

하지만 위력을 시험해보자 분명한 차이가 드러났다.

아이템 박스에 있던 재료로 만든 검이 생성기 재료로 만든 검보다 잘 베어졌다.

"쿠우? 똑같은데 다르네?"

"재료가 똑같아도 위력이 이 정도까지 달라질 수 있는 건가. 마력의 색 때문이려나? ……그러고 보니 티에라가 내 마력이 뭔가 이상하다고 했던 적이 있었는데."

신은 처음 만났을 때 여러 종족의 마력이 느껴진다고 했던 말을 떠올렸다.

"신의 마력, 다른 사람하고 다른 거야?"

"글쎄. 아직 내 마력 조작이 완벽하지 않아서 잘 모르겠어."

신은 뭔가 힌트가 될지도 모른다고 생각하며 티에라가 있던 본채로 이동했다.

티에라는 테이블 위에 재료들을 펼쳐놓고 포션을 만들고 있었다. 집중하고 있는 것 같아서 신은 굳이 말을 걸지 않았다. 포션은 몇 분 지나자 완성되었다.

"……휴우."

"끝났어?"

"히익?!"

신은 작업이 끝나는 타이밍에 말을 건넸다.

하지만 티에라는 기척을 전혀 못 느꼈는지 작은 비명을 지르며 화들짝 놀랐다.

"아…… 미안. 놀라게 할 생각은 없었는데."

"기척도 없이 뒤에 서 있으면 어떻게 해! 정말로 놀랐잖아!"

티에라는 가슴 앞에 손을 대며 신을 노려보았다. 놀라는 모습이 부끄러웠는지 뺨이 붉게 상기되어 있었다.

신은 전혀 의도하지 않았지만 무의식중에 기척을 숨기고 있었던 모양이었다.

"정말로 미안. 집중하고 있는 것 같아서 방해하지 않으려고 한 것뿐이었는데……."

"……하아, 조심 좀 해. 하마터면 포션을 떨어뜨릴 뻔했잖아."

신이 고개를 숙이자 티에라도 화가 풀린 것 같았다.

"그건 그렇고 일단 재료별로 포션을 만들어봤어. 난 감정 스킬이 없어서 무슨 차이가 있는지 잘 모르겠는데 한번 봐줄래?"

티에라가 침착함을 되찾으며 신에게 포션을 건네주었다.

겉보기에는 양쪽 모두 똑같았지만 상세 정보를 확인하자 신이 갖고 있던 재료를 사용한 포션의 효과가 더 높았다.

다만 생성기 재료로 만든 포션도 일반 포션보다 2할 정도는 효과가 좋았다. 아무래도 마력이 담긴 재료는 아이템 효과보다 위력을 높여주는 모양이었다.

"그렇구나. 예상은 했지만 역시 굉장하네."

"예상하고 있었다고?"

감정 결과를 들은 티에라가 말하자 신은 그 이유를 물었다.

"그래. 신은 모르는 것 같지만 물건에 마력이 깃든다는 건 소유자의 생명력이나 특성 같은 보이지 않는 힘이 부여된 상태를 말하는 거야. 나도 실제로 본 건 몇 번밖에 안 돼. 그런 힘을 볼 수 있는 건 엘프와 픽시 정도니까 신은 이해하기 힘들겠지."

"호오…… 아, 그러고 보니 물어볼 게 있는데."

"뭔데?"

"아아, 처음 만났을 때 나를 보고 여러 종족의 마력이 어떻다느니 이야기했잖아. 그에 대해 물어보려고."

"어? 음, 저기…… 내가 그런 말을 했던가?"

티에라는 말끝을 흐렸다. 엉뚱한 곳으로 향하는 그녀의 시선에서 대답을 얼버무리려는 의도가 뻔히 보였다.

"……? ……뭐, 말하고 싶지 않으면 억지로 물어볼 생각은 없어. 그러면 슈니에게도 뭔가 특이한 차이점이 있었는지 물어보고 올게. 그 포션은 가져도 돼."

"어?! 자, 잠깐!!"

누구에게나 말하고 싶지 않은 일은 있다. 마력에 대한 것이 궁금하기는 했지만 신은 대충 이유를 예상할 수 있었다. 신은 억지로 캐묻고 싶지는 않아서 일단 슈니에게 가려고 했지만 티에라는 놀란 듯이 신을 붙잡았다.

"왜 그래? 그렇게 당황해서."

"그, 그야…… 더 이상 추궁 안 해? 함께하는 사이에 나는, 저기, 노골적으로 비밀을 감추고 있잖아."

"하지만 말하고 싶지 않은 거잖아. 그야 물론 누군가의 목숨과 관련된 상황 같으면 꼭 알아내려고 하겠지만 말이야. 대충은 예상이 되고 대답을 강요하기는 조금 그래. 지금 네 태도를 보면 뭔가 사정이 있다는 게 절절하게 느껴지거든. 난 함께하고 있다고 해서 무엇이든 이야기해야 한다고 생각하지는 않아. 나도 티에라와 슈니에게 이야기하고 싶지 않은 일들이 제법 있거든."

"그야 그렇지만……."

"이야기해도 되겠다는 생각이 들었을 때 해. 그때는—."

거기까지 말했을 때 신의 배에서 꼬르륵 하는 소리가 울렸다. 그것도 옆에서 분명히 들릴 만큼 큰 소리였다.

"……내, 내가 아직 이야기하지 못한 것도 알려줄…… 게."

꼬르륵 소리 덕분에 진지한 분위기가 날아가버렸지만 신은 일단 하려던 말을 끝까지 해두었다.

"신, 배고파?"

그다음에는 지금까지 가만히 지켜보던 유즈하의 절묘한 한 마디가 이어졌다.

"야! 사람이 진지하게 이야기하고 있는데!"

"신이 「그때는 꼬르륵」이라고 했잖아."

"아니라고오오!! 크윽, 하필 이런 때!"

"……픕."

티에라는 허파에 바람이 든 것처럼 귀까지 새빨개져서 필사적으로 웃음을 참고 있었다.

고개를 숙이고 있어 표정은 보이지 않았지만 적어도 방금 전처럼 심각한 얼굴은 아닌 것 같았다.

분위기가 바뀐 것은 다행이지만 신이 의도한 것은 절대 아니었다.

"미안. 진지하게 이야기하고 있는데……. 하, 하지만, 푸흡."

"이 녀석, 허파에 바람이 제대로 들어갔네! 뭐, 이참에 말해 둘게. 말하기 힘든 일이 있다고 해서 그걸 일일이 신경 쓰지 마. 그리고 내 배에서 소리가 난 건 아무에게도 말하면 안 돼! 절대로! 유즈하도 마찬가지야!"

신은 못을 박아두며 부엌으로 향했다.

티에라는 눈가에 눈물이 맺혀가며 그의 뒷모습을 배웅했다. 하지만 신은 그 눈물이 웃음을 참느라 나온 것이 아니라는 사실을 전혀 모르고 있었다.

목소리로 나오지 못한 「미안해」라는 말은 누구에게도 닿지 못했다.

신이 부엌에 도착하자 이미 몇몇 요리가 완성되어 있었다.

사실 티에라와 이야기하고 있을 때부터 냄새가 풍겨오고 있었다. 이 냄새만 아니었어도 배에서 꼬르륵 소리가 나지는 않았을 것이다.

"쿠우~ 냄새 좋다."

"그래, 좋은 냄새네. 좋은 냄새지……."

"신? 왜 그렇게 표정이 심각하죠? 무슨 일이라도 있었나요?"

"아니야, 아무것도. 응, 아무 일도 없었어. 그보다 먹음직스러워 보이는데 식재료는 어땠어?"

"이렇다 할 문제는 없었어요. 신선도도 양호하고요."

슈니는 부엌칼에 묻은 물방울을 닦아내며 말했다.

아무래도 조리 단계에서 큰 차이점을 느끼지는 못한 모양이었다. 검과 포션의 경우를 생각해보면 맛에서 큰 차이가 드러날 가능성이 높았다.

"나와 티에라가 실험해봤을 때는 내 아이템 박스에 들어 있던 쪽의 성능이 좋았어. 하지만 생성기에서 나온 것들도 일반적인 재료보다는 질이 높은 것 같아."

"그렇군요. 그렇다면 이것도 검증해보죠. 마침 정리도 끝났거든요. 티에라는 뭘 하고 있나요?"

"아, 이제 포션 제작은 끝났으니까 불러올게."

"안 그래도 돼."

신이 티에라를 부르러 가려고 몸을 돌렸을 때 본인이 나타났다.

잠시 마음을 추스릴 시간이 있어서인지 안색은 괜찮아 보였다. 눈이 약간 빨개진 것 같기도 했지만 신은 눈물이 날 만큼 웃겼나 생각했을 뿐이었다.

"왜?"

"아니야, 아무것도. 요리가 다 되었으니까 빨리 먹고 비교해보자."

세 사람은 요리를 테이블에 놓고 각자 자리에 앉았다. 이번에는 유즈하도 인간 형태로 변신해 있었다.

다 함께 「잘 먹겠습니다」라고 외치며 양손을 맞댄 뒤에 시식이 시작되었다.

신이 맨 처음 먹은 것은 생성기 재료로 만든 요리였다.

양배추롤과 포토푀(역주: 쇠고기와 채소 등을 넣은 프랑스식 스튜 요리), 필라프(역주: 곡물을 기름에 볶은 뒤 양념 육수에 넣고 조리한 음식) 등 현실에서도 자주 먹어본 요리들을 차례차례 먹어보았다.

"패밀리 레스토랑에서 먹던 것과는 차원이 다르게 맛있는데."

"스승님이 평소에 해주시던 요리보다 훨씬 맛있어."

"쿠우, 맛있어!"

많이 먹어본 음식이었기에 얼마나 맛있는지를 잘 알 수 있었다. 전에도 싸구려 가게에서 먹었던 것은 아니었지만 분명한 차이가 느껴질 만큼 맛이 좋았다.

하지만 다른 재료로 만든 요리도 먹어봐야 했기에 혼신의 의지로 젓가락을 멈추었다.

"그러면 다음은 이쪽을 먹어볼까."

다음에 신은 아이템 박스에서 꺼낸 재료로 만든 요리를 먹어보았다. 정확한 비교를 위해 메뉴와 조리 과정은 전부 동일했다.

신은 젓가락으로 양배추롤을 둘로 가른 뒤에 입에 넣었다.

"......?!"

그 순간 신과 티에라의 움직임이 딱 멈추었다.

맨 처음 든 생각은 「이것이 정말 양배추롤인가?」 하는 감상이었다.

"뭐야, 이게. 엄청 맛있다는 느낌밖에 안 드는데 뭐가 다른지 정확히 설명을 못 하겠어."

"동감이야. 맛있다는 말 외에 무슨 이야기를 해야 좋을지 모르겠어......"

"쿠우. 맛있어, 맛있어, 맛있어~."

유즈하만 평소와 똑같았다. 싱글벙글 행복하게 웃으며 양쪽 요리를 맛있게 먹고 있었다.

어떻게 보면 그것이야말로 요리에 대한 순수한 반응이라고 할 수 있었다.

신은 슈니와 재회한 날 밤에 아이템 박스에서 꺼낸 재료로 만든 요리를 대접받았지만 그때에는 카드에서 마력이 뿜어져 나오지는 않았다고 기억했다.

일반 식재료와 함께 요리한 탓인지 몰라도 오늘의 양배추 롤만 한 충격은 받지 못했던 것이다.

"어쨌든 내 아이템 박스 안의 아이템은 주의해서 사용해야 겠네. 예전에는 이러지 않았던 것 같은데."

"그래야겠네요. 생성기로 만들어진 아이템도 사용하기는 충분해요. 최근에 아이템 박스에 넣은 물건들에도 뭔가 영향 이 있던가요?"

"아니, 그쪽은 특별히 변화가 없었어. 하지만 시간이 지나 면 바뀔지도 모르니까 몇 가지는 검증용으로 체크해둘게."

아이템 박스 내의 아이템은 상당한 숫자였다. 그 모든 것을 검증하는 일은 불가능했기에 일부만 선별해서 확인할 수밖에 없었다.

식사를 끝낸 신 일행은 생성기가 있는 방 옆에 있는, 전송 장치가 있는 방을 찾았다. 길드 하우스가 어떤 상태인지 조사 하기 위해서였다.

"이렇게 보면 장치가 망가지지는 않은 것 같은데."

"네. 혹시 몰라서 라스터에게도 봐달라고 했는데 문제없다 는 대답을 들었어요."

라스터는 건축가인 육천 멤버 카인의 서포트 캐릭터였다.

달의 사당을 만들 때 카인의 도움을 받았기에 부하인 라스터도 정비를 할 수 있었다.

그런 라스터가 하는 말이니만큼 문제없이 작동할 것이다.

"그러면 일단 선택 화면을 띄워서⋯⋯. 음?"

"왜 그러세요?"

신이 의아하게 중얼거리자 슈니가 다가왔다. 신이 봐달라는 듯이 옆으로 비켜서자 슈니의 눈앞에 이동 장소를 선택하는 화면이 나타났다.

그곳에는 1식부터 6식까지 길드 하우스의 이름이 나열되어 있었다. 하지만 장소를 선택하려고 하면 『삐이익』 하는 전자음이 울렸다.

그것은 사용할 수 없는 아이템을 쓰려고 할 때나 이동 불가능한 장소를 선택했을 때 나는 소리였다.

아무래도 현재 길드 하우스로는 전송이 불가능한 것 같았다.

"어떻게 된 거지?"

"이곳의 장치는 정상이니까 길드 하우스 쪽에 무슨 일이 있는 게 아닐까요?"

"아니, 라슈감까지 선택 불가능하다는 게 신경이 쓰여. 다른 곳은 몰라도 최소한 라슈감에는 정비 능력이 있는 라스터가 있잖아."

"하지만 그렇다면 원인을 알 수가 없네요. 잠시만 기다려주세요. 라스터에게 메시지를 보내볼게요."

"그래, 부탁해. 나도 최대한 조작해볼게."

장치의 단말기로는 전송 장치를 지정하는 것 외에도 많은 일을 할 수 있었다. 신은 일단 장치의 기능이 살아 있는지를 확인해보기로 했다.

"달의 사당 내의 기능에 문제는 없는 건가. 전송 장치에도 이상은 없어. 그렇다면 전송 대상 지역에 원인이 있거나 어쩌면……."

신은 단말기를 조작하면서 하나의 가설을 세웠다.

그것은 전송계 아이템과 스킬, 장치 등은 사용자가 직접 가본 곳이 아니면 사용할 수 없다는 것이다.

처음 이쪽 세계에 왔을 때는 메시지 카드도 목록이 초기화되어 사용할 수 없었다.

예전에 달의 사당이 있던 장소로 전송할 수 있었던 것은 한번 방문한 적이 있기 때문일 것이다.

"이렇게 되면 직접 찾아갈 수밖에 없겠는데."

"신의 가설이 맞는다면 그렇겠네요. 라스터는 이쪽에 와본 적이 있지만 전송 장치를 사용할 수 없으니까요."

이야기를 들은 슈니는 신이 중얼거린 말에 동의했다.

현재로서는 그 방법뿐이었다.

게임 시절에는 슈니를 비롯한 서포트 캐릭터에게 전송 마법이 담긴 결정석을 건네주지 않았기 때문에, 라슈감에 가본

적이 있는 슈니도 전송 포인트를 등록하지 못한 것이다.

"전송을 사용하는 게 당연한 듯이 말하고 있네. 내가 거기에 익숙해진다는 게 무서워져……."

"다들 그렇게 익숙해져가는 거야."

티에라가 씁쓸한 표정으로 말하자 신은 밝게 웃으며 엄지를 세워 보였다.

"그만해. 나도 모르게 납득할 뻔했잖아."

"몸은 정직하다는 건가."

"윽, 부정할 수 없어……."

티에라는 익숙해지지 않으면 자신만 힘들어질 것이라는 생각이 들었다.

신은 그 뒤에도 몇몇 장치와 아이템의 효과를 검증했다. 그러다 자신도 모르게 열중해서 시간이 늦어진 탓에 그대로 달의 사당에서 하룻밤 묵기로 했다.

†

"……휴우."

달이 하늘 높이 뜰 무렵, 신은 혼자 달의 사당 뒤편에 있는 툇마루에 앉아 있었다. 그의 손에는 서포트 캐릭터 지라트와의 싸움으로 부러진 『진월(眞月)』이 쥐어져 있었다.

"흠, 어떻게 해야 하려나. ……음?"

신이 달을 올려다보려고 했을 때 익숙한 기척이 느껴졌다.

　"잠이 안 오는 건가요?"

　"……! 어, 응. 『진월』을 수리하려던 참이었어."

　신은 잠옷 차림의 슈니를 보고 잠시 넋이 나갔지만 간신히 정신을 차리며 대답했다.

　신은 자연스럽게 옆에 앉는 슈니에게 『진월』을 들어 보였다.

　"지라트와 싸울 때 부러졌던 거네요. 아직도 고치지 않은 건가요?"

　"수리해야겠다는 생각은 지금까지 계속 해왔어. 하지만 왠지 무언가가 부족하다는 느낌이 들어서 말이야. 단순히 복원하는 거라면 당장이라도 할 수 있지만 대장장이로서의 감이 그거로는 안 된다고 말하거든……. 뭐, 내 감을 믿어도 되는 건지는 잘 모르겠지만 말이지."

　신은 그렇게 말하며 곤란하다는 듯이 웃었다.

　마침 오늘은 시간이 많이 남아서 대장간에서 여러 가지 방법을 시도해봤지만 결과는 신통치 않았다.

　재료는 전부 갖추어져 있었다. 최고의 대장장이인 신의 기량이 부족할 리도 없었다. 분명 그 외의 무언가가 부족한 것이다.

　"잠깐 쥐보시겠어요?"

　"응? 그래."

신이 『진월』을 건네자 슈니는 그것을 자신의 가슴 앞으로 가져갔다.

어떻게 하는지 신이 지켜보는 가운데, 슈니의 양 손바닥 위에 올려진 『진월』이 천천히 빛나기 시작했다.

"……!"

『진월』은 마치 달빛이 스며든 것처럼 발광하고 있었다. 신이 놀라며 눈을 크게 뜨자 잠시 뒤에 발광이 멈추었다.

실제로는 수십 초에 불과했지만 신에게는 무척 긴 시간처럼 느껴졌다.

"자요."

"어, 어. 저기, 슈니. 방금 그건 대체……."

"『진월』에 저의 마력을 불어넣었어요. 이렇게 하는 게 좋을 것 같아서요. 조금은 신에게 도움이 되면 좋겠네요."

"아니, 오히려 내가 고맙다고 해야지. 이걸로 부족하던 부분이 분명 채워졌을 거야."

신은 『진월』을 바라보며 말했다.

신은 방금 슈니의 행동이 정답이었다는 것을 직감했다.

그리고 동시에 이해했다. 이제 세 가지 남았다고 말이다.

"아직 완전하지는 않지만 어떻게 하면 되는지 알았어. 고마워."

"그렇게 말해주니 기쁘네요."

부드럽게 미소 짓는 슈니는 정말로 아름다웠다.

신은 그녀의 미소를 보며 숨을 멈추었다. 사람을 강하게 끌어당기면서도 섣불리 다가설 수 없게 만드는 신비한 아름다움이 있었다.

"—어, 음, 슈니⋯⋯는 이제 어떻게 할래?"

"할 수만 있다면 같이 달을 보고 싶네요."

"⋯⋯뭐, 그 정도 부탁이야 얼마든지 들어줄 수 있지."

"그러면⋯⋯."

"⋯⋯!"

슈니는 그렇게 말하며 신에게 몸을 기댔다.

어깨에 무게가 느껴지는 것은 슈니가 몸을 밀착한 상태에서 머리를 기댔기 때문일 것이다.

"⋯⋯어, 슈니 씨? 이건⋯⋯."

"잠시만 이러고 있게 해주세요."

"⋯⋯알았어."

신이 대답하자 어깨에 느껴지는 무게가 더욱 무거워졌다.

슈니가 몸 전체를 신에게 기댔기 때문이었다. 처음부터 그렇게 하지 않았던 것은 거절당할지도 모른다고 생각해서일까, 아니면 부끄러워서 그랬을까.

"⋯⋯."

아주 잠시 동안 두 사람은 말없이 달을 올려다보았다.

쏟아지는 달빛이 툇마루에 그림자를 만들어냈다.

겹쳐진 두 그림자는 두 사람이 방으로 돌아올 때까지 서로 떨어지지 않았다.

✝

다음 날 아침, 신 일행은 킬몬트를 향해 출발했다.

바르멜에서 함께 싸운 히비네코 일행에게 인사하느라 일반 상인이나 모험가보다도 약간 늦게 출발하게 되었다. 덕분에 그들의 마차 주위에 다른 사람은 거의 없었다.

티에라는 창밖을 보며 중얼거렸다.

"뭐랄까, 굉장히 천천히 가는 느낌이네."

"아무래도 도시 가까이에서 속도를 낼 수는 없으니까 말이지."

카게로우가 끄는 마차는 일반적인 마차와 다를 바 없는 속도로 달려가고 있었다.

전에 파르닛드에 갈 때 마차의 고속 이동을 체험해본 티에라에게는 상당히 느리게 느껴진 모양이었다.

"원래는 이 정도 속도가 보통인데 말이죠."

"신과 만난 뒤로 내 감각이 정말로 바뀌었나 봐……."

슈니의 말에 티에라는 어깨가 살짝 처졌다.

"어, 그게 풀 죽을 만한 상황이야?"

"그게 보통이라고 생각하면 문제가 있는 거잖아."

널리 보급된 마차로는 불가능한 속도가 당연하게 느껴지는

것은 이상하다고 말하며 티에라는 신에게 어이없다는 시선을
보냈다.

신은 「그렇긴 해~」라고 대답하면서 장식일 뿐인 고삐를 고
쳐 쥐었다.

그들의 목적지는 용황국 『킬몬트』.

슈바이드와 합류하기 위한 신 일행의 여정이 시작되고 있
었다.

"주위에 사람도 없으니까 살짝 속도를 높여도…… 어, 메시
지? 빌헬름이 보냈네?!"

하지만 그런 와중에 메시지 한 통이 신에게 도착했다.

빌헬름이 사소한 일로 메시지를 보낼 리가 없었기에 신은
바로 내용을 확인했다.

"정말이야?!"

"신? 무슨 일인가요?"

신은 슈니의 목소리를 무시하며 재빨리 아이템 카드를 꺼
내 메시지 카드에 첨부했다.

그리고 「써」라는 말만 남기고 즉시 빌헬름에게 발송했다.

"신?"

"무슨 일인데 그래?"

"쿠우?"

당황한 신을 보며 슈니뿐만 아니라 티에라와 유즈하도 말
을 건넸다.

신은 이마를 찡그리며 빌헬름에게 받은 메시지의 내용을
이야기했다.

— 라시아가 칼에 찔렸다는 내용이었다.

✝

맑게 갠 날이었다.

수녀 라시아는 평소와 똑같은 시간에 일어나 기도를 하고
아이들을 깨운 뒤 열심히 교회 일을 하고 있었다.

"그러면 다녀올게요. 뒷일은 부탁할게요."

"네, 맡겨주세요."

관혼상제를 담당하는 일은 교회의 주요 업무 중 하나였다.
오늘은 어떤 인물의 장례식에 관해 협의하기 위해 트리아가
직접 다녀오기로 되어 있었다.

흔히 있는 일이었기에 라시아도 대수롭지 않게 생각하고
있었다.

"그러면 치료하겠습니다. 긴장 푸세요."

"언제나 고마우이."

"신경 쓰지 마세요. 이것도 수녀의 직무니까요."

"그렇게 조그마하던 라시아가 이렇게 훌륭하게 자라다니.
이 정도면 이곳도 걱정할 게 없겠구먼."

"트리아 씨가 많이 고생하셨지만 이제부터는 저도 열심히 노력하려고요."

라시아는 교회 근처에 사는 노파에게 손으로 브이를 그려 보였다.

망령평원에 다녀오면서 레벨이 많이 오른 덕분에 라시아의 치유 능력은 크게 향상되어 있었다. 그래서인지 예전까지 엄두도 못 내던 증상에도 어느 정도 효과가 발휘되었다.

교회의 후계자 문제도 해결되고 라시아는 간신히 평온한 일상으로 돌아온 참이었다.

하지만 —.

"실례해도 되겠지?"

"아, 브루크 신부님."

교회 입구에 나타난 사람은 라시아와 상속을 두고 경쟁한 신부였다.

기름진 얼굴에서 흐르는 땀을 손수건으로 닦으며 보기만 해도 불쾌한 미소를 짓고 있었다.

"부인. 죄송하지만 지금부터 교회 관계자끼리 할 이야기가 있습니다. 자리를 피해주시겠소?"

태도와 말투는 정중했지만 사실상 명령이나 다름없었다.

서민 노파는 교회에 소속된 사제의 말을 거역할 수 있는 신분이 아니기 때문이다.

노파가 교회를 나가고 문이 닫히자 라시아는 바로 본론으로 들어갔다.

"무슨 용건이신가요?"

"뭘 새삼스럽게. 이곳의 상속 문제에 대한 이야기를 하러 온 게 당연하잖나."

브루크는 당연한 일을 묻는다는 듯이 대답했다. 그녀를 노골적으로 무시하는 표정을 보자 라시아는 더욱 불쾌해졌다.

"이곳은 이미 제가 물려받기로 결정되었을 텐데요."

"이런, 이런. 성격 한번 급하군. 교회 본부에서 정식 인증도 받기 전에 이 시설을 상속받은 줄 아는 건가? 잘못된 인식은 고치는 게 좋겠는데."

"으…… 이미 다른 사제님들에게서 문제없을 거라는 확인을 받았어요. 본부와는 거리가 머니까 조금만 더 기다리면 서찰이 이곳에 도착할 거예요."

"그 조금이라는 게 어느 정도지? 내일? 아니면 모레? 명확하게 정해지지도 않은 일을 근거로 그렇게 단정해도 되는 건가?"

불쾌한 목소리가 귀를 휘감으며 라시아의 온몸에 닭살이 돋았다.

대체 왜 이제 와서 찾아온 것일까. 처음에는 뭔가 트집이라도 잡으려는 것인 줄 알았지만 그런 것치고는 지나치게 여유로워 보였다.

"사제님. 설마 그런 말씀을 하시려고 굳이 이곳까지 찾아오신 건가요?"

"설마. 언젠가 내가 맡게 될 교회를 시찰하러 온 거야, 시찰."

"……무슨 말씀을 하시는 건지 잘 모르겠네요. 어째서 그렇게 말씀하시는 거죠?"

브루크는 마치 이곳이 자신의 소유가 되었다고 확신하고 있는 듯했다.

"정말이지, 이렇게 기어오르는 자들이 있으니까 세습제 따위는 폐지해야 하는 거야. 아무것도 모른다니까."

브루크의 말투가 바뀌었다.

"제 질문에 대답해주세요. 제가【정화】를 습득한 지금, 규칙상으로 이곳의 담당자는 제가 될 텐데요."

"이거야 원. 시끄럽게 떠드는 것밖에 할 줄 모르나? 조금은 얌전히 굴면 어때? 본부의 수녀들은 다들 순종적이라고."

"— ."

말이 전혀 통하지 않았다.

라시아가 브루크를 노려보고 있는데 갑자기 교회 문이 열렸다.

"이런, 제가 늦었나 보군요."

"왜 이제야 오는 거야, 에이라인! 네 녀석이랑 합류하지 못한 탓에 여기 오기까지 얼마나 심한 꼴을 당했는지 아느냐?

골렘에게 쫓기기도 하고…….”

“유적에 들어간다는 말을 꺼낸 건 브루크 씨였잖아요. 저에게도 개인적인 용무가 있는 거니까 불평하지 마시죠. 모처럼 {그것}을 시험해볼 수 있어서 기분이 좋은 참이니까요.”

그런 말과 함께 교회에 들어온 사람은 갑옷을 입은 젊은 남자였다.

베일리히트에서는 비교적 흔한 금발 벽안이었고 어깨까지 내려오는 머리카락을 끈으로 묶고 싱긋 미소 짓고 있었다. 얼굴까지 꽤 잘생긴 덕분에 여성들이 꿈에 그리는 동화 속의 기사처럼 보였다.

하지만 브루크와 말을 섞고 있다는 것만으로도 라시아에게는 수상한 인물로밖에 보이지 않았다.

“뭐, 됐어. 무엇을 해야 하는지는 알고 있겠지?”

“네. 밖에 있던 사람들에게 들었습니다. 그래서 데려간다는 게 이 여성분입니까?”

“아냐, 비스트 꼬마다. 분명 이름이 미리라고 했지. 고아원에 있을 거다. 데려와.”

“알겠습니다.”

브루크는 아무 감정도 없이 명령했다.

에이라인이라고 불린 남자도 당연한 일인 것처럼 미리를 찾아가려 하고 있었다.

“잠깐만요! 미리를 어쩌려는 건데요?!”

라시아가 끼어들었지만 에이라인은 고개를 갸웃거릴 뿐이었다.

"브루크 씨. 이 사람 방해되는데요."

"마음대로 해도 돼. 주변은 이미 확보해뒀으니까."

"그러면……."

그것은 순식간에 벌어진 일이었다.

라시아를 향해 돌아선 에이라인의 왼손이 흐릿해지더니 투척용 단검이 날아갔다.

그 속도만 봐도 일반인의 힘이 아니었다. 만약 라시아에게 명중한다면 몸의 어느 부위든 쉽게 관통할 것이다.

"꺄앗!"

"응?"

하지만 라시아 주위에 발생한 투명한 장벽이 단검을 튕겨 냈다. 파직 하고 불꽃 같은 것이 튀면서 거기 놀란 라시아가 엉덩방아를 찧었다.

튕겨나간 단검은 무기질적인 소리를 내며 바닥에 떨어졌다.

"호오, 결계 아이템을 갖고 있는 건가. 그것도 내가 던진 단검을 튕겨낼 정도라니. 직접 만든 건가? 아니면 누군가에게 받은 건가?"

"……!!"

흥미롭다는 듯이 미소 짓는 에이라인을 라시아는 경악하는 표정으로 바라보았다.

방금 전 단검을 던지는 동작이 거의 보이지 않았기 때문이었다.

라시아의 현재 레벨은 151로 일반인치고는 상당히 높은 편이었다. 동체시력도 강화되어 있었다.

에이라인과의 거리가 가까웠기에 공격을 피할 수는 없었을 테지만 공격 자체를 인식하지 못할 줄은 몰랐던 것이다.

신, 빌헬름과 함께 망령평원에서 싸워본 덕분에 그녀는 살기라는 것을 어느 정도는 느낄 수 있게 되었다. 최소한의 적의 내지 살기가 있다면 조금이나마 반응할 수 있었다.

하지만 방금 공격은 차원이 달랐다. 살기는커녕 희미한 적의도 없었다. 마치 호흡하는 듯이 자연스러운 동작으로 투척한 것이다. 사람을 확실하게 죽이는 공격을 아무 거리낌 없이 할 수 있다는 사실이 라시아는 두려웠다.

"대답해주지 않을 거야?"

"거, 거절하겠습니다."

"그건 유감이네. 그렇다면 몸에 직접 물어볼 수밖에…… 없겠지!"

그 말이 끝나는 순간 라시아를 향해 섬광이 번쩍였다. 이번에도 장벽이 순식간에 전개되었다.

하지만 이번에는 단검처럼 튕겨나가지 않았고 회색 대검이 불꽃을 내뿜으며 장벽과 맞서고 있었다.

"생각보다 단단하네. 하지만 연속으로 공격받으면 어떻게 될까?"

에이라인은 장벽을 뚫지 못하는 자신의 대검을 보고 감탄한 듯이 말했다. 그리고 다음 순간 대검이 여러 개의 섬광이 되어 장벽을 내리쳤다.

대검이 부딪칠 때마다 라시아를 둘러싼 장벽이 조금씩 삐걱거렸다.

"에이라인, 지금 여기서 놀고 있을 때가 아닐 텐데."

"아니, 이게 제법 단단하거든요."

"{그것}이 있잖아. 빨리 해."

"어쩔 수 없네요. 몬스터에게는 이미 사용해봤으니까 이번에는 이쪽에 대고 시험해보죠."

에이라인은 대검을 카드화한 뒤 대신 다른 카드를 꺼내 실체화했다.

검신이 2메르 정도 되는 외날의 대검이었다.

검신의 폭은 15세메르 정도였고 수정처럼 투명한 붉은색이었다. 자루 위에는 날개 모양 장식과 함께 주먹 크기의 보석이 박혀 있었다.

다만 그 보석은 검신과는 달리 검고 탁했다.

"제법 아름답지요? 이름이 『익스베인』이라는 것 말고는 모른다는 게 아쉬울 따름입니다."

에이라인이 자랑하듯이 『익스베인』을 들어 보였다.

"겉모양뿐만 아니고 성능도 뛰어나죠. 이렇게요!"

에이라인은 라시아의 시선이 검신에 집중된 것을 보고 만족스럽게 고개를 끄덕거리더니 싱긋 웃으며 검을 내질렀다.

공중에 붉은 잔상을 남기며 칼날이 울었다. 검은 유리 깨지는 소리와 함께 장벽을 관통해 안에 있는 라시아의 뺨을 스치며 정지했다.

"……."

라시아는 얼굴 옆에 들이댄 칼날을 보며 마른침을 꿀꺽 삼켰다.

만약 에이라인이 방향을 옆으로 조금만 틀었다면 자신의 목이 날아갔을 것이 뻔했다. 라시아는 상처에서 나온 피가 뺨을 타고 흐르는 것을 느끼며 몸이 떨리는 것을 필사적으로 억눌렀다.

"방금 전의 질문, 대답해주지 않겠습니까?"

"……."

라시아는 비명을 참는 것만으로도 벅찼기에 도저히 대답할 수 있는 상태가 아니었다.

에이라인의 얼굴은 웃고 있었지만 결코 호의적으로 보이지는 않았다. 마치 나비의 날개를 잡아 뜯으며 즐거워하는 어린아이처럼 잔혹한 미소였다.

"……말할…… 수 없어요. 돌아가…… 주세요."

죽을지도 모른다. 그런 생각이 라시아의 가슴을 가득 채웠다.

에이라인의 눈빛을 본 라시아는 설령 솔직하게 말한다 해도 순순히 보내주지 않으리라는 것을 직감했다. 그래서 정보 따위는 넘겨주지 않겠다고 생각하며 이를 악물었다.

"그건 유감이군요. 뭐, 됐습니다. 제 목적은 따로 있으니까요."

미리와 아이들은 고아원에 있었다. 죽기 전에 어떻게든 위험을 알려야만 했다.

긴급 사태임을 알리는 아이템은 라시아에게서 열 걸음 정도 떨어져 있었다. 라시아는 필사의 각오로 달려가려고 했지만 운은 그녀를 따라주지 않았다.

"시아 언니, 청소 끝났어."

최악의 타이밍에 미리가 교회에 온 것이다. 아무래도 혼자서만 빨리 끝낸 모양이었다. 다른 아이들은 보이지 않았다.

"이야, 아무래도 저 아이가 미리 씨인가 보네요. 표적이 알아서 찾아와 주다니, 평소에 착하게 살기를 잘했네요."

"이것도 신의 인도하심이겠지. 에이라인, 잘 알고 있겠지?"

"네, 확인했습니다. 이 소녀가 틀림없네요."

에이라인과 브루크의 관심은 미리에게 옮겨 가 있었다. 라시아는 그 틈에 오르간 건반에 설치된 아이템을 발동하려고 했다.

하지만 에이라인이 그녀의 움직임에 바로 반응했다.

"뭘 하려는 거죠? 안 되죠, 그런 건."

순식간에 거리를 좁힌 에이라인은 라시아와 오르간 사이를 가로막았다.

"에이라인, 빨리 해라."

"그렇게 재촉하지 마세요. 바로 할 테엣?!"

에이라인은 라시아를 위협하며 미리에게 다가갔다. 하지만 그를 가로막듯이 미리와 에이라인 사이에 또다시 장벽이 전개되었다.

라시아의 것보다 강한 힘을 느낀 에이라인은 장벽을 파괴하기 위해 주저 없이 『익스베인』을 휘둘렀다.

챙 하는 소리와 함께 장벽과 『익스베인』이 격돌했다.

"아니?!"

하지만 라시아 때와는 달리 『익스베인』은 장벽을 뚫어내지 못했다.

에이라인은 눈을 가늘게 뜨며 연속으로 공격했다. 하지만 장벽은 삐걱거리면서도 그것을 전부 견뎌냈다.

"쉬잇!"

"아윽!"

연속 공격 끝에 한층 강한 힘이 담긴 일격이 장벽을 내리쳤다.

밀려드는 『익스베인』의 위력에 미리는 엉덩방아를 찧었지만 장벽에는 희미한 균열이 생겼을 뿐이었다.

"······이거 놀라운데요. 하이 휴먼이 만든 무기의 공격을 견뎌내다니······."

"······?!"

"에이라인!"

"어이쿠, 말실수를 했군요."

에이라인이 중얼거린 말에 라시아는 놀라움을 감추지 못했다. 하이 휴먼이 만든 무기라면 그야말로 신검(神劍)이나 다름없었다.

더욱 놀라운 점은 미리를 둘러싼 장벽의 내구도였다. 신에게서 목걸이를 받았을 때는 귀중한 아이템이겠거니 생각했지만 이 정도로 강력할 줄은 몰랐던 것이다.

"어쩔 수 없겠군요. 부수려면 시간이 걸릴 것 같으니 다른 방법으로 해야겠네요."

"어, 아윽?!"

에이라인은 말이 끝나자마자, 라시아를 지켜주던 장벽을 『익스베인』으로 완전히 소멸시킨 뒤 그녀를 쓰러뜨렸다. 그리고 칼날을 라시아의 목에 정확히 겨누었다.

"시아 언니!!"

"자, 그러면 교섭을 시작하죠. 미리 아가씨, 이 여성분을 죽이고 싶지 않다면 장벽을 만들어낸 아이템을 버리십시오."

"아, 안 돼, 미리!! 그건, 으윽!"

제지하려는 라시아를 에이라인이 붙잡았다. 강한 힘으로

몸을 조이자 라시아는 말을 잇지 못했다.

"시, 시아 언니……."

미리는 어떻게 하면 좋을지 몰라 작은 목소리로 라시아의 이름을 부를 뿐이었다.

"흐음, 그냥 위협만 하는 거라고 생각했나 보군요. 그럼 이렇게 하면 어떨까요?"

망설이는 미리를 다그치기 위해 에이라인은 라시아의 목에 겨누었던『익스베인』을 그녀의 오른쪽 옆구리에 대고 주저 없이 밀어 넣었다.

"아…… 커헉……."

라시아는 순간적으로 무슨 일이 벌어졌는지도 모르다가 잠시 뒤에 피를 토했다.

"시아 언니!!"

미리는 반사적으로 라시아를 향해 달려가려고 했다.

하지만 에이라인을 적으로 인식한 장벽이 자동적으로 발동된 탓에 라시아와 에이라인에게 접근할 수는 없었다.

"자, 빨리 하지 않으면 정말로 죽을지도 모를 텐데요."

"으…… 안…… 에……."

라시아는 격통을 견디면서도 미리를 피신시키려고 했다. 하지만 그녀의 입에서는 희미한 날숨과 힘겨운 신음 소리밖에 나오지 못했다.

"싫어, 싫어! 시아 언니를 살려줘!!"

"그러면 빨리 그 장벽을 만들어낸 아이템을 버리십시오. 당신이 주저할수록 이 여성분이 힘들어집니다……. 이렇게요."

에이라인은 미리에게 상냥하게 말하면서 라시아를 찌른 『익스베인』에 마법 부여를 발동했다.

그러자 라시아를 찌른 검신이 붉게 달아올랐다.

"그…… 아, 아아아아아아아아아아아!!"

몸속을 태우는 엄청난 고통에 라시아가 비명을 질렀다.

절규가 미리의 고막을 뒤흔들었다.

"그만해! 그만해줘……."

"그러면 어떻게 해야 하는지 알겠죠? 아이템을 풀고 바닥에 내려놓으세요."

"……."

미리는 눈물을 흘리면서 말없이 목걸이를 바닥에 놓았다. 손이 목걸이에서 떨어지자 미리를 둘러싼 장벽이 사라졌다.

"정말 성가시게 하는군. 그러면 가자. 따라와라."

브루크는 귀찮다는 듯이 말하며 발걸음을 돌렸다.

"시, 시아 언니를, 시아 언니를 살려줘……."

"이대로 얌전히 굴면 죽이지는 않아. 하지만 말을 안 들으면 어떻게 될지 모른다."

"하지만, 하지만……."

"하여간 이래서 애들은……. 에이라인."

"어쩔 수 없군요."

에이라인의 오른손이 흐릿해지더니 미리가 그 자리에서 소리 없이 쓰러졌다. 급소를 때려 기절시킨 것이다.

"볼일은 끝났다. 가자."

"뒤처리는 어떻게 할까요?"

"수녀는 가만 놔둬. 단, 증거는 남기지 마라."

"분부대로 하겠습니다."

미리를 안아 들고 걸어가기 시작하는 브루크를 보며 에이라인은 어쩔 수 없다는 듯이 어깨를 으쓱거리며 접근 방지 스킬을 발동했다. 그리고 브루크를 따라가기 전에 라시아를 찌른 『익스베인』을 아무렇지 않게 뽑았다.

"……?!"

비명 지를 힘도 남지 않은 라시아는 고통에 몸을 경련할 뿐이었다.

에이라인은 문득 생각났다는 듯이 스테인드글라스를 올려다보았다.

"……그러고 보니 이곳에는 마창을 가진 모험가가 자주 드나든다고 하던데요. 물어보고 싶은 게 있는데, 그 남자가 가진 무기의 등급이 뭔지 알고 계십니까?"

빌헬름을 떠올린 에이라인은 그것을 확인하기 위해 라시아에게 말을 걸었다.

하지만 아무 반응도 없었다. 당연한 일이었다. 에이라인이 입힌 부상 때문에 제대로 대답할 만한 여력은 없었다.

"아, 이런. 미리 물어보는 게 좋았을 걸 그랬네요. 어쩔 수 없죠. 이번에는 인연이 닿지 않았다고 생각하는 수밖에요."

에이라인은 별로 아쉬워하지도 않는 목소리로 말하며 발걸음을 돌렸다.

브루크는 이미 가버렸는지 밖에는 부하들의 모습도 보이지 않았다.

─하지만 다른 누군가가 그를 기다리고 있었다.

"이런, 역시 오늘은 운이 좋군요."

"이봐, 네놈의 검에 묻은 피, 그거 뭐야?"

빌헬름이 감정을 죽인 목소리로 물었다.

『베놈』을 쥔 손에서 삐걱거리는 소리가 났다.

"글쎄요. 수녀님과 잠깐 이야기를 하고 있었는데 일이 조금 꼬여서 말이죠. 그보다도 궁금해서 그러는데 어떻게 여기에 온 겁니까? 접근 금지 스킬이 발동되어 있을 텐데요."

"그 수녀를 어떻게 한 거냐?"

"질문에 대답해주셨으면 하는데요."

"너나 먼저 대답해."

"이런, 이런. 뭐 괜찮겠죠. 먼저 대답해드리자면─ 찔렀습니다. 그리 오래는……!"

에이라인이 대답하는 사이 빌헬름이 먼저 움직였다.

『베놈』이 공중에 붉은 섬광을 그려냈다.

혼신의 일격이었지만 에이라인은 『익스베인』으로 그것을

튕겨냈다. 무기끼리 부딪치면서 격렬하게 불꽃이 튀었다.

"제가 뭐 거슬리는 말이라도 한 겁니까?"

"했지. 그것도 아주 많이!!"

에이라인은 연속으로 찔러오는 창을 때로는 피하고 때로는 튕겨냈다.

상급 선정자인 빌헬름의 움직임에 반응할 뿐만 아니라 어느 정도 예측까지 할 수 있는 모양이었다. 그의 얼굴은 조금도 초조해 보이지 않았다.

"그 창은 보기에 전설급이나 신화급 같네요. 좋군요. 꼭 저의 컬렉션에 추가하고 싶은데요."

"무슨 헛소리를!!"

빌헬름의 공격이 한층 격렬해졌다.

창의 융단폭격이라고 해도 될 만한 연속 찌르기는 빌헬름이 최선을 다해 싸우고 있다는 증거였다. 공격 하나하나에 킹급 스컬페이스마저 산산조각 낼 만한 위력이 담겨 있었다.

하지만 에이라인이 든 『익스베인』 앞에서는 그 힘을 발휘할 수 없었다.

빌헬름이 완력으로 가하는 연속 공격을 받아내면서도 에이라인의 『익스베인』은 조금도 흔들리지 않았다.

그것을 다루는 에이라인의 기량도 틀림없이 뛰어났다.

"소문으로 듣던 대로 실력이 좋군요. 제가 조금 더 빨랐다면 좋았을 텐데요. 『익스베인』을 사용하면 몸이 무거워지는

단점이 있거든요."

"이 개자식이!!"

남 일처럼 말하는 에이라인을 보며 빌헬름은 욕을 했다.

위력이 낮은 연속 공격으로는 결판이 나지 않겠다는 생각이 들자 빌헬름은 일단 『베놈』을 거두었다. 그리고 공격의 위력을 더하기 위해 『베놈』을 쥔 손에 힘을 주었다.

하지만 그 탓에 한순간 움직임이 정지하고 말았다. 그리고 에이라인은 그것을 놓치지 않았다.

"커헉!!"

붉은 섬광을 남기며 뻗어온 공격을 빌헬름은 『베놈』으로 막아냈다.

예상외로 묵직한 일격이었다.

에이라인의 검속(劍速)은 분명 빨랐다. 그것도 빌헬름보다 살짝 빠른 정도였다.

그런데도 공격을 받아낸 팔이 뒤로 밀려나면서 빌헬름은 대미지를 입고 말았다.

빌헬름은 에이라인의 공격을 제대로 받아내지 못하고 뒤로 튕겨나가 건물 외벽에 처박혔다. 그 충격에 폐에서 공기가 밀려나오며 입에서 힘겨운 신음 소리가 새어 나왔다.

『베놈』으로 막은 덕분에 몸이 절단되지는 않았지만 빌헬름은 대미지 탓에 『베놈』을 떨어뜨리고 말았다.

지면에 떨어진 『베놈』은 『익스베인』과 부딪친 곳을 중심으로 금이 가 있었다.

"이런. 모처럼 좋은 물건을 찾아냈나 했더니 망가져버렸군요. 역시 상대가 실력자일 때는 간단하지 않다니까요."

에이라인은 한 번만 더 부딪치면 부러질 것 같은 『베놈』을 보며 낙담한 듯이 중얼거렸다. 미소 짓던 얼굴이 살짝 흐려지며 어쩔 수 없다는 듯 고개를 가로저었다.

빌헬름에 대한 흥미도 이제 사라졌는지, 무너진 벽돌을 제치며 일어선 그를 공격하려는 기색도 없었다.

"크윽."

"아, 당신은 이제 됐습니다. 제가 원했던 건 이미 망가져버렸으니까요."

"교회에서…… 무슨 짓을 한 거냐?"

"제 고용주가 사람을 찾고 있어서요."

"사람을…… 찾고 있다고?"

"네. 그 아이가 이곳에 있는 것 같아서요. 아, 이건 공공연히 말하면 안 되는 건데……. 뭐, 괜찮겠죠. 제 역할은 어디까지나 전투니까요."

에이라인은 빌헬름의 물음에 순순히 대답해주었다.

빌헬름은 에이라인에게서 어딘지 모르게 속세를 초탈한 듯한 느낌을 받았다.

"자, 저도 이제 슬슬 가지 않으면 혼나겠네요. 혹시라도 그 창을 수리하게 되면 가져와주실 수 있겠습니까?"

"어디로 갈 건지…… 가르쳐주기라도 하겠다는 거냐?"

"우리는 이제부터 교회의 본부로 갑니다. 오려면 얼마든지 오십시오. 그때는 망가뜨리지 않고 빼앗아드리죠. 제 이름은 에이라인 슈바우처. 기억해둬도 손해 보지는 않을 겁니다."

그 말과 함께 에이라인의 모습이 사라지기 시작했다.

모습이 완전히 소멸하기 직전에 보인 미소는 지금까지와는 달리 섬뜩하기 그지없었다.

†

"저 개…… 자식이……."

에이라인이 사라진 뒤, 빌헬름은 왼쪽 옆구리를 억누르며 신음했다.

틀림없이 늑골이 몇 개 부러져 있었다. 게다가 몸통 쪽에도 충격이 남아 있었다.

지금까지 많은 싸움을 경험해온 빌헬름조차 놀랄 수밖에 없었다. 단 한 번의 공격을 받았다는 것이 믿어지지 않는 대미지였다.

그것이 에이라인의 스킬 덕분인지 무기의 성능 덕분인지는 판단할 수 없었지만 적어도 그 무기가 보통이 아니라는 것만은 분명했다.

"쳇, 라시아……."

빌헬름은 아픈 몸을 이끌고 교회에 들어갔다.

트리아는 오늘 교회에 없다고 했다. 그렇다면 칼에 찔린 수녀는 라시아일 수밖에 없었다.

"⋯⋯?!"

짙은 피 냄새가 났다. 기도를 드리는 성스러운 교회에서 풍겨 나올 리가 없는 냄새였다.

빌헬름이 바라본 곳에는 엎드린 채 쓰러진 라시아의 모습이 있었다. 흘러나온 피가 라시아를 중심으로 웅덩이를 이루고 있었다.

빌헬름은 몸의 고통도 잊은 채 달려갔다.

"라시아! 이봐, 라시아!! 정신 차려!!"

"⋯⋯비⋯⋯ 으⋯⋯?"

라시아는 의식이 간신히 남아 있었는지 빌헬름의 이름을 힘없이 불렀다.

"빨리 이걸 먹어!"

빌헬름은 아이템 박스에서 카드를 꺼냈다.

즉시 실체화한 5급 포션은 빌헬름이 지금까지 손에 넣은 것 중에서 최고급 약품이었다. 이것을 마시면 이 정도의 상처라도 문제없이 회복할 수 있을 것이라고 빌헬름은 생각했다. 하지만 아니었다.

"제길, 어째서 상처가 아물지 않는 거야!"

포션을 먹였음에도 라시아의 상처는 좀처럼 회복되지 않았다.

빌헬름은 알지 못했다. 포션에는 등급에 따라 회복에 제한이 있다는 사실을 말이다.

빌헬름이 사용한 5급 포션까지는 부상을 입은 사람의 생명력을 활성화해서 회복하는 원리였다. 어디까지나 자기 치유 능력의 연장선상에 있었던 것이다.

만약 손상된 신체를 수복할 수 있는 4급 포션 이상의 약품이었다면 효과가 있었을 것이다.

그러나 그 정도의 포션은 시장에서 거래되지 않는다. 빌헬름이 가진 5급만 해도 가지고 있는 사람이 많지 않았다.

"치잇!!"

포션이 효과가 없다는 것을 알자 빌헬름은 아이템 박스에서 메시지 카드를 꺼냈다. 지금의 그에게는 글자를 쓰는 시간조차 아까웠다.

그는 라시아가 칼에 찔렸다는 내용만 적어서 신에게 발송했다.

이미 라시아에게 남은 시간은 얼마 없었다.

빌헬름이 가진 최고급 회복 수단이 통하지 않는 지금, 할 수 있는 일은 답장이 빨리 오기를 바라는 것과 이미 늦었음을 알면서도 지혈하는 것 정도였다.

"비……일……."

"지금 신에게 연락했어. 조금만 기다려."

라시아는 빌헬름의 말에 대답하지 않았다. 그저 빌헬름이 있다는 것을 인식하고 그의 손을 잡으며 무언가를 말하려고 할 뿐이었다.

"비…… 미안…… 해……."

"뭐가?"

"나…… 지키…… 못했어……. 미……리…… 날…… 지키……려다……."

미안해. 지키지 못해서 미안해.

라시아는 몽롱한 의식 속에서 거듭 사과했다.

그런 그녀를 본 빌헬름은 어금니를 강하게 악물었다.

대검에 묻은 피를 보자마자 자신이 냉정함을 잃었다는 사실을 뒤늦게 자각했기 때문이었다. 흥분한 상태에서 제대로 싸울 수 있을 리가 만무했다.

적어도 에이라인에게 그 정도로 쉽게 패하지는 않았을 것이다.

"……! 왔어!!"

빌헬름의 눈앞에 한 통의 편지 봉투가 나타났다. 그 안에는 「써」라고 적힌 메시지 카드와 여러 장의 아이템 카드가 들어 있었다.

카드의 그림은 전부 똑같았다. 빌헬름은 즉시 그중 한 장을 실체화했다.

그러자 그의 손안에 투명한 황금색 액체가 든 기다란 병이 나타났다.

빌헬름은 액체에 어떤 효과가 있는지 알지 못했지만 지금은 촌각을 다투는 상황이었다. 그는 신을 믿으며 약을 라시아에게 먹였다.

"음…… 아…… ."

약의 효과는 극적이었다.

액체를 마시자마자 라시아의 옆구리에 남은 상처가 순식간에 아물었고 창백하던 피부에도 열기가 돌아왔다. 괴롭게 찡그리던 얼굴도 편안해져 있었다.

찢어진 옷과 바닥에 생겨난 피 웅덩이를 제외하면 바로 직전까지 죽어가고 있었다는 것이 믿어지지 않을 정도였다.

"어……라? 나…… ."

"정신이 들었어?"

회복된 라시아가 눈을 떴다. 아직은 의식이 몽롱한지 멍한 표정으로 주위를 둘러보고 있었다.

"내가 왜 쓰러져…… 앗?! 미리는?! 미리는 어디 있어?!"

라시아는 정신을 차리며 빌헬름을 붙잡았다. 하지만 상처는 회복되었어도 체력은 아직 돌아오지 않은 모양이었다. 팔에 담긴 힘은 지독히 약했다.

"내가 왔을 때는 이미 늦어 있었어."

빌헬름은 다급해하는 라시아에게 간결하게 말했다.

빌헬름은 미리뿐만 아니라 고아원에 있는 아이들의 기척을 전부 기억하고 있었다. 교회와 고아원 어디에도 미리의 기척은 없었다.

"그럴 수가…… 미리…….”

"우는 건 나중에 해. 이야기해봐. 무슨 일이 있었던 거야?"

빌헬름의 노기 섞인 목소리에 라시아는 얼굴을 들었다.

"미리는 죽은 게 아니잖아. 다시 찾아오면 돼! 멍하니 있지 말라고!"

"……미안. 아직 괜찮은 거지?"

"당연하지. 그 녀석들은 본부로 돌아간다고 했으니까 금방 미리를 어떻게 하지는 않을 거야. 신에게도 연락을 해뒀어.”

라시아는 빌헬름의 목소리에 고개를 끄덕이며 눈물을 닦았다.

미리는 납치되었다. 하지만 빌헬름의 말처럼 미리는 아직 살아 있었다.

브루크가 무슨 이유로 미리를 납치했는지는 라시아도 빌헬름도 알지 못했다. 하지만 애초에 이유 따위는 상관없었다.

미리는 그들의 가족이었다.

납치당했다면 당연히 구해야 했다. 거기에 이유 따위는 필요 없었다.

"빌헬름!"

그때 교회 입구에서 목소리가 들렸다.

회복한 라시아를 의자에 앉힌 빌헬름은 그 소리를 듣고 고개를 돌렸다.

"온 건가."

목소리의 주인공은 신이었다. 어깨에는 유즈하가 올라타 있고 그 뒤로 슈니와 티에라도 보였다.

신의 손에는 『베놈』이 쥐어져 있었다.

"편지가 와서 아이템을 보냈지만 라시아는 괜찮— 어, 그 피 웅덩이는 뭐야?"

신은 제단 앞에 생긴 피 웅덩이를 보며 놀랐다.

반경 1메르 정도 되는 그 웅덩이는 신이 편지를 보고 생각했던 출혈량보다 훨씬 많았다.

"칼에 찔렸다길래 난 또 강도라도 만난 줄 알았더니, 대체 무슨 일이야?"

신은 라시아가 무사한지를 확인한 뒤에 빌헬름에게 물었다.

"자세한 이야기는 라시아에게 들어보기 전에는 몰라. 하지만 한 가지는 분명해."

"그게 뭔데?"

"미리가 납치당했다는 것하고, 라시아를 찌른 녀석은 상급 선정자 수준의 능력을 갖고 있다는 거야. 게다가 요상한 무기까지 갖고 있더군."

"『베놈』이 이렇게 된 건 그 무기 탓인 건가."

신은 『베놈』에 금이 간 것을 보며 말했다. 내구도는 3할 이

하로 떨어져 있었다.

"일격이었어."

"일격?"

"그래. 그 녀석의 공격을 한 번 받아낸 것만으로 그렇게 됐다고."

"……그렇군. 만만치 않은 상대인 건가."

신은 빌헬름과 싸운 상대가 사용한 무기가 신화급 내지 고대급일 것이라고 예상했다. 그렇지 않다면 『베놈』에 이 정도의 대미지를 줄 수는 없었다.

"빌, 혹시 금발에 붉은 검을 든 사람하고 싸운 거야?"

신과 빌헬름의 이야기를 듣고 있던 라시아가 물었다.

"그래. 이제 막 회복한 상황이라 힘들겠지만 무슨 일이 있었는지 말해줘."

"응."

라시아는 감정을 억누르며 교회에서 일어난 일을 담담하게 이야기했다.

"그렇군. 그렇다면 분명 미리가 금방 위험해질 일은 없겠어. 그 브루크라는 사제의 목적은 이 교회 자체가 아니라 미리였던 모양이니까."

"그렇겠군. 이유는 아마 미리의 칭호일 테고."

브루크의 목적에 대한 신 일행의 의견은 일치했다.

『점성술사』 칭호의 예지 능력을 노린 것이다.

"……그런데 그 에이라인이라는 녀석은 확실하게 『익스베인』이라고 말한 거야? 그리고 그게 하이 휴먼이 만든 무기라고?"

라시아의 이야기가 끝난 뒤, 신은 미리에 대한 것 외에 신경 쓰이는 부분을 물어보았다.

"확실히 그렇게 말했어요. 신 씨에게 받은 팔찌 아이템이 투명한 막을 만들어냈지만 마치 유리를 깨는 것처럼 쉽게 뚫어버렸어요. 미리가 갖고 있던 아이템은 아주 작은 균열이 가는 정도였지만요."

"……."

라시아의 말을 듣고 신은 말없이 생각에 잠겼다. 신의 예상이 맞는다면 라시아에게 준 아이템으로는 시간 벌기조차 되지 않았을 것이다.

미리에게 건네준 아이템이라도 언젠가는 방어막이 파괴되었을 것이 분명했다.

"무슨 문제라도 있나요?"

"아니, 조금 신경이 쓰였을 뿐이야. 미리는 우리들에게 맡기고 라시아는 쉬도록 해."

무슨 단서라도 있나 싶어 묻는 라시아에게 신은 애매하게 웃으며 얼버무렸다.

신이 하이 휴먼이라는 것을 모르는 라시아에게 말할 수 있는 내용이 아니었기 때문이다.

어깨를 축 늘어뜨리는 라시아에게 빌헬름이 말을 건넸다.

"여기는 우리가 정리할게. 라시아는 꼬마들을 잘 챙겨줘. 트리아에게도 섣부른 짓은 하지 말라고 전해주고."

"······응."

"너무 기죽지 마. 이번에는 상대가 너무 나빴던 것뿐이야. 나도 흥분한 탓에 제대로 당해내지 못한 상대를 네가 어떻게 할 수 있었겠어?"

레벨이 올랐다지만 라시아의 강함은 상급 선정자에게 크게 미치지 못했다. 제대로 싸웠다 해도 방패 역할조차 하지 못했을 것이다.

다만 레벨이 오른 덕분에 대량 출혈에도 견뎌낼 수 있었으므로, 라시아를 단련시킨 것이 완전히 허사는 아니었다.

만약 라시아가 죽었다면 미리의 마음이 망가질 가능성도 있었다.

"미리가 돌아오면 건강한 모습을 보여줘야지."

신 일행도 설득과 격려로 라시아를 겨우 납득시켜서 고아원으로 보냈다.

†

"그래서? 그 자식이 사용한 무기에 대해 뭐 짚이는 거라도 있는 거야?"

피 웅덩이를 치운 뒤에 빌헬름이 먼저 말을 꺼냈다. 방금 전까지의 평소 같은 모습은 온데간데없고 온몸에서 분노의 감정을 발산하고 있었다.

라시아 앞이라 참고 있었던 것이 뒤늦게 폭발한 것이리라.

"진정해, 빌헬름. 짚이는 거라기보다 거의 확신하는 정도 야. 슈니는 어떻게 생각해?"

"이 정도로 정보가 드러난 걸 보면 저도 신의 생각이 맞는 것 같네요."

슈니도 같은 생각을 하고 있었는지 애매한 신의 물음에 동 의했다.

"빨리 말해."

"그래. 두 사람만 납득하면 안 되잖아."

빌헬름은 분명히 말하라고 재촉했다.

동료 중에 자신만 소외되었다는 것이 불만스러웠는지 티에 라도 신을 가볍게 노려보았다.

"미안. 실은 『익스베인』은 내 동료가 갖고 있던 검이야. 정 식 명칭은 【적정검(赤晶劍) 익스베인】이고. 고대급 하급품인 데…… 내가 만든 검이야."

신은 한숨을 쉬며 말했다. 하이 휴먼이 만든 무기라는 말을 라시아가 들었다고 하는 것을 보면 틀림없을 것이다.

『익스베인』을 플레이어에게 판매한 적이 없다는 점도 확신 하는 근거 중 하나였다.

"빌헬름이 고전했던 건 거기 부여된 능력 때문이었을 거야."

신은『익스베인』이 가진 두 가지 능력에 대해 설명했다.

하나는 인간형 종족에 대한 대미지 증가. 또 하나는 칼날 끝부분의 마법 경감 효과였다.

고위 무기치고는 부여된 능력의 숫자가 적었지만 애초에 예비용 검이었고『익스베인』자체의 공격력이 높았기에 무기로 쓰기 충분하다고 판단해 신이 동료에게 주었던 것이다.

"【검은 대장장이】가 만들어낸 검이라. 쳇, 그러니 보통이 아닐 수밖에."

싸우면서 입은 대미지를 떠올렸는지 빌헬름은 분하다는 듯이 얼굴을 찡그렸다.

"그렇구나. 어라? 그러고 보니 신이 만든 무기는 특정한 사람만 쓸 수 있도록 되어 있다고 하지 않았어?"

신이『창월』에 대해 설명하면서 했던 말을 티에라가 그대로 이야기했다. 엄밀히 말하면 약간 달랐지만 전혀 틀린 이야기도 아니었기에 신도 고개를 끄덕거렸다.

"맞아. 그건 내가 검을 건네준 필마라는 녀석만 사용할 수 있어. 만약 그 녀석이 누군가에게 검을 양도했다 해도 교회를 습격할 만한 녀석에게 주었을 것 같지는 않아. 저기, 슈니. 필마의 소식이 끊긴 게 언제라고 했지?"

필마는 신의 서포트 캐릭터 중 한 명이었다.

"천재지변이 일어나고 얼마 뒤부터 연락이 닿지 않았으니까 그럭저럭 450년은 되었네요."

"……그 정도면 보통 찾아보겠다고 생각하지 않아?"

신은 별일 아니라는 듯이 말하는 슈니에게 조금 비난하는 어투로 물었다.

"그게, 저처럼 장수 종족의 상위 종족이 되면, 저기…… 시간 감각이 보통 사람들하고는 달라지는 것 같아서요……. 게다가 필마는 신을 찾는 것보다 제멋대로 살아가는 걸 우선시해서 저와는 자주 연락을 취하지도 않았거든요."

지라트와 슈바이드처럼 책임 있는 자리에 앉아 있는 경우라면 모를까, 제멋대로 살아가는 자들과는 소식을 그리 자주 교환하지 않았던 모양이다.

물론 신의 단서를 찾으면 바로 연락하기로 되어 있기는 했다.

필마는 로드의 상위 종족인 하이 로드였다. 슈니와 똑같이 장수 종족의 상위 종족이었기에 수백 년 동안 연락을 취하지 않는 경우도 충분히 있을 법했다.

"신, 예전에도 잠깐 이야기했지만 스승님 같은 하이 엘프에게 500년 정도는 그리 긴 시간이 아니야. 나도 들은 이야기지만 수백 년 동안 계속 잠들어 있던 하이 엘프도 있다고 할 정도니까."

슈니의 말을 티에라가 거들었다. 엘프 중에서는 상당히 어

린 편이었기에 슈니만큼 시간 개념이 이상해지지는 않은 것
같았다.

"면목이 없네요……."

"아니야. 나도 거기까지 알아채지 못해서 미안해."

수명이 수천 년이라는 점을 생각하면 그렇게 긴 시간으로
느껴지지 않는 것도 이해가 갔다.

물론 특정한 목적이 있는 500년과 생각 없이 보내는 500년
은 의미가 상당히 달랐다.

그러나 기껏 20년 정도밖에 살아보지 못한 신은 그것이 어
떤 느낌인지 도저히 이해할 수 없었다.

"뭐, 그 이야기는 이제 넘어가자. 필마와 마지막으로 연락
이 닿았을 때, 따로 어디에 간다는 말을 하지 않았어?"

"분명 대륙 북쪽에 있다는 식으로 말했던 것 같아요. 꽤나
오래된 일이라 기억이 희미하지만요."

"아니, 오히려 그거라도 기억하고 있는 게 어디야."

신은 자신이었다면 전부 잊어버렸을 거라고 생각했다.

"그건 그렇고 대륙의 북쪽이라. 제대로 된 지도가 없으니까
어느 쪽인지 감도 안 잡히는군."

"지도라면 있어요."

슈니는 그렇게 말하더니 아이템 박스에서 지도를 실체화해
서 장의자 위에 펼쳐놓았다.

대륙의 중심에 바다가 깊이 파고들어 있었다. 그 탓에 마치

두 개의 대륙이 약간의 육지로 이어진 것처럼 보였다.

슈니의 이야기에 따르면 바다로 나뉜 남쪽 대륙을 케른, 북쪽 대륙을 에스트라고 부른다.

현재 신 일행이 있는 베일리히트는 케른의 최남단에 가까웠다.

"우리 대륙의 지도인 건가. 이렇게 정밀한 건 처음 보는데."

"나도 상점에서 파는 지도는 본 적이 있지만 솔직히 형편없었어."

빌헬름은 지도를 보며 놀랐고, 신은 가게에서 팔던 조악한 지도를 떠올렸다.

"너무 정밀한 지도를 팔면 타국의 침략에 이용될 수도 있으니까요. 이건 캐슬을 이용해 하늘에서 관측해 만든 거예요."

"그렇구나. 하늘에서 본 거면 이 정도로 정확할 만하지."

신은 고개를 끄덕였다. 길드 하우스인 캐슬을 사용하는 반칙 기술이 있기에 가능한 방법이었다.

"대륙 북쪽이라면 에스트의 위쪽을 말하는 건가?"

"어쩌면 케른의 북부일 수도 있겠죠. 에스트와 케른을 다른 대륙으로 인식하는 사람들도 존재하니까요. 애초에 필마와 연락이 닿을 무렵에는 에스트와 케른이라는 명칭도 없었고요."

그 명칭이 정착한 것은 400년쯤 전이었다.

지도를 제작한 것은 필마와 연락이 끊긴 이후였기에, 필마가 대륙을 어떻게 인식하고 있었는지는 알 방법이 없었다.

"그래서 왜 네 일행의 검을 그 자식이 갖고 있다는 건데?"

"모르겠어. 하지만 뭐, 그건 갖고 있는 본인이나 그 고용주에게 물어보면 되겠지. 어차피 그 녀석들을 이대로 가만히 내버려둘 수는 없잖아."

이야기를 하는 사이 점점 감정이 고양된 신의 말투가 날카롭게 변했다.

지도를 펼쳐둔 장의자에 신의 손이 닿은 곳에서 파직 하는 소리가 났다. 무의식중에 힘이 들어간 모양이었다.

겉으로는 냉정하게 이야기하고 있었지만 빌헬름처럼 감정을 드러낸 것이 아닐 뿐이지, 속으로는 흥분하고 있었던 것이다.

라시아의 이야기를 들어보면 브루크라는 사제는 미리를 쉽게 죽이지 않을 것이다.

하지만 그렇다고 미리의 안전이 보장되는 것은 아니었다. 미리에게 나쁜 짓을 시키기 위해 고통을 동반한 고문을 할 가능성도 충분했다.

또한 에이라인이라는 이상한 성격의 인물이 필마의 장비를 당당히 사용하고 있다는 점이 신의 성질을 돋웠다.

만약 필마를 죽이고 빼앗았을 경우, 신은 에이라인을 살려둘 자신이 없었다.

"신······."

"진정하세요."

그런 생각이 표정에 드러났던 모양이다. 티에라는 불안해하는 목소리로 신의 왼팔을 붙잡았고, 슈니는 신의 오른손 위로 자신의 손을 얹었다.

유즈하도 불온한 공기를 감지했는지 아무 말 없이 신의 뺨에 얼굴을 비벼댔다.

"열 받은 건 너도 마찬가지인가 보군."

"······그런가 봐."

신은 마음을 진정하기 위해 천천히 심호흡을 했다.

"미안······. 자, 이제부터는 미리를 어떻게 구출할지 구체적인 이야기를 해보자. 빌헬름은 에이라인하고 싸우면서 단서 같은 건 못 들었어?"

신은 두 사람과 유즈하에게 고맙다고 말한 뒤에 빌헬름에게 물었다.

"교회 본부에 간다던데. 『베놈』을 수리하면 가져와달라는 헛소리를 하더라고."

빌헬름은 그때 있었던 일이 떠올랐는지 더욱 불쾌한 심기를 드러냈다.

"결국 굳이 쫓아가지 않아도 교회 본부에 가면 만날 수 있다는 건가."

"······뒤쫓는 건 무리야."

신의 생각을 빌헬름이 부정했다.

"무슨 말이야? 우리들의 이동 속도라면 불가능하지는 않을 것 같은데."

"에이라인 말인데 싸운 뒤에 모습이 사라져버렸어. 그건 모습을 감추는 스킬이 아냐. 확실하지는 않지만…… 아마 【텔레포트】일 거야."

에이라인이 사라지는 모습을 실제로 본 빌헬름은 그것이 마법이나 무예 스킬에 의한 【은폐】가 아님을 직감한 듯했다.

말로 설명하기는 힘들지만 분명히 그렇게 느꼈다고 한다.

"【텔레포트】…… 확실한 거야?"

"단언할 수는 없어. 하지만 모습을 감추기만 하는 것과는 무언가가 달랐어."

빌헬름의 말을 듣고 신이 생각에 잠기자 슈니가 말을 꺼냈다.

"아마 마력의 흐름이 달랐던 거겠죠."

"마력의 흐름?"

처음 듣는 말이었기에 신은 슈니 쪽을 돌아보았다.

"【텔레포트】와 【은폐】는 마력의 흐름이 다르거든요. 빌헬름에게는 【은폐】에 대해 제대로 가르쳐주었으니까 무의식중에 그 차이를 감지한 걸 거예요."

"그런 차이가 있는 건가. 어떤 식으로 느끼는 건데?"

"사람에 따라 각자 다르죠. 그리고 바로 느끼는 사람이 있는가 하면 전혀 느끼지 못하는 사람도 있어요."

게임에는 존재하지 않았던 설정이었다. 아츠와 마찬가지로 이쪽 세계에만 존재하는 요소일 것이다.

"그러면 교회 본부에 직접 갈 수밖에 없는 건가. 그래, 본부라는 곳은 어디에 있지?"

"이 근처예요."

슈니의 가느다란 손가락이 지도에서 가리킨 곳은 에스트의 한가운데였다.

찾아가려면 케른을 횡단해 에스트의 중앙부까지 나아가야만 했다.

"시간이 꽤 걸리겠는데."

"비지에게 연락을 취해둘게요. 드래곤을 빌릴 수 있다면 이동 시간을 줄일 수 있을 거예요."

"그렇겠군. 부탁할게."

비지는 육천의 소환사 겸 조련사인 캐시미어의 서포트 캐릭터였다.

캐슬에서 사육하고 있는 마물은 대부분이 드래곤이라고 들었기에, 만약 빌릴 수만 있다면 시간을 상당히 단축할 수 있었다.

예전에 라스터에게 메시지를 보냈을 때 답장이 오지 않았기에 이참에 그것도 확인한다고 한다.

"작업에 집중하느라 메시지가 온 줄 모르고 있었던 것 아냐?"

"그랬을 수도 있겠네요."

라스터의 성격은 신도 알고 있었기에 대충 예상이 됐다. 한 번 집중하면 다른 것을 보지 못할 때가 많았다.

현실 세계였다면 기계 오타쿠로 불릴 것이다.

"알고는 있었지만…… 이번에도 우리는 상식이 안 통하는 군."

"신경 쓰면 지는 거라고 생각해요."

당연한 이야기지만 드래곤을 타고 간다는 것은 플레이어만 이 할 수 있는 발상이었다. 이쪽 세계의 사람들이 드래곤을 이동 수단으로 생각하는 경우는 거의 없었다.

킬몬트의 비룡 부대 같은 극히 일부의 전사들을 제외하면 드래곤에 타는 것 자체가 어렵기도 했다.

빌헬름도 신이 상식에서 벗어난 존재라는 것을 알고 있었 다.

하지만 이쪽 세계의 사람인 이상 그런 발상이 이상하게 느 껴질 수밖에 없었던 모양이다.

티에라는 이미 체념하는 경지에 이르렀는지, 예전의 자신 을 보는 듯한 눈빛으로 빌헬름을 타일렀다.

"목적지는 정해졌어. 이동 수단이 어떻게 될지는 모르지만 빨리 준비하고 이동하자. 구출하려면 서두를수록 좋을 거야."

"그야 말할 것도 없지."

빌헬름은 미리 구출을 위해 한동안 떠나 있겠다고 라시아에게 말하러 갔다.

그사이 슈니와 티에라가 식료품을 사러 갔고, 신은 망가진 『베놈』을 들고 일단 왕도 밖으로 나왔다.

"빨리 끝내고 가볼까."

신은 왕도에서 그리 떨어지지 않은 평원에 달의 사당을 출현시켰다. 이번에는 달의 사당 전체에 【은폐】 스킬을 걸어두어 들키지 않게 했다.

화로에 금방 불을 피우고 『베놈』의 강화에 필요한 금속을 정제하기 시작했다.

"……자, 어느 쪽으로 변할지 기대되는군."

신은 『베놈』을 보며 불쑥 중얼거렸다.

『베놈』의 강화는 다른 동료들의 무기를 강화할 때처럼 단순하지 않았다. 사용자에게 높은 능력치를 요구하는 『베놈』은 일정한 조건을 충족했을 때 더 강력한 창으로 변화하는 특수한 무기였다.

변화에 필요한 조건은 완전히 판명되지 않았지만 빌헬름이 사용하는 『베놈』은 그 조건을 충족하고 있다는 것을 신은 알 수 있었다.

덧붙이자면 『베놈』에는 성창(聖槍)과 마창(魔槍)의 두 가지 선택지가 있었다. 둘 중 어느 쪽이 될지는 아무도 알 수 없었다.

신은 유즈하를 대장간 구석으로 물러나게 한 뒤에 작업을 시작했다.

신은 정제된 오리할콘과 미스릴 주괴를 모루 옆에 놓은 뒤 『베놈』을 화로에 던져 넣었다.

고대급 무기마저 녹여버리는 화로는 『베놈』을 순식간에 녹여 주괴로 만들어버렸다.

신은 그것을 모루 위에 놓고 망치를 힘껏 내리쳤다.

"—!"

망치를 내리칠 때마다 『베놈』에 남아 있던 마력이 신의 마력에 밀려나 불꽃처럼 피어올랐다.

무기를 재창조할 때는 이런 식으로 무기에 남은 마력을 전부 방출해야만 한다.

얼마나 완벽하게 마력을 제거하고 깨끗한 상태에서 재창조하느냐가 대장장이의 실력이라고 할 수 있었다.

『베놈』이었던 주괴는 일반인이 잘못 만지면 무사하지 못할 만한 마력을 방출하고 있었다. 이 작업은 오래 사용한 무기일수록 더욱 어려웠다.

"흠!"

신이 수십 번 두드렸을 때 주괴에 변화가 발생했다. 주괴에서 붉은빛이 점점 빠지고 백은색의 빛을 띠기 시작한 것이다.

그 색을 본 신은 입가에 미소를 지었다. 백은색은 성창의 상징이었다.

"하하, 이래야지."

신은 작게 웃으며 망치를 내리치는 팔에 더욱 힘을 주었다.

대장간에 쇠 부딪치는 소리가 울려 퍼졌다. 주괴가 더욱 밝게 빛날수록 망치에 전해오는 반동도 강해졌다.

마지막 망치를 휘두를 때 주변에 가장 강한 충격이 퍼져나갔다. 평범한 대장장이였다면 그 충격만으로 팔이 날아갔을 것이다.

하지만 신은 그런 충격을 미풍처럼 받아내며 진지한 눈빛으로 주괴를 바라보았다.

남아 있던 마력이 전부 빠져나간 주괴는 보다 강한 빛을 발산하고 있었다.

"됐어."

신은 고개를 살짝 끄덕거리더니 정제해둔 오리할콘과 미스릴 주괴를 위에 겹쳐놓고 다시 망치를 내리쳤다.

방금 전과는 다른 소리가 대장간에 메아리쳤다.

신은 망치에 마력을 담으며 신중하게 한 번씩 내리쳤다.

처음에는 쿵 하는 둔탁한 소리가 났지만 이윽고 끼잉 하는 날카로운 소리로 바뀌었다.

계속 망치를 두드리자 점점 소리가 작아지기 시작했다. 그러다가 소리가 거의 나지 않게 되더니 공기를 뒤흔드는 진동만이 남았다.

"—흡!"

신은 작은 기합 소리와 함께 마지막 망치를 내리쳤다.

그리고 망치를 들어 올리자 그곳에는 한 자루의 창이 만들어져 있었다.

자루부터 창끝까지 전부 백은색으로 빛나는 창이었다.

자루와 날이 이어지는 부분에는 십자 모양의 투명한 결정이 장식되어 있었고 『베놈』이 남긴 유일한 흔적은 창 전체를 뒤덮은 기하학 무늬의 붉은색이었다.

신은 망치를 내려놓고 창을 들어 【감정】 스킬을 사용했다.

—『「성창 · 베이노트」 총합 평가 SS.』

—『보너스 조건 달성. 장비자에게 칭호 「미소의 수호자」 부여.』

신은 표시된 세부 성능을 보고 눈을 가늘게 떴다.

원래 신화급의 상급품이어야 할 등급이 고대급의 하급품으로 올라가 있었다.

보너스는 백은색 빛을 봤을 때부터 예상했기에 그리 놀랍지는 않았다.

"그렇구나. 이 방식을 사용하면 등급도 올라가는 건가."

슈니의 『창월』과 슈바이드의 『지월(凪月)』, 월프강에게 준 『붕월』 등은 원래 고대급의 상급품이기 때문에 더 이상 올라갈 등급이 없었다.

그리고 『붕월』과 함께 건네주었던 『신아(迅牙)』는 어디까지나 성능 상향 수준에 머물렀기에 등급은 올라가지 않은 것 같았다.

"이 정도면 『익스베인』하고 붙어볼 만하겠어."

수치만 보면 『베이노트』의 성능이 더 위였다.

어떤 식의 싸움이 될지는 모르지만 『베이노트』를 장비한 빌헬름이라면 『익스베인』을 가진 에이라인과 대등하게 싸울 수 있을 것이다.

신은 완성된 『베이노트』를 카드화하고 재빨리 뒷정리를 한 뒤에 도시로 돌아왔다.

슈니 일행은 이미 준비를 끝마쳤는지 교회에 모여 있었다.

"비지와 연락이 닿았어요. 왕도에 오면 눈에 띄니까 조금 떨어진 곳에서 합류한다네요."

"어느 정도 걸린다는 말은 없었어?"

"즉시 출발하기는 힘드니까 1시간 정도 걸린다네요."

"그러면 일단 이동해서 기다리자."

비지도 개인적으로 해야 할 일이 있을 것이다. 아무리 신이 비지의 주인인 캐시미어와 동급의 존재라 해도 바로 달려오지 않았다고 화를 낼 생각은 없었다.

게다가 드래곤에 타서 단축되는 시간을 고려하면 1시간 정도 기다리는 것은 일도 아니었다.

빌헬름이 마지막으로 합류하자 신 일행은 왕도를 나왔다.

그리고 20분 정도 이동해서 탁 트인 곳에서 비지를 기다렸다. 주위에 사람이 없다는 것은 이미 확인한 뒤였다.

『베이노트』는 이미 카드 상태로 빌헬름에게 넘겨주었다.

"……왔어."

구름이 드문드문 낀 하늘에 검은 점 같은 것이 보이기 시작했다.

숫자는 다섯이었다. 시간이 지나자 그 모습이 점점 선명해졌다.

"이봐, 신. 저 맨 앞에 빨간 건…… 엘더 레드 드래곤 아냐?"

"그러네. 크기를 보면 성체는 아닌 것 같지만."

"그게 문제가 아니잖아."

신은 몸집이 작다는 것을 말하는 줄 알았지만 아무래도 그것 때문이 아닌 것 같았다.

빌헬름이 말한 엘더 레드 드래곤은 드래곤 계열 중에서도 상위 개체인 몬스터였다. 일반적인 레드 드래곤과 비교하면 전투력의 차원이 달랐다.

원래는 몸길이가 20메르 정도 되지만 대충 봐도 그 절반 수준이었다.

그 밖에도 똑같이 엘더의 칭호를 가진 블루 드래곤, 그린 드래곤, 화이트 드래곤, 블랙 드래곤이 레드 드래곤의 좌우로 두 마리씩 날아오고 있었다.

상대방도 신 일행을 발견했는지 선회하면서 서서히 고도를 낮추더니 신 일행에게서 10메르 정도 떨어진 곳에 매끄럽게 착지했다.

그리고 선두에 선 엘더 드래곤에서 로브를 입은 여성이 내렸다.

"와~ 오랜만이에요~. 정말로 돌아오셨군요~."

신의 앞으로 걸어온 그 여성은 느릿한 말투로 인사했다.

바로 그녀가 캐시미어의 부하인 조련사 비지 로레트였다.

세미롱의 핑크색 섞인 금발과 투명한 벽안을 가진 하이 픽시로 키가 150세메르에 몸집도 작았다.

첫인상은 부드러운 인상의 미소녀로 보였다.

"그 말투는 여전하군."

"느긋한 성격도 여전해요."

말끝이 늘어지는 것은 비지의 설정 중 하나였다.

슈니의 말에 따르면 성격이 바뀌지도 않은 것 같았다.

"드래곤이 필요하다고 하셔서~ 이 아이들을 데려왔어요~. 몸집은 작지만~ 하늘은 잘 날아요~."

"네 말만 믿을게."

연신 싱글거리는 비지는 다른 동료의 서포트 캐릭터인 베레트처럼 신을 어려워하지는 않는 것 같았다. 그 점도 신이 기억하는 그녀의 모습 그대로였다.

오래 이야기할 여유는 없었기에 각자 드래곤에 타고 이동

하기로 했다.

비지가 엘더 레드 드래곤에 타고 슈니가 블루, 티에라와 카게로우는 그린, 신과 유즈하는 블랙, 빌헬름은 화이트 드래곤에 탔다.

카게로우는 티에라의 그림자 속으로 들어갔고, 유즈하는 신의 재킷 안으로 들어가 얼굴만 드러냈다.

비지의 드래곤을 선두로 해서 좌우에 신과 슈니가 따라붙고 신의 뒤에 빌헬름이, 슈니의 뒤에 티에라가 뒤따르는 진형을 이루었다.

티에라와 빌헬름은 드래곤에 처음 타봤지만 그들이 탄 드래곤은 인간의 말을 알아들었기에, 기수가 이끌어주지 않아도 알아서 방향을 잡고 있었다.

빌헬름과 티에라는 드래곤에게 모든 것을 맡겨놓고 가만히 앉아 있을 뿐이었다.

"높네……. 춥다……."

하늘을 처음 날아보는 티에라는 엄청난 높이와 추위에 놀라고 있었다.

마법으로 바람과 냉기를 어느 정도 막아내고 있었지만 완벽하지는 않았다. 옷도 얇게 입고 있던 탓에 몸이 부르르 떨렸다.

그림자에 숨은 카게로우는 추위를 느끼지 못하는지 그림자에서 얼굴만 내밀고 티에라를 걱정하고 있었다.

"이래서 비지 씨가 로브를 입고 있던 거구나…… 응?"

추위를 막을 방법이 없나 고민하던 티에라의 눈앞에 메시지 카드가 나타났다.

그것을 열어보자 안에는 모피 로브가 그려진 카드가 들어있었다.

"입어!"

앞에서 날아가던 신이 소리 높여 말했다. 티에라는 바람 소리 때문에 잘 들리지 않았지만 배려해준 것에 감사하며 한 손을 들어 보였다.

균형을 잃지 않도록 주의하며 카드를 실체화하자 짙은 녹색의 외투가 출현했다. 티에라는 바람에 날리지 않도록 꽉 붙잡으며 간신히 몸에 걸쳤다.

"우와, 따뜻해……."

단순한 외투는 아닌 모양이었다. 방금 전까지 느끼던 추위는 온데간데없었고 몸에 닿는 바람도 약해진 것처럼 느껴졌다.

신과 슈니는 특별히 춥지 않았는지 옷 위에 아무것도 걸치지 않고 있었다.

고개를 옆으로 돌리자 빌헬름은 이미 눈앞에 망토 같은 것을 꺼내고 있었다. 아무래도 이 정도 추위에는 버틸 수 없었던 모양이다.

신이 용황국 킬몬트에 들러 슈바이드와 합류한다고 말하자 티에라는 지난번 만났던 하이 드래그닐의 위압감을 떠올렸다.

"왠지 나만 혼자 못 낄 데 낀 느낌이야."

일행에 합류하는 사람들이 하나같이 쟁쟁했다. 자신이 평범하다고 믿는 티에라는 자신이 일행의 발목을 잡게 되지 않을까 걱정스러웠다.

"그루."

"나도 알아. 미리를 구해야 할 때 마음이 약해지면 안 되겠지."

티에라는 작게 우는 카게로우를 쓰다듬으며 조금이라도 마음을 강하게 먹기로 했다.

카게로우를 길들이고 아무 위화감 없이 의사소통이 가능한 시점에서 평범한 조련사의 영역을 크게 뛰어넘은 것이 사실이지만, 정작 본인은 자각하지 못하고 있었다.

두 명의 점성술사 | Chapter 2

일행은 바람을 가로지르며 하늘 위를 나아갔다.

베일리히트에서 출발한 지 몇 시간이 지나 있었다. 그들은 틈틈이 쉬어가며 계속 이동했고 날이 저물기 전에 멜트 산맥을 넘을 수 있었다.

다만 사실상 우회한 것이기 때문에, 직진한 경우보다 시간이 걸리기는 했다. 드래곤들이 아직 성체가 아니었고 멜트 산맥의 주인인 미스트 가루다를 자극하지 않기 위해 피해 가는 길을 선택한 것이다.

비지가 데려온 엘더 드래곤들은 아직 완전히 성장한 것이 아니었다.

원래는 성체 상태의 엘더 드래곤을 데려오려고 했지만 마침 번식기에 접어든 터라 라슈감을 벗어날 수 없었다.

그 탓에 아직 어려서 번식이 불가능한 개체를 데려왔다고 한다.

몸의 크기를 제외하면 성체와 똑같았지만 체격이 작기 때문에 비행 능력이 낮을 수밖에 없었다.

속도가 느리고 높은 고도로 날 수도 없었다.

만약 성체였다면 높은 고도에서 멜트 산맥을 돌파할 수도 있었다고 한다.

5인 전대가 등장하는 히어로물처럼 색상이 다양한 것은 속도가 빠른 그린 드래곤을 다섯 마리 데려올 수 없었기 때문이었다. 그리고 드래곤의 종류가 다양할수록 예상치 못한 일이 발생했을 때 더욱 잘 대처할 수도 있었다.

"오늘 밤은 여기서 야영해야겠군."

"혹시 모르니까【배리어(방벽)】와【월(장벽)】을 펼쳐둘게요."

"그래. 난 텐트를 꺼낼게."

신은 아이템 박스에서 캠프용 텐트를 꺼내 실체화했다.

개인용이 아닌 다인 파티용 텐트였기에 크기가 상당히 컸다. 완성된 상태로 실체화된 덕분에 일일이 조립할 필요도 없었다. 게임 시절에는 굳이 분해하고 조립하면서 현실감을 즐기는 사람도 있었다.

파티 최대 인원인 여섯 명이서 다 함께 잘 수 있을 만한 크기였지만 신은 일단 남녀 따로 하나씩 꺼내두었다.

내부는 일정 온도로 유지되고 간이 침구까지 준비되어 있는 환상의 텐트였다. 뭐니 뭐니 해도 마법이 최고였다.

"……베레트인가."

야영을 준비하던 신에게 베레트의 메시지가 도착했다. 베레트가 경영하는 황금상회에 교회에 대한 정보 수집을 의뢰해뒀던 것이다.

신은 즉시 내용을 확인했다.

황금상회는 교회 본부가 있는 도시 『지그루스』에도 지점을 갖고 있었기에 부하에게 교회의 동향을 살피게 했다고 한다. 아직 눈에 띄는 움직임은 없는 모양이었다.

교회는 『영광의 낙일』 이후로 다양한 형태로 각지의 복구 사업을 지원하면서 인지도를 넓힌 조직이었다.

엘트니아 대륙에는 그 밖에도 토착 신앙이나 영웅을 숭배 하는 종교가 있었지만 교회 신자가 압도적으로 많았다.

교회의 정점에는 교황이 있고 그 밑으로 추기경과 사제 들 이 있어 엘트니아 대륙 전체의 국가와 집락에 파견되었다. 지 금은 인구가 늘어나고 조직이 거대화되면서 지그루스 자체가 하나의 국가처럼 기능하고 있었다.

하지만 당연히 그것을 좋게 여기지 않는 나라도 있었다.

반드시 그것 때문은 아니지만 교회에 소속된 기사들은 타 국의 간섭에 대한 대응이나 주변 몬스터 토벌을 담당하고 있 었다. 또한 선정자들로만 구성된 특수 부대도 존재한다고 한 다.

개인적으로 선정자를 몰래 고용하는 경우도 있는 모양이었 다.

브루크와 에이라인이 바로 그런 경우인지도 몰랐다.

"녀석들은 이미 도착했을 텐데. 대체 뭣들 하고 있는 거 야……."

신은 아직 미리를 유괴한 것이 브루크의 독단인지 교회의 의지인지를 정확히 판단할 수 없었다.

개인적인 예상은 전자였지만 미리가 가진 힘을 생각해보면 교회의 위신을 높이기 위해 상층부가 관여했을 가능성도 있었다.

베레트에게는 특수한 스킬을 가진 어린아이가 교회의 사제에게 납치당했다고만 전해두었지만 내부 정보를 얻으려면 아직 시간이 필요할 것이다.

신은 교회에 소속되었다는 이유만으로 잘못이 없는 사람들까지 말려들게 하고 싶지는 않았다. 브루크 혼자 벌인 짓인지 아닌지를 분명히 해두어야만 했다.

물론 어느 쪽이든 주동자는 철저하게 박살 낼 생각이었다.

"현재로서는 미리가 어떤 상태인지, 교회가 얼마나 관여하고 있는지 판단하기 힘들겠네요."

"교회 내부는 웬만한 왕성보다 경비가 엄중하다고 하니까 말이지. 그리고 이 대륙에서 가장 많은 선정자를 전력으로 보유하고 있는 곳이 바로 교회야. 아무리 황금상회의 직원이라도 쉽지는 않겠지."

소속된 인원만 보면 모험가 길드의 선정자가 가장 많지만 마음대로 동원 가능한 숫자는 교회를 따라갈 수 없다고 한다.

선정자로만 구성된 부대는 매우 강력하기에 주변 국가를 가볍게 제압할 만한 전력을 갖추고 있다는 이야기가 많았다.

"교회 전체가 한통속이면 그 녀석들과도 싸워야 하는 건가……. 귀찮겠는데. 박살 내버릴까?"

"숫자는 그렇게 많지 않을 테니까요. 그러는 편이 행동하기 쉬울지도 모르겠네요."

신이 불쑥 중얼거린 말에 음식을 만들던 슈니가 대답했다.

교회 전체나 상층부가 연루되었을 경우 그렇다는 말이지만 만약 그렇게 된다면 교회는 끝장날 것이다.

"아니, 아니, 아니, 잠깐만! 신도 스승님도 왜 자꾸 위험한 쪽으로 생각하고 그래요!"

그러자 바로 티에라가 끼어들었다.

티에라 역시 미리가 납치당했다는 것에 대해 분노를 느끼고 있었다.

하지만 교회와 전면전을 불사하겠다는 말이 나오자 위험하다고 생각한 것이다.

물론 신과 슈니도 지금 단계에서 갑자기 공격하려는 것은 아니었다. 주위 사람들에게는 그 말이 농담으로 들리지 않았던 탓이다.

"뭐, 너라면 쉽게 제압할 수 있겠지."

빌헬름은 티에라와는 달리 살짝 어처구니없다는 식으로 말했다.

화가 가라앉은 것은 아니지만 시간이 지나면서 조금은 냉정해진 모양이었다. 출발하기 전보다는 자신의 감정을 잘 조절하고 있었다.

"빌헬름 씨도 이상한 소리 하지 마세요……."

"그러지 마, 아가씨. 어느 쪽이든 미리 구출을 방해한다면 우리가 할 일은 똑같으니까."

빌헬름은 지그루스가 있는 방향을 노려보며 말했다.

그리고 그것은 신도 같은 의견이었다.

현재 판명된 상대의 전력은 사제인 브루크와 그 부하인 에이라인뿐이었다. 그 외에 다른 전력도 있는지, 미리를 노리는 이유가 무엇인지, 어째서 익스베인을 갖고 있는지는 무엇 하나 알 수가 없었다.

단 한 가지 분명한 것은 신 일행의 목적뿐이었다.

미리를 구출하는 것.

그것을 위해서라면 상대가 교회 전체든 일부든 큰 차이는 없었다.

그러기 위한 의지와 힘은 이미 갖추어져 있다.

신은 몸속의 열을 토해내듯 한숨을 쉬며 어깨에서 힘을 뺐다.

"……뭐, 어떻게 할지를 지금 여기서 꼭 결정해야 하는 것도 아니겠지. 일단 밥부터 먹자. 미안해, 티에라. 내가 괜히 이상한 말을 해서."

냉정함을 잃지는 않았지만 호전적으로 생각했던 것도 사실이었다.

신은 걱정하는 티에라에게 사과하며 기분을 새로이 했다.

"신이나 스승님이 그런 말을 하면 농담으로 안 들리니까 그렇지. 어, 벌써 식사가 다 됐나 보네요. 스승님, 어느 틈에⋯⋯."

슈니는 이야기를 하면서도 손을 멈추지 않았던 모양이다.

티에라의 말에 신이 시선을 돌리자 준비해둔 테이블 위로 김이 모락모락 나는 요리들이 올려져 있었다.

"이 정도는 별것 아니에요. 비지! 식사 준비가 다 됐어요."

슈니는 멀리서 엘더 드래곤들을 챙기던 비지를 불렀다.

엘더 드래곤들의 먹이는 비지가 직접 준비해두었으니 신 일행이 도와줄 필요는 없다고 했다.

드래곤들은 각자 소 한 마리 분량의 고깃덩이를 열심히 먹고 있었다.

"기다리게 해서 죄송해요~. 오~ 진수성찬이네요~. 야영한다는 게 실감이 안 나는데요~."

신 일행에게 다가온 비지는 테이블 위의 요리를 보며 밝게 웃었다.

"슈니도 솜씨 발휘를 했네요~. 신 님이 돌아왔을 때를 위해 연습한 보람이 있겠어요~."

아무래도 슈니가 요리 스킬을 올려둔 것을 그녀도 알고 있는 듯했다.

"비지는 슈니와 자주 만났던 거야?"

"네~. 같이 요리도 하고~ 뜨개질도 하고 그랬는걸요~. 그러고 보니~ 이미 받았나요~?"

"받아? 뭘 말이야?"

"뭐기웁!"

갑자기 비지의 말이 가로막혔다.

말이 끝나기도 전에 슈니의 손이 비지의 입을 틀어막은 탓이었다.

비지는 갑작스러운 일에 놀라 팔다리를 버둥거렸다. 비지는 육천인 캐시미어의 부하답게 웬만한 상급 선정자보다도 훨씬 강했다.

하지만 순수한 전투 요원으로 육성된 슈니의 압도적인 능력치 앞에서는 비지의 저항이 전혀 무의미했다.

"우웁~! 웁~! 웁……."

비지는 호흡이 곤란한지 저항하는 힘이 점점 약해져갔다.

"어…… 슈니?"

"왜 그러세요?"

"아니, 비지가 하려던 말을 막으려는 건 이해하지만 이제 슬슬 놔주는 게 어때? 몸이 조금 늘어진 것 같은데."

비지의 몸은 조금이 아니라 축 늘어져 있었다. 슈니가 손을 떼자 '푸하압!' 하고 숨을 내뱉은 뒤 필사적으로 호흡했다.

"흡~ 후~ 슈니, 너무해요~."

"쓸데없는 말을 하려고 하니까 그렇죠."

"그런가요~? 모처럼— 알겠습니다~ 이제 아무 말도 안 할 게요~."

미소와 함께 천천히 오른손을 들어 올리는 슈니를 보며 비지는 양손을 들고 항복 의사를 표시했다. 슈니는 미소 짓고 있었지만 조금도 웃는 것 같지 않았다.

두 사람의 맥 빠지는 대화를 듣자 신은 화나던 것도 잊고 헛웃음이 나왔다.

비지에게는 이미 상황을 설명해두었기에 그녀 나름대로 심각한 분위기를 누그러뜨리려 한 것인지도 몰랐다.

"잘은 모르겠지만 어쨌든 밥이나 먹자."

일행은 식사를 마친 뒤에 내일을 위해 일찍 잠자리에 들었다. 【월】과 【배리어】를 전개했고 멤버들이 워낙 강했기에 불침번은 없었다.

이동 속도를 고려해보면 슈바이드와 합류하자마자 바로 이동할 경우 내일은 지그루스에 도착할 것이다.

베레트에게는 이미 연락해두었고 지그루스의 황금상회 지점에서 정보를 전달받기로 되어 있었다. 하룻밤 만에 새로운 정보가 들어올 것 같지는 않지만 베레트는 조사를 계속하겠다고 했다.

†

다음 날 신 일행은 킬몬트를 향해 출발했다.

이른 아침부터 움직인 덕분에 정오가 되기 전에 킬몬트의 왕도가 보이기 시작했다.

『왕도가 보이는 곳까지 왔어. 조금만 더 가면 가까운 곳에 내릴 거야. 그쪽은 어때?』

『난 이미 준비가 끝났소. 금방 나가지. 장소를 알려주시오.』

신은 심화로 슈바이드와 연락해서 합류 방법을 정했다. 킬몬트에는 미리를 구출한 뒤에 가기로 했다.

킬몬트에서 몇 케메르 정도 떨어진 곳에 엘더 드래곤들이 내려섰다. 킬몬트 방향으로 시선을 돌리자 신 일행을 향해 오는 그림자가 보였다.

"뭔가가 다가오는데?"

티에라도 그것을 발견했는지 눈을 가늘게 뜨며 정체를 확인했다.

"슈바이드야. 미리 심화로 연락해뒀거든."

신은 걱정할 필요가 없다고 말한 뒤 그 자리에서 기다렸다.

5분도 지나지 않아 그림자의 정체가 보이기 시작했다.

하이 드래그닐이자 신의 네 번째 서포트 캐릭터인 슈바이드 에트락이 대지를 박차며 달려오고 있었다.

짐은 전부 아이템 박스에 넣어두었는지 가벼운 차림새였다. 신과 슈니 정도는 아니지만 상급 선정자보다는 훨씬 빨랐다.

원래의 장비인 전신 갑옷 대신 팔과 다리, 허리 같은 일부 부위만 보호하는 갑옷만을 착용한 모습이었다.

"내가 늦었소이까?"

"아니, 우리는 하늘을 날아왔잖아. 도착 시간이 어긋날 수밖에 없어. 괜히 재촉한 것 같아서 미안하네."

"사과할 필요는 없소. 나도 성직자의 몸으로 어린아이를 납치하는 악당들을 용서할 수는 없소이다."

슈바이드는 거친 숨을 내쉬며 말했다. 비지와는 달리 범인들에 대해 강한 혐오감을 갖고 있는 듯했다.

성기사라는 직업을 갖고 있기 때문인지도 모른다. 게다가 원래의 성격도 성실했기에 신 일행보다 더 기합이 들어가 있는 모습이었다.

"이제 합류도 끝났고~ 빨리 출발할까요~. 아, 슈바이드 씨는 무거우니까~ 슈니가 신 씨와 함께 타고~ 슈바이드 씨는 슈니가 타던 드래곤에 타세요~."

비지는 엄지를 세워 보이며 지시를 내렸다.

"알겠소. 미안하오, 슈니."

"……아니요. 괜찮아요."

"뭐, 아무렴 어때."

신도 딱히 불만은 없었다.

슈바이드의 체중이 무겁기 때문에 탑승 인원을 바꾸어야 하는 것은 사실이었다.

다만 잘 생각해보면 가장 가벼운 슈니와 티에라를 함께 태우는 것이 효율적이기는 했다.

"……실례하겠습니다."

"그래. 괜찮을 테지만 꽉 붙잡고 있어."

슈니는 신의 등에 몸을 밀착하며 허리에 팔을 둘렀다. 그것을 확인한 신은 엘더 드래곤에게 지시를 내렸다.

다급한 상황이 아니었다면 슈니와의 공중 드라이브를 즐길 수 있었을 것이다. 하지만 지금 그럴 여유는 없었다.

다섯 마리의 엘더 드래곤이 다시 하늘로 날아올랐다.

신 일행은 지그루스를 향해 출발했다.

†

세계 유수의 실력자들이 몰려온다는 것을 꿈에도 모르는 브루크는 교회 본부 내에서 어딘가로 향하고 있었다.

그 뒤를 머리를 짊어진 에이라인이 뒤따랐다.

두 사람이 걸어가고 있는 곳은 일반인의 출입이 금지된 구획이었다. 교회 관계자 중에서도 추기경 이상의 상층부들만 알고 있는 장소였다.

길드 하우스인 팔미락에서 거주 및 실험실로 만들어진 곳이었다.

벽과 바닥은 단단하면서도 어딘지 모르게 따뜻해 보였다.

문은 가까이 다가가기만 해도 열렸다.

중간마다 마력을 이용한 다양한 신원 확인이 이루어졌다.

『영광의 낙일』 이후로 사라진 기술이 유감없이 사용된 그곳은 간부급 성직자들의 집무실과 침실로 쓰이고 있었다.

그렇다. 팔미락의 시설 중 일부는 제대로 기능하고 있었다. 게다가 일반인도 사용이 가능했다.

브루크와 에이라인이 걸어가고 있는 곳은 그중에서도 여러 관문을 통과해야만 진입할 수 있는 장소였다.

여러 방들이 있는 구획과는 달리 그곳은 구획 전체가 하나의 방으로 사용되고 있었다. 브루크는 한층 아름답게 장식된 방 앞에서 걸음을 멈추었다.

그곳은 교회 내에서도 특별한 존재인 『성녀』의 방이었다.

"실례하겠습니다."

브루크는 노크도 없이 문을 열었다.

개인이 사용하는 방치고는 쓸데없는 물건이 거의 없었다. 모르는 사람이 보면 제단 같다고 할 만한 방이었다.

내부는 길이 25메르에 폭이 40메르, 높이가 10메르로 상당히 넓었다.

중앙 안쪽이 바닥보다 한층 높게 되어 있어 제단을 연상시켰다.

그 위에는 침대가 놓여 있었고 사방이 얇은 커튼으로 가려져 있었다.

그 안에서 몸집이 작은 누군가의 모습이 보였다.

"이런, 일어나 계셨군요. 성녀님께 인사 올립니다."

"……뻔뻔한 소리는 그만하세요. 불쾌합니다."

성녀라고 불린 여성은 공손하게 머리를 숙이는 브루크에게 불쾌감을 드러내며 대답했다.

많은 사람들을 매료시킬 만한 맑은 목소리였지만 지금은 조금 탁해져 있었다.

"이런, 이런, 제가 싫으신가 보군요. 혼자서는 괴로우실 것 같아 모처럼 당신의 동포를 데려왔는데 말이죠."

"동포? ……! 설마……."

브루크의 말에 성녀는 숨을 멈추었다.

브루크가 말하는 동포가 종족을 말하는 것이 아님을 성녀는 금방 알아차린 것이다.

성직자이면서도 잘못된 길로 들어선 브루크가 같은 종족이라는 이유로 외부자를 성녀의 방에 데려올 리는 없었다.

동포라면 그녀가 가진 특수한 칭호와 관련된 인물이 틀림없었다.

"네, 짐작하시는 게 맞을 겁니다."

브루크의 말에 성녀는 커튼 안쪽에서 표정을 일그러뜨렸다.

"에이라인."

"네."

브루크가 부르자 에이라인이 대답했다.

에이라인은 조금도 주눅 들지 않고 성녀가 있는 침대 앞까지 다가가더니 어깨에 들쳐 메고 있던 미리를 바닥에 눕혔다.

"대체 어디서 이 아이를 데려온 겁니까?"

"어떤 교회에서 보호되고 있던 것을 데려왔습니다. 그 아이의 힘을 알고 있었는지 쉽게 넘겨주려고 하지 않더군요."

브루크는 거짓을 진실인 것처럼 이야기했다.

그러나 그것이 거짓말임을 성녀는 이미 꿰뚫어보고 있었다.

"같은 처지인 사람들끼리 사이좋게 지내십시오. 힘을 제어하지 못하면 악몽을 꾸게 된다는 건 알고 계시죠? 그리고 잘만 하면 당신을 대신하게 될지도 모르지 않습니까."

"당신이라는 인간은!"

대신한다는 말에 성녀의 목소리가 거칠어졌다.

지금의 처지에서 벗어나고 싶은 것은 사실이지만 그렇다고 어린 소녀에게 자신의 짐을 대신 지게 할 생각은 없었다.

"아무것도 하지 않겠다면 저희가 대신 그 아이를 교육하게 될 겁니다. 그러면 어떻게 될지 아시겠지요?"

"……알겠습니다. 이 아이는 제가 맡죠."

성녀는 목구멍까지 올라오는 욕설을 억누르며 브루크의 제안을 받아들였다.

"감사합니다. 그러면 저는 이만. 되도록 빨리 쓸 만하게 만들어주십시오."

브루크는 형식적인 인사만 남기고 성녀의 방에서 나갔다.

에이라인도 브루크를 따라 나갔고 방 안에는 성녀와 미리만이 남았다.

"빨리 쓸 만하게 만들라니, 대체……!"

도구 손질이라도 부탁하는 듯한 브루크의 말투에 성녀는 주먹을 말아 쥐며 분을 삭였다.

그녀는 침대에서 내려와 커튼을 걷히고 아직 깨어나지 않은 미리에게 다가갔다.

커튼에서 나오자 성녀의 모습이 선명히 드러났다.

성녀라는 이름에 걸맞은 아름다운 여성이었다.

백옥 같은 피부, 실크처럼 부드러워 보이는 백발, 투명한 푸른색 눈동자.

미리를 바라보는 표정은 정교하게 만들어진 인형 같았지만 결코 인형에게서 나올 수 없는 따뜻함이 배어났다.

그래서인지 그녀의 목에 걸린 까만 목걸이가 이질적으로 보였다.

나이는 열여섯 정도일까.

성인 여성이라기엔 어렸고 소녀라고 부르기엔 성숙했다.

그런 그녀가 잠든 미리를 살며시 안아 들었다. 사람의 온기가 느껴져서인지 미리는 눈을 떴다.

"응……?"

"깨어났나요?"

미리는 목소리를 듣고 나서야 누군가에게 안겨 있다는 것을 깨달은 것 같았다.

비스트의 본능 때문인지 미리는 바로 몸을 비틀며 성녀에게서 떨어졌다. 그리고 주위를 둘러보며 자신이 지금 낯선 곳에 와 있다는 것을 깨달았다.

"여기 어디야?"

"요새 도시 지그루스의 교회 안이에요. 이곳은 그중에서도 성녀나 성인으로 불리는 자만이 사용할 수 있는 방이죠."

"여기도 교회? 성녀?"

"그래요, 성녀. 교회에 인정받은, 기적을 짊어진 사람. 하지만 지금의 나는 이름뿐인 성녀죠."

주위를 두리번거리며 도망칠 길을 찾는 미리에게 성녀는 침착하게 대답했다.

그녀의 온화한 분위기에 미리도 일단 적의를 거두었다.

"내 이름은 해미 슈르츠. 당신의 이름은 뭔가요?"

"……미리."

"미리라고 하는군요. 몸은 아프지 않나요? 억지로 끌려온 것 같던데."

"……?! 시아 언니…… 어쩌지?! 시아 언니가 죽겠어!"

미리는 해미의 말을 듣자 자신이 어떤 상황에서 끌려왔는지 떠올렸다. 그녀가 마지막으로 본 것은 피 웅덩이 안에서

허우적거리는 라시아의 모습이었다.

"진정해요. 여기서 흥분한다고 해서 해결되는 일은 없어요."

"그래도, 그래도…… 그 사람들은 미리를 찾고 있었어. 미, 미리 때문에 시아 언니가…….

브루크와 에이라인의 대화를 들었던 미리는 라시아가 다친 원인이 자신에게 있다는 것을 이해하고 있었다.

라시아는 의지할 곳 없는 자신을 따뜻하게 감싸준 사람이었다. 자신을 보며 웃어준 사람이었다.

그런 그녀의 얼굴이 고통으로 일그러지고 피 웅덩이에 가라앉는 모습이 미리의 뇌리에 강하게 각인되어 있었다.

"그 사람은 당신의 소중한 사람인가요?"

"……응."

"그렇다면 그 사람을 간절한 마음으로 생각해봐요."

해미는 그렇게 말하며 미리에게 다가가 살며시 끌어안았다. 그 따뜻함에 미리는 잠시나마 공포를 잊을 수 있었다.

미리가 눈을 꾹 감자 처음으로 떠오른 것은 미소를 지으며 머리를 쓰다듬어주던 라시아의 모습이었다.

"……응, 괜찮아요. 당신의 소중한 사람은 무사해요."

"응?"

해미는 미리를 안심시키려는 듯이 머리를 쓰다듬었다.

얼굴을 든 미리에게는 그런 해미의 얼굴과 라시아의 웃는 얼굴이 겹쳐 보였다.

"믿어지지 않을지도 모르지만 당신의 소중한 사람은 살아 있어요. 무척…… 그래요, 무척 강한 힘을 가진 사람들이 도 와주러 왔거든요."

"……빌 오빠하고 신 오빠."

해미의 말을 듣자 미리는 제일 먼저 빌헬름과 신의 모습을 떠올렸다.

미리의 가슴을 안도감이 가득 채웠다.

그 두 사람이라면 분명 라시아를 구해줄 거라고 믿을 수 있 기 때문이었다.

"미리? ……그 사람들을 믿고 있나 보네요."

긴장이 풀어졌는지 다시 잠들어버린 미리를 침대에 눕히고 해미는 시선을 벽의 한 곳으로 향했다.

우연인지 필연인지 모르지만 그 방향 너머 먼 곳에 신 일행 이 있었다.

해미는 미리를 쓰다듬으며 조용히 한숨을 쉬었다.

그녀의 눈동자는 두려움에 흔들리고 있었다.

"이 아이가 믿고 있다면 나쁜 사람들은 아니겠지."

라시아의 상황을 알 수 있었던 것은 해미가 가진 『점성술 사』의 칭호 덕분이었다.

원래는 미약한 예지 능력을 가진 자에게 주어지는 칭호지 만 해미는 훈련을 통해 보이는 것을 어느 정도 통제할 수 있게 되었다.

그녀에게 보인 것은 여성이 치료를 받고 있는 장면이었다. 미리의 감각과 해미의 감각이 연결되면서 해미는 그 여성이 라시아라는 것을 알 수 있었다.

해미에게 보인 장면에는 다른 두 남성의 모습이 있었다. 빌헬름과 신이었다.

해미는 미리가 두 사람을 굳게 믿고 있다는 것을 알 수 있었다.

그러나 미리와 달리 해미는 두 사람에 대해 공포심을 느꼈다.

왜냐하면 빌헬름과 신 모두 몸속에 여러 종족의 힘이 혼재되어 있다는 것을 느꼈기 때문이었다.

일반인과 다른 특수한 힘. 어렸을 때부터 그런 힘에 집어삼켜진 자의 말로를 봐온 해미는 아무래도 그 두 사람을 바로 신뢰하기는 힘들었다.

그리고 특히 두려운 것은 신이었다.

"저게…… 정말로 사람이야?"

그녀의 독백은 누구에게도 들리지 않고 허공으로 흩어졌다.

무심코 그런 말이 나올 만큼 해미가 느낀 신의 힘은 엄청났다. 신에게 시선을 향하기만 해도 해미의 의식이 한순간 아득해질 정도였다.

상급 선정자 중에서도 상위 몇 퍼센트에 들어가는 에이라인을 봐온 덕분인지, 신의 힘이 얼마나 강대한지 다소나마 이해할 수 있었다.

"그들이라면 어쩌면……."

두려웠다. 하지만 그와 동시에 무언가가 바뀔지도 모른다는 기대감도 있었다.

그들이라면 틀림없이 미리를 되찾으러 올 것이다.

그때 무언가가 변한다. 해미는 그런 예감이 들었다.

칭호에 의한 예지 능력은 아니었다. 불확실한 감일 뿐이었다. 그러자 예지보다도 강한 확신을 가질 수 있었다.

해미는 자신의 목에 감긴 목걸이에 손톱을 세우며 하염없이 기도했다.

†

"도착했군."

신 일행은 몇 시간의 비행 뒤에 대지에 내려섰다.

그들 앞에는 요새 도시 지그루스가 보였다. 신 일행의 능력이라면 1시간도 걸리지 않고 지그루스 안에 들어갈 수 있을 것이다.

"저는 여기서 대기하는 편이 좋을까요~?"

"글쎄. 교회에 대해 조사하고 미리를 찾으려면 얼마나 걸릴까……?"

맵 기능이 초기화된 탓에, 팔미락 내부가 어떻게 되어 있는지는 신도 전혀 알 수 없었다. 선택지는 많은 편이 좋지만 계속 기다리게 하는 것도 미안할 것 같았다.

비지는 육천 멤버인 캐시미어의 부하지만 그렇다고 신에게 복종해야 하는 것은 아니었다.

슈니와 슈바이드와는 달리 그녀의 충성심에는 명확한 차이가 있었다.

"여기서 결판을 낼 생각인데 어쩌면 네 힘을 빌려야 할지도 몰라. 최대한 금방 끝낼 생각이지만 언제 끝날지는 모를 텐데?"

"괜찮아요~. 라슈감에서도 할 일이 별로 없거든요~. 그리고 저도 이번 일은 가만히 보고만 있을 수는 없으니까요~."

주인은 다르지만 비지 역시 근본은 착했다. 그렇기 때문에 브루크의 소행에 대해 화가 난 것 같았다.

현실적인 문제를 생각해보면 에이라인의 【텔레포트】로 이동할 수 있는 장소가 교회뿐이라는 보장이 없었다. 만약 다른 곳으로 도망친다면 뒤쫓을 이동 수단을 확보해두는 편이 좋았다.

"그래. 그러면 미안하지만 여기서 한동안 기다려줘."

드래곤을 돌볼 비지만을 남겨둔 채 신 일행은 지그루스를 향해 나아갔다.

카게로우가 끄는 마차를 타고 황야를 가로지르다 중간에 속도를 낮추고 주변의 마차들에 섞여 도시 내부로 잠입했다.

거대한 성벽에 둘러싸인 지그루스는 총본산인 팔미락을 중심으로 도시가 형성되어 있었다.

지면이 솟아올라 주변보다 높은 곳에 위치한 팔미락은 도시의 어느 곳에서든 잘 보이는 도시의 상징이었다.

"도사 안은 제법 활기가 넘치는군."

"교회의 본거지에서 바보 같은 짓을 하는 녀석은 거의 없으니까 말이지. 이곳 치안은 대륙에서도 최고 수준이야."

"지리적으로도 에스트의 중심에 가까워서 다양한 곳에서 많은 사람들이 모여들죠. 유통의 중심지이면서 범죄가 적다면 활기가 넘칠 수밖에 없어요."

신은 간단히 설명해주는 빌헬름과 슈니의 말에 귀를 기울이면서, 얼굴을 감추기 위해 덮어쓴 망토의 후드 밑으로 팔미락을 올려다보았다.

팔미락은 지금 신의 감지 범위 내에 있었지만 내부까지는 보이지 않았다.

맵이 초기화된 상태에서는 팔미락 내부를 밖에서 확인할 수 없었다.

육천의 길드 하우스는 내부 스캔을 막는 기능을 갖추고 있었기에 어쩌면 그것 때문인지도 몰랐다.

"어쨌든 황금상회 지부로 가보자. 어제 연락을 받기는 했지만 오늘 새로운 정보가 들어왔을지도 모르잖아."

"그래, 어떻게 움직이든 간에 정보는 필요하겠지."

신 일행은 중간중간 길을 물어보며 황금상회로 향했다. 역시 지그루스에서도 황금상회는 유명했고 예전에 바르멜에서 본 금색 간판을 금방 찾아낼 수 있었다.

점원을 불러 베레트의 메시지 카드가 동봉된 서류를 보여주자 건물 안쪽으로 안내되었다. 일행은 그곳에 마차를 세워놓고 건물 안으로 들어섰다.

지점장의 방으로 들어서자 그곳에서 엘프 청년 한 명이 그들을 맞이했다.

"기다리고 있었습니다."

정중한 태도로 머리를 숙이는 청년의 이름은 엘토르 마이크였고 베레트의 직속 부하라고 자신을 소개했다.

엘프답게 금발 벽안의 미청년이었다.

"베레트 님에게서 이야기는 들었습니다. 교회에 대한 정보가 필요하시다고요."

"네. 알고 계신 범위 내에서라도 괜찮습니다."

"그러면 알려드리겠습니다."

엘토르는 신이 하이 휴먼이라는 사실을 듣지 못한 모양이었다.

엘토르의 이야기에 따르면, 교회에서는 지금 『예언의 성녀』

라 불리는 여성이 와병 중이다. 그 탓인지는 몰라도 교회 상층부가 활발하게 움직이고 있는 듯했다.

또한 교회 내부에는 간부급 인간만이 들어갈 수 있는 구획이 있다고 한다. 경비가 엄중해서 내부 구조까지는 조사하지 못했지만 이곳이 가장 의심스럽다는 설명이었다.

"교회에 대해서는 불확실한 정보가 워낙 많습니다. 교회에 대해 캐고 다니는 자들도 많기 때문에 아마 그에 대한 대비책을 세워둔 거겠죠. 저희도 이곳에서 오랫동안 매장을 운영해 왔지만 교회에 관해서는 아직도 잘 모르는 게 많습니다."

교회에 관한 미심쩍은 정보를 추적해보면 헛소문인 경우가 많다고 한다.

"베일리히트의 교회 상속에 대한 이야기는 없었나요?"

"아니요, 그런 정보는 듣지 못했습니다. 죄송하지만 현재로서는 이게 전부입니다."

교회에 상주하는 상급 선정자는 10~20명 정도가 아니었다.

교회 내부에 잠입한다 해도 여기저기에서 상급 선정자들이 경비를 서고 있기 때문에 신중할 수밖에 없다고 한다.

역시 교회의 총본산답게 만만하지 않은 듯했다.

『금색 상인』 레드가 만든 황금상회라 해도 모든 직원이 상급 선정자 수준의 능력을 갖고 있는 것은 아니었다. 양을 위해 질을 희생한 것이다.

'여기부터는 우리끼리 가볼 수밖에 없겠군.'

상급 선정자를 상대로는 은밀하게 행동하는 것도 한계가 있었다.

그러나 신 일행의 경우는 예외였다. 특히 신과 슈니가 마음먹고 잠입한다면 이 세계에서 두 사람을 찾아낼 수 있는 사람은 아무도 없었다.

"알겠습니다. 여기부터는 저희끼리 움직이겠습니다."

"큰 힘이 되지 못해 죄송합니다."

"아니요, 이야기를 들어보니 시간을 많이 들여도 어려웠겠네요. 상급 선정자들이 경비하고 있는 곳이라면 쉽게 숨어들기 힘들 테니까요."

이것만큼은 엘토르의 잘못이 아니었기에 조금이나마 정보를 얻었다는 것에 만족해야 했다. 신은 그 밖에도 교회에 관한 일반적인 정보도 이것저것 물어보았다.

앞으로도 협력해달라고 황금상회에 부탁한 뒤에 신 일행은 여관으로 향했다.

마차를 세워둘 수 있는 숙소를 찾아 도시를 20분 정도 돌아다닌 끝에 적당한 여관을 찾을 수 있었다.

"어서 오세요! 은사정(銀砂亭)에 오신 것을 환영합니다!"

여관에 들어서자마자 힘찬 목소리가 그들을 맞아주었다.

지그루스는 많은 상인과 여행객 들이 자주 오가는 곳이기 때문에 1층은 식당, 2층은 숙박용으로 사용하는 여관이 많았다.

신 일행이 들어온 여관도 마찬가지였고 테이블 사이로 하늘하늘한 의상을 걸친 웨이트리스들이 돌아다니고 있었다.

여러 명의 웨이트리스 중에서 세미롱 헤어를 한 여성이 신 일행에게 다가왔다.

"어서 오십시오. 식사하실 건가요, 아니면 묵으실 건가요?"

"묵을 겁니다. 바깥에 마차를 세워두었는데요."

"담당자에게 주차시키겠습니다. 몇 분이신가요?"

"다섯 명이오. 계약수도 있는데 괜찮나요?"

"저희 여관은 계약수를 데리고 계신 모험가분들도 이용할 수 있습니다. 다만 별도로 요금을 지불하셔야 하는데 괜찮으신가요?"

신 일행은 알았다고 말한 뒤 방으로 향했다. 다인 파티용 큰 방이 있었기에 그 방을 사용하기로 했다.

일행은 방에서 가볍게 회의를 한 뒤에 바로 밖으로 나왔다.

"그러면 이야기한 대로 해가 저물면 여기서 다시 모이자. 무슨 일이 있으면 메시지 카드를 보내줘."

신, 슈니, 유즈하는 교회를 정찰하러 가기로 했고 티에라, 카게로우, 슈바이드는 교회 주변의 정보를 수집하기로 했다. 그리고 빌헬름은 개인적인 지인과 접촉해보기로 했다.

"가자, 슈니."

"네."

말이 끝나자마자 신, 슈니, 유즈하의 모습이 인파 속으로 사라졌다.

"그러면 티에라 공, 우리도 가도록 하오."

"아, 알겠습니다."

신과 슈니와는 달리 슈바이드는 큰길을 당당하게 걸어가기 시작했다. 물론 슈바이드도 나름 유명했기에 비늘을 붉게 물들이고 이마에 뿔을 달아 변장을 했다.

살짝 긴장한 티에라는 그런 슈바이드의 꽁무니를 쭈뼛거리며 뒤따랐다. 카게로우는 언제나처럼 티에라의 그림자 속에 숨었다.

"자, 그러면 나도 가볼까."

네 사람이 멀어지기도 전에 빌헬름도 바로 행동에 나섰다. 그는 너무 빨리 걷지 않도록 주의하면서 뒷골목으로 들어섰다.

†

신과 슈니는 일단 정면으로 들어가 보기로 했다.

팔미락은 신전을 콘셉트로 만들어진 길드 하우스였고 다양한 수행을 할 수도 있었다.

현재도 그 시설이 남아 있는지 남녀노소 따지지 않고 많은 사람들이 단련을 하러 온다고 한다. 여행자와 상인 들이 한번 체험해보기 위해 오는 경우도 많았고 수행장의 문은 크게 열려 있었다.

"바깥쪽은 거의 바뀌지 않은 것 같은데."

"그런 것 같네요."

사람들이 많기는 했지만 신이 기억하는 광경과 눈앞에 펼쳐진 광경은 거의 일치했다. 다른 점이 있다면 수행장 앞의 접수처에서 기부금을 빙자한 요금을 받고 있다는 것 정도였다.

"하지만 맵은 여전히 복구되지 않는 건가."

"내부를 조사하려면 역시 숨어들 수밖에 없겠어요."

신은 직접 팔미락에 와보면 뭔가 변화가 있을 것이라 생각했지만 맵은 여전히 조용했다. 다만 직접 가본 곳은 자동으로 지도 정보가 기록되기는 했다.

당장이라도 잠입하고 싶었지만 팔미락은 육천의 길드 하우스였다. 작동하는 시설이 얼마나 되는지 모르는 상황에서 대낮에 숨어드는 것은 상책이라 할 수 없었다.

아무리 신이라도 건물의 모든 기능을 알고 있는 것은 아니기 때문이었다.

게다가 이곳 팔미락은 최고의 건축가 카인의 본거지였다. 여섯 개의 길드 하우스 중에서도 가장 위험하다는 것을 고려해보면 신도 신중해질 수밖에 없었다.

두 사람은 시설을 견학하는 척하며 지도 정보를 채우고 수상한 곳이나 잠입하기 좋을 만한 곳을 점찍어두었다.

"응?"

"왜 그러세요?"

"특별히 레벨이 높은 녀석이 있어. 고위 신관인가?"

다른 방문객들에 섞여 있던 두 사람 앞에 다른 신관들과 명백하게 분위기가 다른 신관이 다가오고 있었다.

옅은 녹색 머리카락과 갈색 눈동자를 가진 여성이었다. 긴 머리카락 사이로 튀어나온 뾰족한 귀와 미모를 보면 엘프가 분명했다. 발걸음에는 빈틈이 없었고 레벨은 206으로, 접수처에서 요금을 받던 신관들과는 차원이 다른 수준이었다.

"안녕하신가요."

"아, 네. 안녕하세요."

신은 다른 신관들처럼 가볍게 인사를 나누고 지나쳐 갈 것이라 생각했지만 엘프 신관은 예상과 달리 신과 슈니에게 말을 건넸다.

"견학하러 오셨나요?"

"네. 지그루스에 오는 건 처음이라 한번 들러보기로 했거든요."

"잘 생각하셨네요. 저는 리리시라라고 합니다. 궁금한 것이 있으시다면 저나 다른 신관들에게 편하게 말을 걸어주세요."

"저는 신이고 이쪽은 제 일행인 유키와 유즈하입니다. 배려에 감사드립니다. 하지만 왜 저희에게 말을 걸어주신 거죠? 다른 방문객들도 많은데요."

"그야 당신의 일행분이 하이 엘프이기 때문이죠."

리리시라라고 이름을 밝힌 여성의 말에 신은 놀라고 말았다.

엘프와 하이 엘프를 구분할 수 있는 신체적 특징은 없다. 그러나 리리시라는 슈니가 하이 엘프라고 단언하고 있었다.

"놀라게 해드렸다면 죄송합니다. 저는 엘프와 하이 엘프를 구분할 수 있거든요. 특이한 감각 같은 거라 설명하기는 힘들지만요."

"그렇군요. 저는 아무리 봐도 구분이 안 돼서 뭔가 특별한 방법이라도 있는 줄 알았네요."

어떻게 보면 굉장한 능력이라고도 할 수 있었다.

신은 슈니에게 심화로 물어보았지만 슈니도 겉모습만 보고 판단하기는 힘들다고 했다. 능력치나 레벨, 분위기로 판단할 수도 있지만 확실하게 단언할 수는 없는 모양이다.

"그런 능력을 갖고 계신 분은 오늘 처음 뵙네요."

엘프는 감수성이 뛰어나다고 하는데 그것이 묘하게 다른 방향으로 발전한 것인지도 모른다.

"아직 구경하지 못하신 곳이 있다면 제가 안내해드리겠습니다."

"그래도 될까요? 일하시는 데 방해가 되지 않을는지요?"

"많은 분들께 교회에 대해 알려드리는 것도 엄연히 신관이 해야 할 일입니다. 그리고 원래 이렇게 교회를 찾아주신 분들과 이야기 나누는 것을 좋아하거든요."

신은 내심 좀 더 자유롭게 돌아다니고 싶었지만 신관과 이야기를 하다 보면 쓸 만한 정보를 얻을지도 몰랐기에 제안을 따르기로 했다.

신은 교회의 역사와 가르침에 대한 이야기를 들으면서 궁금했던 점을 물어보았다.

"엉뚱한 질문 같지만 리리시라 님은 뭔가 무예 같은 것을 익히신 건가요?"

"네. 유사시에 사람들을 지키는 것도 저희 역할이니까요. 물론 지금은 따로 신관 기사분들이 계시죠. 그런데 제가 싸우는 기술을 갖고 있다는 걸 어떻게 아셨나요?"

"저도 조금은 실력에 자신이 있거든요. 리리시라 님의 움직임에는 빈틈이 없었습니다."

"그렇군요. 역시 바르멜 방어전에서 활약한 분들답네요."

"……저희를 알고 계셨나 보군요."

예상하지 못한 일이었기에 신은 한순간 움직임을 멈추었다.

"죄송합니다. 솔직히 말씀드리면 여러분을 알아보고 말을 걸었던 겁니다."

리리시라는 머리를 숙이며 말했다. 그녀의 태도에서는 적대감이 느껴지지 않았다.

"정보가 꽤나 빨리 전달되었군요."

"선정자분들이 심화를 사용하면 거리는 의미가 없다는 것을 아실 텐데요. 바르멜은 성지를 둘러싼 중요 도시 중 한 곳입니다. 저희도 정보를 수집하기 위해 사람을 파견해두었지요. 그리고 리온 공주님과 함께 바르멜 방어에 공헌한 모험가로 신 님의 이름이 서서히 유명해지고 있으니까요. 심화가 없었더라도 언젠가는 제 귀에도 들렸을 테지요."

고개를 살짝 끄덕거리는 슈니는 왠지 모르게 자랑스러워하는 듯했다.

지그루스에 들어올 때는 일단 얼굴을 숨겼지만 【은폐】 스킬 같은 것을 사용한 것은 아니었다. 어디선가 그를 알아본 것일 수도 있었다.

"그렇군요. 그래서 당신의 목적은 뭡니까? 교회에 소속되지 않겠느냐는 권유라면 죄송하지만 거절할 수밖에 없습니다."

신은 아닐 거라고 짐작하면서도 일단 선수를 쳤다.

"저희에게 그런 의도는 없습니다. 물론 여러분이 교회에 소속되어주신다면 분명히 마음 든든할 테지만 이번은 다른 일로 찾아왔습니다. 여기서는 말하기 뭐하니 제 개인 방으로 따라와주시면 감사하겠습니다."

"……알겠습니다."

리리시라의 목적은 분명치 않았지만 신은 거절하는 것보다 따라가는 편이 조금이라도 정보를 얻을 수 있겠다고 판단했다.

　무슨 일이 생기더라도 웬만하면 빠져나올 수 있는 반칙 수준의 능력치 덕분이기도 했다. 부숴버려도 상관없다면 팔미락 역시 튼튼하기만 한 건물에 지나지 않았다.

　슈니도 특별히 반론하지 않고 신을 따랐다.

　리리시라의 뒤를 따라 문을 몇 개 통과하고 계단을 내려가자 문이 쭉 늘어선 통로가 나타났다.

　『거주 구역인가.』

　『신관들의 개인실로 쓰이는 모양이네요.』

　신과 슈니는 조명 같은 기능이 살아 있는 것을 확인하며 조용히 걸어갔다.

　리리시라는 동일한 간격으로 놓인 문 중 한 곳을 열고 두 사람을 안에 들였다.

　개인실치고는 넓은 공간이었다. 구조는 작은 방 두 개와 넓은 부엌, 화장실로 구성되어 있었다.

　신과 슈니는 리리시라의 말을 따라 의자에 앉아 기다렸다.

　리리시라는 차를 준비해 가져왔다.

　"드세요."

　"감사합니다."

　신은 고맙다는 말과 함께 차를 한 모금 마셨다.

허브티인지 기분이 차분해지는 맛과 향이었다.

"그래서 할 이야기가 뭔가요?"

"실은 교회에 소속된 어떤 사제에 대해서입니다. 바르멜에서 『범람』이 발생했을 때 교회 소속의 선정자가 도시를 떠나 있었다는 것은 알고 계시겠지요."

리리시라의 말에 신은 리온이 했던 이야기를 떠올렸다.

"분명 누군가를 경호하기 위해 떠나 있었다고 했던 것 같은데요. 교회에 항의가 쇄도했다는 이야기도 들었습니다."

"그렇습니다. 원래는 그런 일이 있어서는 안 되지요. 저희도 설마 그런 만행을 저지를 줄은 몰랐습니다."

아무래도 바르멜에서 있었던 일은 리리시라와 다른 교회 관계자들에게도 예상 밖이었던 모양이다.

"주모자가 누구인지는 아시나요?"

"네. 다른 신관에게 죄를 덮어씌웠지만 저희는 흑막을 알아냈습니다. 주모자는 바로 브루크 엘바하. 교회에 소속된 사제입니다."

슈니의 질문에 리리시라가 대답했다. 브루크는 뒤에서 지시를 내려 희생양을 준비해둔 모양이었다.

"브루크…… 이야기하는 도중에 죄송합니다. 혹시 그 사제는 베일리히트의 교회 상속과 관련이 있지 않나요?"

신은 혹시나 해서 물어보았다.

"네. 브루크 사제는 베일리히트 교회, 그것도 귀족이 아닌 평민 구역 교회의 상속에 참견하고 있습니다. 뭔가 알고 계신 건가요?"

"그냥 확인하고 싶었던 건데…… 그에 관한 이야기는 나중에 하겠습니다. 지금은 신관님의 이야기를 계속 들려주세요."

"알겠습니다. 저희는 신 님과 유키 님께 저희와 함께 브루크를 제압하는 일을 의뢰하려고 합니다. 보수는 제 능력이 닿는 한 원하시는 만큼 드리겠습니다."

"이건 개인적인 의뢰입니까?"

"원래는 교회에서 의뢰해야 할 테지만 그럴 수 없는 이유가 있습니다."

신은 교회에서 의뢰를 하는 것이라 생각했지만 아니었다. 개인 방으로 안내한 것도 그런 이유인지도 몰랐다.

슈니도 고개를 끄덕였다.

"뭐, 당연히 그럴 만한 사정이 있으시겠죠. 하지만 여기서 저희가 거절하면 어떻게 되는 건가요? 저희가 정보를 누설할 가능성도 있을 텐데요."

"그럴 경우는 한동안 이곳에 머물러주셔야 할 겁니다."

리리시라가 그렇게 말하자 두 사람의 등 뒤로 갑옷을 장비한 기사들이 나타났다. 세 명이었다. 이미 검을 뽑아 들고 언제든 공격해올 준비를 하고 있었다.

숨어 있다는 것은 알고 있었지만 역시 이런 목적이었던 모양이다.

"살벌하군요."

"죄송합니다. 하지만 오명을 뒤집어쓰더라도 반드시 해내야만 하는 일입니다."

아무래도 교회 내부에 세력 다툼이 있는 듯했다. 신은 리리시라의 표정에서 심상치 않은 결의를 느꼈다.

"그러면 저희 이야기를 해드리죠. 브루크 사제와 베일리히트 교회에 대한 이야기입니다."

"······말씀하십시오."

브루크와 관련된 이야기였기에 리리시라도 진지한 표정을 지었다.

"복잡한 이야기는 아닙니다. 브루크 사제가 그 교회에서 보호하던 고아를 데려갔습니다. 말리려는 수녀에게 중상까지 입히면서요. 치료가 늦어졌다면 목숨을 잃었을 겁니다."

"······?!"

리리시라도 거기까지는 알지 못했는지 경악하는 표정을 지었다.

뒤에 서 있던 기사들도 동요하는 기색이 역력했다.

"모르고 계셨나 보군요. 납치당한 지 그리 오래되지는 않았지만 이미 이곳에 와 있을 겁니다. ─이참에 분명히 해두겠습니다. 저희는 납치당한 아이를 구하러 왔습니다. 만약 의심스럽다면 확인해보셔도 좋습니다."

"설마 그런 일이······. 한 가지 물어보고 싶습니다."

"뭔가요?"

"그 납치당한 고아가 특수한 칭호를 갖고 있지 않았나요?"

"어째서 그렇게 생각하시죠?"

미리의 『점성술사』 칭호에 대해 알고 있는 사람은 거의 없었다. 그런데 리리시라는 미리가 그것을 갖고 있다고 확신하는 것 같았다.

"저희가 브루크를 붙잡으려는 것은 어떤 분을 구하기 위해서입니다. 그분도 특수한 칭호를 갖고 계시거든요."

"리리시라 님! 그 이상은……!"

그 말을 들은 기사들이 제지하기 위해 끼어들었다.

동요하는 모습을 보니 아무에게나 꺼내도 되는 이야기가 아닌 것 같았다.

"걱정 마세요. 저희도 당신들과 다툴 생각은 없습니다. 서로 그 사제에게 볼일이 있는 건 마찬가지인 모양이니까요."

"그렇겠네요. 저희도 그렇게 해주시면 감사하겠습니다. 여러분도 검을 거둬주세요."

리리시라의 말에 기사들은 검을 칼집에 넣었다.

모두가 납득한 표정은 아니었지만 신과 슈니의 말을 듣고도 모른 척 공격할 수는 없었던 모양이었다.

"그런데 아무리 저희가 전공을 세웠다지만 너무 성급하게 접근하신 것 아닌가요? 사정이 있으시다는 건 알지만요."

"그건 저희도 충분히 알고 있습니다. 하지만 이제 시간이 없습니다. 저희가 구하려는 분의 목숨과 관련된 일이니까요."

"목숨이오?"

브루크의 행적을 생각해보면 그럴 가능성도 충분히 있었다.

왜 시간이 없다고 하는지는 알 수 없지만 교회 내부에 협력자가 생긴다는 것은 신과 슈니에게도 나쁜 일이 아니었다.

"아는 사람은 거의 없지만 그는 사실 시텐교의 신도이기도 합니다. 아니, 그쪽이 본업이라고 해야겠지요. 사제라는 지위에 올라 보이지 않는 곳에서 음모를 꾸미고 있었던 겁니다. 그리고 머지않아 행해질 의식에서 저희가 지키려는 분이 산제물로 바쳐진다는 정보를 입수했습니다. 그래서 성급한 방법이라는 것을 알면서도 여러분께 접촉한 겁니다."

거대한 조직 뒤에 숨어 사악한 음모를 획책하고 있었던 모양이다.

현실 세계에서도 악마 숭배 같은 것이 존재했기에 신은 그렇게까지 놀랍지 않았다. 다만 사람을 제물로 바친다는 대목에서는 눈썹이 살짝 찌푸려졌다.

"산 제물이라니 보통 일이 아니군요. 그 시텐교라는 건 뭔가요?"

신에게는 익숙하지 않은 단어였고 어감이 왠지 마음에 들지 않았다.

"시텐교란 한때 이 대륙에서 이름을 떨친 하이 휴먼을 신봉하는 자들의 집단입니다."

"하이 휴먼을…… 말인가요?"

시텐교의 시텐은 『지천(至天)』이라는 의미라고 한다.

"시텐교 자체는 나쁜 단체가 아닙니다. 각자 신봉하는 하이 휴먼에 따라 여섯 파벌로 나뉘어 매일같이 열심히 단련하는 사람들이고, 실제로 재현에 성공한 고대의 기술을 공개한 적도 있습니다."

리리시라의 이야기에 따르면, 하이 휴먼 여섯 명의 별칭을 따라 검정, 흰색, 빨강, 파랑, 금색, 은색의 여섯 분파가 존재하고 각자의 특기 분야에 대한 연구와 수행에 힘쓰고 있다.

예를 들어 『검은 대장장이』를 신봉하는 검정의 파벌은 대장일과 검술, 『붉은 연금술사』를 신봉하는 빨강의 파벌은 연금술과 마법을 연구하는 식이다.

수행 끝에 사라진 스킬을 부활시킨 적도 있을 정도였고 특히 전문 분야에서는 대륙에서도 최고 수준의 기술력을 자랑한다고 한다.

"문제는 100년 전쯤에 탄생한 일곱 번째 파벌입니다. 그들은 하이 휴먼의 경지에 올라서기 위해서는 보다 많은 피를 흘려 힘을 얻어야 한다고 생각하고 있습니다. 아마 하이 휴먼의 전쟁 기록을 보고 그렇게 판단한 거겠죠. 그래서 각지에서 폭동을 일으키거나 사람들을 무차별 공격하기도 합니다."

일곱 번째 파벌은 자신들을 정점의 파벌이라고 칭했다.

그 이름처럼 자신들이 정점에 어울린다고 여기는 모양이지만 하는 짓은 테러리스트나 다를 바가 없었다.

신은 자신들을 숭배하는 인간들이 존재한다는 것만으로도 어이가 없었는데 그런 위험한 인간들까지 있다는 말을 듣자 머리를 감싸 쥐고 싶어졌다.

"다른 파벌은 자신들이 정점의 파벌과 아무 관계도 없다고 주장하고 그들이 시텐교를 사칭하는 것조차 인정하지 않습니다. 그러나 초기에는 서로 밀접한 관계였기 때문에 일반적으로는 시텐교의 일파로 인식되고 있습니다."

한번 퍼진 인식은 쉽게 고쳐지지 않는 법이다. 그래서 지금도 혼동하는 사람들이 많다고 한다.

"그렇군요. 이해했습니다. 그런데 아까 산 제물을 바친다는 이야기는 뭔가요?"

"자세한 정보는 알 수 없지만 정점의 파벌에서는 특수한 힘을 가진 자들을 산 제물로 바치는 의식을 한다고 합니다. 그리고 그 힘이 특별할수록 파벌 내에서 지위가 올라간다는군요."

"파벌 내의 지위를 위해서요? 그게 교회에서의 지위를 포기할 만한 가치가 있는 건가요?"

교회라는 조직은 대륙에서도 가장 큰 권력과 힘을 가지고 있었다. 이번 일이 드러나면 브루크는 틀림없이 파문당할 것이다.

힘들게 얻은 사제 지위를 포기할 정도라면 그럴 만한 이점이 있다고 생각할 수밖에 없었다.

"저희도 거기까지는 알아내지 못했습니다. 하지만 자세한 정보가 들어오기를 기다리다가 시기를 놓치면 의미가 없습니다."

"그것도 그렇군요. 그러면 그 이야기는 넘어가죠. 우리도 브루크 사제가 어떻게 되든 관심 없으니까요."

의식을 통해 무엇을 얻을 수 있는지는 신 일행과 아무 관계도 없었다. 중요한 것은 구출할 대상이 늘어났다는 점이었다.

브루크가 관련되었다면 리리시라가 구하려는 사람과 함께 미리까지 산 제물로 바쳐질 가능성이 있었다. 신은 당연히 그것을 용납하지 않을 것이다.

"그러면 이제 구출에 대해 이야기해보죠. 우리는 이 시설, 팔미락의 기능이 어느 정도 살아 있는지 알고 싶습니다."

"기능 말인가요. 원래는 외부자에게 가르쳐드릴 수 없지만 이번에는 어쩔 수 없겠네요. 말씀드리겠습니다. 종래의 성능은 거의 발휘하지 못하고 있습니다."

"그런가요?"

"현재 활발히 이용되는 건 일정 수준의 아이템 생성 기능과 5급에 해당하는 해독 및 회복 기능 정도입니다. 그 밖에 건물 주위를 뒤덮은 몬스터 접근 방지용【배리어】도 있고요."

리리시라가 말한 내용 중에 신이 걱정했던 기능은 없었다.

중요한 장소는 어느 정도 보안 기능이 남아 있지만 완벽하지는 않기 때문에 상급 선정자들이 경비하고 있다고 한다.

"그렇군요. 참고하겠습니다. 한 가지 더 물어볼 게 있는데, 고위 신관밖에 모르는 기능도 있지 않은가요?"

"저는 이래 봬도 추기경의 지위에 앉아 있습니다. 제 위로는 교황님뿐이니까 거의 없다고 해도 되겠죠."

고위 신관이라는 것은 대충 예상했지만 추기경이라는 말은 의외였다. 사전에 얻은 정보에 따르면, 추기경은 정원이 몇 명밖에 안 되는 고위직이다.

"제가 생각하기에 추기경의 지위에 있다면 사제 정도는 어렵지 않게 처리할 수 있지 않나요?"

"그럴 수 없는 이유가 있습니다. 브루크 사제는 상대를 강제로 복종시키는 아이템을 갖고 있어서 그것을 우리가 지키려는 분, 성녀님께 착용시켰습니다."

신은 그 말을 듣고 눈썹을 찡그렸다. 게임 시절에 그런 아이템은 존재하지 않았기 때문이다.

"리리시라 님, 그런 이야기를 이자들에게 해도 되겠습니까?"

"말씀드리지 않으면 이분들이 위험해집니다. 신 님과 유키 님도 부디 조심하세요. 그 아이템은 검은 목걸이로 표면에 금색 문자가 새겨져 있습니다. 한번 장착하면 본인의 의사를 무시하고 명령에 따르게 할 수 있습니다. 심지어 장착한 사람을 죽음에 이르게 할 수도 있습니다."

리리시라는 의문을 표하는 기사를 타이르며 아이템에 대한 정보를 말해주었다.

상대를 강제적으로 복종시키는 아이템이라고 한다. 리리시라의 이야기를 들으면서 게임 시절의 지식을 되짚어보던 신은 어떤 이벤트를 떠올렸다.

"그런가……『비탄의 인형』."

"신 님? 왜 그러시나요?"

신이 떠올린 것은 제5차 업데이트『비탄의 인형』에서 발생하는 이벤트였다.

그중에 NPC가 강제로 적이 되는 이벤트가 있었다. 그때 NPC가 착용하고 있던 것이 검은 목걸이였다.

그 이벤트 자체는 플레이어에게 좋은 평가를 받지 못했다. 그 목걸이를 목에 걸면 서포트 캐릭터까지 적으로 돌아서기 때문이었다.

신도 서포트 캐릭터 몇 명이 적으로 돌아서는 바람에 고전했던 기억이 있었다.

"바로 그거였어. 그때의 아이템이 어딘가에 남아 있던 건가. 웃기지도 않는 짓을 하는군."

NPC를 예속 상태에서 회복시키려면 특수한 아이템이 필요했다. 하지만 이벤트 한정 아이템이었기에 신의 아이템 박스 안에도 재고가 없었다.

'드디어 그 칭호가 도움이 될 때가 온 건가.'

오리진을 쓰러뜨렸을 때 얻은 칭호 『해방자』.

아무래도 그것을 얻게 된 분명한 이유가 있는 모양이었다.

†

신 일행이 리리시라와 이야기를 나누고 있을 무렵이었다.

슈바이드와 티에라는 여전히 지그루스 시내를 돌아다니고 있었다.

물론 목적도 없이 걸어 다니는 것은 아니었다.

"흐음, 역시 도시의 요소마다 선정자로 보이는 자들이 있구려."

"그런가요?"

"얼핏 보면 알아보기 힘들지만 순찰을 도는 위병들과 성문의 경비병들 중에 명백하게 움직임이 다른 자들이 섞여 있소. 저기 앞에서 오는 2인조도 그렇소이다. 오른쪽 인물이 보이오?"

"네……. 으음, 미토스 클릭. 레벨은 201……이 맞나요?"

티에라는 슈바이드의 말을 따라 앞에서 걸어오는 위병들을 체크했다.

하지만【애널라이즈】로 확인할 수 있는 것은 상대의 이름과 레벨뿐이었다.

직업까지는 보이지 않았기에 상대의 능력치가 더 높다는 것을 알 수 있었다. 다만 그것이 단순한 레벨 차이 때문인지, 아니면 선정자이기 때문인지는 티에라가 판단할 수 없었다.

"……이거 놀랍소이다. 보였던 것이오?"

"네? 아, 네. 직업까지는 알아낼 수 없었지만요. 혹시 틀렸나요?"

이름과 레벨이 보였다는 티에라의 말에 슈바이드는 놀라움을 감추지 못했다.

"아니, 정확하오. 티에라 공을 얕봤던 것은 아니오나 상대와의 역량 차이를 고려하면 선정자도 아닌 티에라 공에게 그 정도까지 보일 줄은 몰랐던 것이외다. 불쾌했다면 사과하겠소."

"네에?! 아니, 아니, 굳이 그러지 않으셔도 돼요. 여러분과 비교하면 제가 약한 게 사실이니까요."

슈바이드가 머리까지 숙이며 사과하자 티에라는 다급히 말렸다.

능력이 떨어진다는 것은 티에라도 자각하고 있는 사실이었다. 슈바이드가 보기에는 눈앞의 선정자나 티에라나 거기서 거기일 것이다.

다만 슈바이드의 말처럼 어째서 선정자의 이름과 레벨이 보였는지는 티에라도 알 수 없었다.

"어어, 어쨌든 이대로 계속 도시를 돌아다닐 건가요?"

"으음, 일단은 이 지그루스의 지도를 전부 채우고 싶소. 그일을 끝내두면 설령 녀석들이 팔미락에서 거리로 도망친다해도 뒤쫓기 쉬워질 것이오."

신에게서 도망치려면 순간 이동이나 하늘을 나는 방법밖에 없을 테지만 슈바이드는 만약의 사태에 대비해 미니맵의 정보를 계속 채워나갔다.

서포트 캐릭터의 미니맵은 주인과 공유되기 때문에 신이 팔미락 내부를 채우고 슈바이드가 거리를 채운다면 지그루스 전체의 지형을 파악할 수 있었다.

"지금 어느 정도 끝났나요?"

"아직 전체의 1할 정도요. 이렇게나 넓으면 맵 정보를 채우는 것도 쉽지 않구려."

"그 미니맵이라는 건 스킬인가요?"

"아니, 스킬은 아니오. 흠, 뭐라고 설명하면 좋을지 모르겠구려. 반투명한 지도가 시야 위쪽에 표시되는 것인데, 실제로 보기 전에는 이해하지 못할 것이오."

게임에 대해 모르는 티에라는 맵 화면이 어떤 것인지 상상이 가지 않았다.

이야기만 듣고 무언가를 상상하는 것은 의외로 어려운 법이다.

"저도 사용할 수 있다면 둘로 나뉘어서 돌아다닐 수 있었을텐데요."

"이것만큼은 어쩔 수 없소. 뭐, 지도를 채우는 것 외에도 혹시 모를 정보를 찾아내는 것도 우리의 임무요."

정찰 활동은 기본적으로 신과 슈니, 그리고 황금상회의 담당이었지만 티에라와 슈바이드도 일단 정보 수집 임무를 맡고 있었다.

은밀하게 행동하기 힘든 슈바이드와 티에라는 함께 있어봐야 신과 슈니의 발목을 잡을 뿐이었다. 그래서 거리에 나와 뭔가 수상한 움직임이 없나 살펴보기로 한 것이다.

슈바이드와 티에라는 미니맵을 채워가면서 계속 거리를 돌아다녔다.

다양한 장소에서 다양한 물건과 사람 들이 모여드는 지그루스는 거리의 모습도 다른 도시들과 달랐다.

"슈바이드 씨. 저는 지금 우리가 어디를 걸어가고 있는지 모르겠어요."

"아무래도 거리 자체가 복잡하게 만들어진 것 같구려. 아마 공격당했을 때 시간을 벌기 위해서일 것이오."

모퉁이를 몇 번만 돌아도 가게의 종류나 걸어가는 사람들의 모습이 완전히 바뀌었다. 덕분에 티에라는 자신의 현재 위치도 알 수 없게 되어버렸다.

티에라는 방향 감각이 예리한 편이었지만 지그루스의 복잡한 지형이 그것을 능가했다.

지그루스에 사는 사람들이 어떻게 자기 집을 찾아가는지

궁금할 정도였다.

"이 도시를 설계한 사람은 상당한 천재 같소이다."

"그런가요?"

한창 길을 헤매는 중인 티에라는 이런 복잡한 거리를 만든 사람이 똑똑하다는 생각은 들지 않았다.

"티에라 공은 이해하기 힘들지도 모르지만 여기저기에 숨겨진 통로가 있소. 아직 전부 확인한 것은 아니지만 따라가 보면 전부 팔미락과 이어지고 있소이다. 전에 교회에는 숨겨진 통로가 있는 게 당연하다고 누가 말했지만 이건 정말 철저하오."

슈바이드의 미니맵에는 눈으로는 알아볼 수 없는 숨겨진 통로가 표시되는 듯했다. 그 전부가 교회로 연결된다면 비상구는 대체 몇 개나 되는 것일까.

"으음, 그건 결국 교회에서 원군을 보내기도 쉽고 기습을 걸기도 쉽다는 뜻인가요?"

"그렇소이다. 갑자기 나타나 공격하다 적이 반격하기 전에 사라지는 것이오. 공격 측에서는 거리의 복잡한 구조 때문에 유기적으로 행동하기도 어렵소. 지그루스가 난공불락으로 불린 것은 이것 때문이기도 할 것이오. 강력한 기사나 선정자들에게 게릴라전을 당하면서 제대로 공격할 수 있을 리 없소."

슈바이드의 말에 따르면, 여러 겹으로 겹쳐진 듯한 거리 구조는 다중 장벽 같은 역할도 하고 있다.

하지만 티에라는 얼마나 많은 공격을 받았기에 그 정도로 방비를 단단히 해야 했던 건지 궁금했다.

"무리도 아니지. 이 정도는 해야 안심할 수 있을 만큼 『영광의 낙일』 이후의 전란은 치열했소이다. 하물며 이곳은 주위를 점령해 영토를 넓혀나가던 국가들과는 확연히 달랐으니 말이오. 전란을 피해 달아난 자, 싸울 수 없게 된 자, 고국에서 쫓겨난 자들이 찾을 수 있는 최후의 보루나 다름없었소."

"아. 이 거리 구조는 주민들이 몸을 숨기기 쉽게 하기 위한 측면도 있었군요."

"확실치는 않으나 아마 그럴 것이오."

『영광의 낙일』이 발생한 뒤의 전쟁을 겪은 슈바이드는 과거를 회상하는 눈빛으로 당시의 정세를 이야기했다.

그때는 슈바이드도 근방의 드래그닐을 하나로 통합하느라 분주했다. 그래서 교회의 사정이 어땠는지는 알 수 없지만 비슷한 상황이었으리라는 것은 추측할 수 있었다.

킬몬트도 부상자들을 보호하면서 성장했기 때문이다.

"정원에서만 살아본 저는 사람들끼리의 큰 전쟁이 어떤 건지 상상이 잘 안 돼요. 몬스터와의 대규모 전투는 바르멜에서 체험해봤지만요."

"지금은 기껏해야 도적들 상대로 싸우는 정도일 것이오. 나도 이제 더 이상 전쟁이 벌어지는 것은 원하지 않소. 몬스터를 상대로 싸우는 것과는 전혀 다르다오."

슈바이드는 직접 체험해본 사람만이 가질 수 있는 독특한 분위기를 풍기며 말했다.

티에라도 이미 도적의 목숨을 빼앗은 적이 있지만, 전쟁에 대해 말하는 슈바이드의 태도를 보면 지금의 그녀로서는 상상조차 할 수 없을 만큼 참혹한 일이라는 생각이 들었다.

"이런, 내가 별로 재미없는 이야기를 했나 보오."

"아니요, 많은 걸 배웠어요."

수많은 전쟁터를 거쳐온 슈바이드의 이야기에는 분명한 무게감이 있었다.

결코 재미있는 내용은 아니었지만 애초에 전쟁 이야기가 재미있는 것이 이상했다.

"……저기, 고국에서 쫓겨난 사람이 그렇게나 많았나요?"

"많지는 않았지만 드물지도 않았소. 이유를 들자면 끝이 없지만 지금 생각해보면 별것 아닌 이유도 많았지."

티에라의 갑작스러운 질문에 슈바이드는 담담하게 대답했다.

"그러고 보니 저주를 받아 살던 곳에서 쫓겨난 자도 있었소."

"……?! 저기, 그건 대체……."

"고레벨 몬스터를 끌어당기는 저주를 받은 것이오. 그런 사람은 매우 드문 경우라오. 나도 『영광의 낙일』 이후로는 한 사람밖에 보지 못했소."

티에라는 그 인물이 자신과 똑같이 【저주의 칭호】를 가진 사람이라는 것을 알 수 있었다.

자신의 경험을 되짚어보면 그 사람도 힘든 처지였을 거라는 생각이 들었다. 하지만 슈바이드는 그렇게 심각하지 않은 말투였다.

"그 사람은 어떻게 됐나요?"

"병사들의 레벨업에 협력해주었소. 그때는 참 많은 도움을 받았지."

"……네?"

티에라는 묘한 기시감을 느꼈다.

그와 동시에 대화의 분위기가 바뀌었다.

"분명 위험한 칭호이기는 하나 이용하기에 따라서는 주위에 피해가 생기지 않게 할 수 있소. 그래서 치료법을 찾아주는 대신 몬스터를 모아달라는 부탁을 했소이다. 그때는 레벨업의 효율이 정말로 좋았소. 병사들도 기쁜 비명을 지르더이다."

티에라는 그것은 분명 생명의 위기에서 나온 비명이라는 생각이 들었다.

역시 신의 종자답게 사고방식이 비뚤어져 있었다.

다행인 점은 저주받은 사람이 부당한 대접을 받지 않았다는 사실이었다. 슈바이드의 이야기를 들어보면 그 사람을 함부로 대하지는 않은 것 같았기 때문이다.

"역시 슈바이드 씨도 스승님과 같은 종류였네요."

"음, 슈니만큼은 아니라고 생각하오만."

슈바이드도 슈니의 스파르타 교육을 알고 있었는지 티에라의 말을 조심스레 부정했다.

하지만 티에라가 보기에 고레벨 몬스터를 상대로 레벨업을 시키는 슈바이드는 명백하게 슈니와 같은 부류였다.

'신의 부하들은 다들 이런 거야?'

아직 만나지 못한 다른 멤버들이 있다는 생각이 들자 티에라는 이대로 신을 따라가도 될지 걱정이 되었다.

"자, 장난치는 것도 이쯤 해둬야겠소. 티에라 공, 미안하지만 다음 모퉁이에서 오른쪽이오."

"이제 슬슬 오려나요?"

슈바이드가 목소리를 낮추며 말했다.

티에라는 그의 의도를 바로 알아차렸다.

티에라는 사람들의 시선에 민감했다. 그래서 여관을 나온 뒤로 자신을 바라보는 시선이 있다는 것을 느끼고 있었다.

"시선이 집중된 것을 보면 티에라 공을 노리고 있는 것 같구려. 짐작 가는 바는 있소?"

"아니요. 지그루스에는 처음 와보거든요. 아니, 애초에 저는 아는 사람 자체가 별로 없으니까요."

티에라는 얼마 전까지만 해도 달의 사당에서 나오지 못했다. 게다가 손님을 맞을 때도 변장을 하고 있었기에 그녀를 노릴 만한 이유는 전혀 떠오르지 않았다.

아는 사람 자체가 별로 없다는 말이 스스로도 살짝 슬프게 느껴질 따름이었다.

"그러면 그것도 함께 물어야겠구려."

"숫자는…… 네 명일까요?"

"여섯이오. 기척이 옅은 자가 두 명 있소. 넷이서 먼저 덤벼보고, 만약 당한다면 방심한 틈을 타 기습하려는 것 같소이다."

"저는 모르겠어요. 역시 스킬 덕분인가요?"

"아니요. 나는 그 정도로 적을 잘 탐지해내지 못하오. 탐색 계열 스킬은 신과 슈니에게 못 미친다오. 하지만 기척을 읽을 수 있지. 적도 상당한 실력자지만 살기가 새어 나오는 것을 보면 아직 미숙하오."

슈바이드는 스킬에 의존하지 않고 기척만으로 적의 숫자를 간파해냈다. 역전의 전사라면 스킬 없이도 이 정도는 해낼 수 있는 것이다.

티에라는 기척이 옅다는 슈바이드의 말을 이해하기 힘들었다.

"숫자와 기척을 보면 단순한 강도는 아닌 것 같소."

"그렇겠죠. 저만 노리는 것도 조금 이상하고요."

그들이 미리와 관련되었는지는 알 수 없지만 습격한 이유를 물어봐도 나쁠 것은 없었다.

지금은 조금이라도 많은 정보가 필요했다. 만약 상대가 이 도시의 암흑가와 관련이 있다면 그쪽으로 정보를 얻을 수도 있을 것이다.

두 사람은 별것 아닌 대화를 나누는 척하며 예정대로 모퉁이를 돌았다. 그쪽에는 폭이 2메르도 되지 않는 좁은 골목길이 있었다.

두 사람이 도는 것을 감지하자마자 등 뒤에서 네 개의 기척이 접근해왔다. 티에라가 긴장하는 사이 두 개의 기척이 그들의 앞쪽으로 이동하는 것이 느껴졌다.

벽을 타고 지붕에 올라 앞지른 것 같았다. 분명 일반인의 속도는 아니었다.

"일단 상황을 살피려는 것 같소."

"그러네요."

골목길은 대낮인데도 어둑어둑했다. 그곳은 큰길과 접해 있지만 마치 보이지 않는 벽이라도 있는 것처럼 사람들의 눈길이 닿지 않았다.

밝은 큰길에서는 어두운 골목길이 제대로 보이지 않는 탓이었다.

천천히 걸어가는 두 사람의 앞뒤에서 각각 두 명의 기척이 느껴졌다. 하지만 정작 모습은 보이지 않았다.

"……? 에잇!"

의심쩍게 눈을 가늘게 뜨던 티에라를 향해 투척 나이프가 날아왔다.

 하지만 상대의 존재를 알고 있던 티에라는 나이프의 바람 소리에 반응해서 오른손으로 단검을 휘둘렀다.

 거침없는 칼날의 궤적이 티에라를 향해 날아온 투척 나이프를 전부 튕겨냈다.

 "쳇."

 혀를 차는 소리와 함께 무언가가 부스럭거리는 소리가 티에라의 귀에 들렸다. 그와 맞춰 티에라의 눈앞에서 풍경의 일부가 일렁였다.

 "……!!"

 티에라는 그 일렁임을 놓치지 않았다.

 티에라는 작게 숨을 토해내며 갚아주려는 듯이 나이프를 투척했다. 오른손의 단검을 앞으로 내민 것과 동시에 왼손으로 미리 준비해둔 것이다.

 신이 직접 만든 투척 나이프는 평범한 철을 사용하기는 했지만 성능만큼은 평범하지 않았다. 투척된 나이프는 일직선으로 날아가서 푹 하는 가벼운 소리를 냈다.

 "우욱!"

 하지만 가벼운 것은 소리뿐이었다.

 신음과 함께 무언가가 땅에 쓰러지는 소리가 나더니 모래 먼지가 피어올랐다.

일렁임이 사라지더니 그곳에서 다리를 감싸 쥐고 쓰러진 남자의 모습이 나타났다.

나이프가 다리에 맞았는지 바지의 허벅지 부분이 피로 물들어 있었다.

그리고 남자의 뒤쪽 지면에 나이프가 박혀 있었다. 놀랍게도 다리를 관통해버린 모양이었다.

하지만 상대의 공격은 그 정도로 멈추지 않았다.

쓰러진 남자를 무시하며 다른 하나의 일렁임이 티에라를 향해 다가왔다.

"쉿!"

"야앗!"

일렁임에서 갑자기 단검 칼날이 나타났다.

그러나 자신을 노리는 단검 앞에서도 티에라는 냉정했다.

그녀는 칼날의 궤적을 정확히 바라보며 오른손에 든 단검을 상대의 단검에 맞히듯이 휘둘렀다. 서로의 무기가 부딪힌 다음 순간, 상대의 단검은 파직 하는 소리를 내며 부러지고 말았다.

"아니!"

4분의 1 정도만 남은 자신의 무기를 보고 동요하는 상대에게 티에라는 소리 없이 한 걸음 내디뎠다. 그와 동시에 티에라의 몸에서 마력이 분출되었다.

다음 순간 마력으로 강화된 티에라의 몸이 빠르게 가속되었다.

단검을 휘두른 궤도를 통해 상대의 체격과 자세를 대충 예상한 뒤에 강화된 왼 손바닥을 내질렀다.

미처 방어하지 못했는지 일렁임과 부딪친 손바닥에서 가죽 갑옷이 찢어지는 듯한 감촉이 전해졌다.

"커헉……."

짧은 날숨과 함께 습격자가 쓰러졌다. 무의식중에 공격당한 부위로 손이 갔는지 명치 부분을 움켜쥐고 있었다. 아무래도 공격이 정통으로 들어간 듯했다.

"휴우."

티에라는 상대가 기절한 것을 확인하고 의식이 남아 있던 다른 한 명도 기절시켜버렸다. 그리고 상대를 공격한 왼손을 풀어주듯이 휘저으면서 마음을 진정했다.

현재 티에라의 능력치는 어디까지나 일반인의 범주를 벗어나지 못했다. 방금 공격은 아무리 손바닥이라지만 티에라의 가는 팔로는 오히려 팔에 대미지를 입을 만큼의 충격이 있었다.

그것을 완화해준 것이 마력에 의한 신체 강화였다. 보조계 무예 아츠【조기(躁氣)】의『활섬(活閃)』과『금강(金剛)』의 합체 기술이었다.

스킬만큼은 아니지만 전신 혹은 몸의 일부를 강화해주기 때문에 근접전에 불리한 엘프의 약점을 보완할 수 있었다.

티에라가 슈니에게 배운 근접전용 기술이었다.

"우와, 저게 뭐야……."

티에라가 뒤를 돌아보자 습격자 두 명이 슈바이드에게 머리를 잡혀 있었다.

자신도 기척을 감지할 수 있는 상대에게 슈바이드가 고전할 리는 없기 때문에 티에라는 등 뒤를 전혀 걱정하지 않았다. 하지만 대체 무슨 일이 있었나 물어보고 싶어지는 광경이었다.

발버둥 치던 두 습격자는 슈바이드가 팔에 힘을 주자 얌전해졌다. 머리를 잡혀 축 늘어진 모습은 매우 공포스러웠다.

티에라는 슈바이드에게 말을 건네려고 다가가려다가 아슬아슬하게 몸을 뒤로 날렸다.

"……남아 있다는 걸 몰랐다면 당했겠어."

머리 위를 통과한 칼날을 보며 표정이 굳은 티에라는 다시금 전투 자세를 잡았다.

희미하게 새어 나온 살기를 감지할 수 있었던 것은 방금 전투로 기척에 민감해졌고 사전에 두 명이 더 있다는 것을 알고 있었기 때문이었다.

티에라가 감당할 수 없는 상대라면 슈바이드가 전부 처리하기로 미리 정해져 있었다.

만약 티에라가 방금 공격을 피하지 못했더라도 슈바이드가 정확하게 막아주었을 것이다.

하지만 티에라는 보호만 받는 존재가 되고 싶지 않았다.

즉시 자세를 가다듬으며 단검이 날아온 방향을 돌아보았다. 하지만 티에라의 목숨을 사냥하려 한 상대의 모습은 어디에도 없었다.

풍경이 전혀 일렁이지 않는 것을 보면 모습을 감추는 스킬도 방금 전의 상대보다 훨씬 뛰어난 것 같았다.

'온다. 하지만 보이지 않아!'

상대가 공격에 나설 것은 알고 있었다. 티에라는 희미하게 새어 나온 살기를 통해 그것을 느꼈지만 정작 상대의 움직임을 전혀 감지할 수 없었다.

긴장으로 굳은 몸을 채찍질하며 감에 의지해 움직이려고 할 때 티에라의 머리 위를 붉은 팔이 통과해갔다.

"……?!"

그것은 다름 아닌 슈바이드의 팔이었다. 거기 붙잡힌 인간의 머리에서 고통스러워하는 호흡이 새어 나오고 있었다.

"흐음. 방금은 잘 반응했소."

"……네."

포획된 습격자가 기절한 것을 확인하고서야 티에라는 긴장을 풀었다.

돌아보니 슈바이드의 반대쪽 팔에도 다른 습격자가 잡혀 있었다.

"괜찮소이까? 미안하오. 긴장하게 했군."

"아, 아니요. 괜찮아요. {익숙}하거든요."

"음? 티에라 공의 실력으로는 위험한 상대였소만."

"······익숙하거든요."

티에라는 쓴웃음을 지으며 말했다.

그런 그녀를 보며 '무엇'에 '어떻게' 익숙한 것인지 묻지 않는 것은 슈바이드의 배려였다. 방금 전까지 슈니에 대해 이야기하고 있었기에 눈치챈 것 같았다.

"그러면 이자들은 잠시 재워두기로 하오. 이곳에서 이야기를 물어보기에는 사람들의 눈이 많소."

슈바이드는 그렇게 말하며 마법 스킬로 습격자들을 더욱 깊은 잠에 빠뜨렸다.

이미 흔들어 깨워도 일어나지 못할 정도의 대미지를 입은 것 같았지만 조심해서 나쁠 것은 없었기에 티에라는 굳이 끼어들지 않았다.

슈바이드는 아이템 박스에서 2메르 정도 길이의 나무 상자를 꺼내 무장을 해제시키고 팔다리를 묶은 습격자들을 집어넣었다.

슈바이드가 나무 상자를 어깨에 짊어지자 바로 짐꾼의 분위기가 풍겼다.

주위에도 크기는 다르지만 짐을 나르는 사람들이 간간이 보였기에 슈바이드도 그렇게 눈에 띄지 않았다.

"······아, 그런 식으로 옮기는 거군요."

티에라는 어떻게 여섯 명이나 옮길까 생각했지만 의외로 간단했다. 습격자들에게는 조금 가혹하지만 그들이 한 짓을 생각하면 당연한 처사였다.

"그러면 가도록 하오. 신과 슈니도 단서를 잡은 것 같소. 일단 돌아온다는구려."

"저는 오늘 바로 미리를 구출해오지 않을까 생각했지만요."

"장소가 장소니까 말이오. 같은 하이 휴먼의 거점에서는 신중해질 수밖에 없을 것이외다."

"그렇게 엄청난가요?"

달의 사당밖에 모르는 티에라는 하이 휴먼의 거점이 어떤 곳인지 잘 알지 못했다.

【배리어】와 【월】의 이중 결계로 지켜지며 최고의 자재로 만들어진 달의 사당도 특징이라고 할 만한 것은 그것뿐이었다. 특별한 요격 수단은 갖고 있지 않았다.

"팔미락은 일종의 요새라고 할 수 있소. 상급 선정자로 구성된 모험가 파티 여럿을 침입하기도 전에 섬멸할 수 있는 시설을 단순한 연구 시설이라고는 할 수 없을 것이오."

"아하하…… 그건 그러네요."

어색한 웃음이 나올 수밖에 없었다.

시설 내로 유인해 함정에 빠뜨린다면 차라리 이해가 쉬울 것이다.

하지만 슈바이드의 말이 맞는다면 그것은 틀림없는 요새였다.

"그래도 그렇다면 주변에 도시를 만들 수가……."

"아마 완전하게 기능하고 있지 않을 것이오. 원래대로라면 도시의 중심이 날아가고도 남소."

"뭐랄까, 정말 말도 안 되네요. 하이 휴먼은."

티에라는 그렇게 중얼거리면서도 그들을 상식적으로 판단하는 것을 이미 포기한 지 오래였다.

그들은 아예 다른 항목으로 분류되어 있었다.

그렇게라도 하지 않으면 자신의 판단 기준이 이상해질 것이라 직감했기 때문이다.

'이야기를 들으면서 그 정도는 가능할 것 같다는 생각이 드네. 이미 늦은 건가…….'

늦은 수준이 아니라 이미 자신 역시 다른 항목으로 분류되어야 한다는 것을 티에라는 모르고 있었다.

사람은 항상 자신도 모르는 사이에 상식에서 벗어나는 법이다.

†

'그건 그렇고 나를 노리다니, 대체 무슨 생각인 걸까?'

티에라는 여관을 향해 돌아가면서 나무 상자에 담긴 습격자들에 대해 고민하고 있었다.

바르멜이라면 티에라의 이름과 용모가 널리 알려져 있었다. 병사와 모험가뿐만 아니라 일반인들 사이에서도 어느 정도 유명한 수준이었다.

하지만 지그루스에 오는 것은 처음이었고 이곳에는 아는 사람도 없었다.

달의 사당에서 점원 일을 할 때, 용모가 뛰어난 자를 납치한다는 도적의 이야기를 모험가에게서 들은 적이 있었다.

하지만 그렇다고 가정해도 강력한 드래그닐과 함께 있는 여성을 습격하는 것은 역시 이상했다. 단순히 티에라를 납치하는 것이 목적이라면 혼자 있을 때 노렸을 것이다.

"자, 도착했구려."

"아, 제가 열게요."

은사정에 도착하자 티에라는 먼저 문을 열어주었다. 아무리 슈바이드라도 2메르가 넘는 나무 상자를 든 채로 문을 열기는 힘들다고 생각했기 때문이다.

"어서 오세요."

"소란을 피워서 죄송합니다. 금방 2층으로 올라갈게요."

커다란 짐을 짊어진 슈바이드에게 가게 안의 시선이 집중되었다.

티에라는 슈바이드를 보고도 태연하게 응대하는 웨이트리스에게 양해를 구한 뒤에 앞장서서 2층으로 이동했다.

앞쪽에서 다가오던 모험가들도 티에라 같은 미소녀의 말을 거절할 수는 없었는지 순순히 길을 양보해주었다.

"자, 그러면 신과 슈니가 돌아오는 것을 기다리도록 하오."

슈바이드는 나무 상자를 한구석에 밀어놓고 의자에 앉았다.

"상자를 저렇게 놔도 괜찮을까요?"

"괜찮소. 녀석들은 흠집도 내지 못할 것이오."

겉보기에는 단순한 나무 상자 같았지만 역시 특수한 자재로 만들어진 모양이었다.

티에라도 그곳에서 묘한 마력이 풍겨 나오는 것을 느끼고 있었다. 그것도 자신이 어렸을 때 살던 정원의 중심에 서 있던 세계수와 비슷한 마력이었다.

'설마…… 아니겠지.'

세계수는 엘프와 하이 엘프에게 매우 중요한 나무였다. 『영광의 낙일』 이후로 숫자가 줄어들었기 때문에, 만약 가지 하나만 잘라내도 모든 엘프를 적으로 돌리는 것이나 다름없었다.

그래서 아무리 신의 부하라도 세계수를 베어 자재를 얻었다는 생각은 하고 싶지 않았다.

"저기…… 그 상자는 뭘로 만든 건가요?"

하지만 역시 물어보지 않을 수 없었다.

티에라의 상식을 하나하나 박살 낸 그들이었다. 만에 하나의 가능성도 무시할 수 없었다.

"저것 말이오? 저것은 달의 사당을 만들고 남은 재료를 쓴 거라오. 분명 세계수의 줄기 부분을 사용했을 거요."

"……"

설마가 사람을 잡고 말았다.

세계수는 오리할콘에 준하는 강도에 마법과 연금술의 촉매로도 가치가 있었다. 게다가 자연스럽게 떨어지는 잎이나 잔가지도 아니고 줄기로 만들었단다.

"어, 어떻게 얻으셨는데요?"

질문하기도 두려웠다. 만약 멋대로 베어버렸다는 대답이 나오면 어떻게 해야 좋을지 알 수 없었다.

"길렀소이다. 『영광의 낙일』이 발생하기 전에 신의 동료인 헤카테 공이 관리하는 거점에서 말이오."

슈바이드는 추억을 회상하듯 말했다.

헤카테의 거점은 『5식 혼란 정원 로메눈』이었다. 베레트가 접근할 수 없었다고 신에게 말했던 장소였다.

"세계수를…… 기른다고요."

침착한 슈바이드와 달리 티에라는 육천의 비현실성을 통감하고 있었다.

세계수의 육성법은 현재 하이 엘프의 우두머리와 그 보좌역 정도밖에 알지 못했다. 애초에 누구에게도 공개되지 않는 비법이었다.

그것을 집에서 키우는 나무처럼 키웠다고 말하는 슈바이드를 보며 반쯤은 어이가 없었고 반쯤은 화가 났다.

엘프라는 종족에게 세계수는 신앙의 대상이나 다름없었다.

엘프는 세계의 마력을 순환하는 데 일익을 담당하는 세계수를 무척 신성하게 여긴다. 세계수의 가지와 잎조차도 엘프들 사이에서는 매우 귀중한 물건으로 취급받았다.

물론 아이템으로 유용했고 다양한 약의 재료로 사용되었다. 엘프만큼은 아니지만 다른 종족들 사이에서도 매우 귀중한 물건으로 취급되고 있었다.

"지금은 어렵겠구려."

"그야 당연하죠. 애초에 키우겠다는 생각을 하는 것 자체가 이상한 거라고요."

쓴웃음을 짓는 슈바이드에게 티에라가 툭 내쏘았다. 실제로 목격한 슈바이드에게는 당연한 이야기지만 티에라에게는 그런 생각 자체가 바보처럼 느껴졌던 것이다.

"그것도 신이 있다면 어떻게든 될 것 같기는 하오."

"그건…… 부정할 수 없네요."

같은 육천인 만큼 그 방법을 알고 있어도 이상할 것은 없었다.

"하지만 그것도 이번 일이 끝난 뒤에나 가능할 것이오. 신과 슈니가 왔구려. 빌헬름 공에게서 대답이 없는 것이 신경쓰이지만 일단은 정보부터 교환하도록 하오."

슈바이드는 신 일행이 온 것을 감지하고 방의 입구로 향했다.

그리고 잠시 뒤에 유즈하를 어깨에 태운 신과 슈니가 나타났다.

"……빌헬름은 아직 안 왔어?"

신은 잠시 방을 둘러보며 말했다.

"으음, 아직이오. 메시지에도 답장이 없소."

슈바이드는 신에게 연락할 때 빌헬름에게도 메시지를 보냈다. 하지만 어느 정도 시간이 지난 지금까지도 답장이 오지 않았다.

"……누군가와 대화 중인가?"

"그럴지도 모르오. 메시지는 심화와 달리 즉답할 수 없으니까 말이오."

대화 중이라면 일일이 메시지를 열어보기 힘들 것이다.

하지만 현재로서는 확인할 방법이 없었기에 일행은 먼저 정보부터 종합해보기로 했다.

"습격자에 대한 것 말인데, 리리시라 씨가 이번 일과 관련이 있을지도 모른다고 했어."

신은 리리시라에게서 얻은 정보를 이야기한 뒤에 마지막에 그렇게 덧붙였다.

슈바이드에게서 메시지를 받았을 때 습격자에 대해서도 리리시라에게 이야기했던 것이다. 신의 동료가 습격당했다는 말을 들은 리리시라는 확실하지는 않다는 전제로 그렇게 이야기했다.

"흐음, 그런 것치고는 티에라 공을 노렸다는 것이 신경 쓰이오. 신과 슈니에 대해 조사하기 위해서였다면 정보도 없는 내가 있을 때 굳이 공격해왔다는 것도 이상하구려."

그 말에 신도 고개를 끄덕였다.

슈바이드가 합류한 지는 불과 몇 시간도 되지 않았다.

변장을 했기에 슈바이드라는 것을 들키지는 않았을 테지만 정체도 모르는 동료와 함께 있을 때 습격한 것은 다소 경솔하다고 할 수 있었다.

만약 그의 정체를 알고 있다고 해도 공격하는 것 자체가 바보 같은 짓이었다.

"무슨 기준인지 모르겠네. 혹시 빌헬름도 공격받은 거 아냐?"

"가능성은 있겠네요. 간단히 당하지는 않을 테지만 납치당한 아이를 인질로 사용하면 어떻게 될지⋯⋯."

신의 염려에 슈니도 동의했다.

"신이 만났다는 엘프도 우리가 지그루스에 왔다는 것을 알고 있었다면 적은 빌헬름 공에 대해서도 이미 파악하고 있을 것이오. 지금은 당장 교회에 가서 습격자들에게서 정보를 얻어야 하오."

"그렇겠네. 바로 가자."

슈바이드가 상자를 들었고 일행은 팔미락으로 향했다.

빌헬름의 동향이 걱정되지만 메시지에 답장이 없는 이상 손쓸 방도가 없었다.

보통 맵 정보가 채워지지 않은 장소에서도 생사 여부 정도는 알 수 있었다. 하지만 팔미락의 영향 때문인지 그것마저 어려운 상태였다.

한 번 습격에 실패했기 때문인지 팔미락까지 가는 길은 조용했다.

교회에 도착하자 대기하고 있던 기사가 거주 구획으로 안내해주었다. 그 기사는 리리시라와 처음 대면할 때 본 세 명중 한 명이었다. 리리시라의 호위 기사였다.

마주치는 신관들이 슈바이드가 든 나무 상자를 보고 의아한 표정을 지었지만 교회의 기사가 동행하고 있었기에 아무말도 하지 않았다. 사정이 있을 거라고 생각하는 모양이었다.

방 앞에서는 나머지 두 기사가 대기하고 있었다.

"리리시라 님은 안에서 기다리고 계십니다."

기사는 그렇게 말하며 문을 열어주었다.

그들 세 명은 신과 리리시라의 대화 내용을 전부 듣고 있었다.

그들은 리리시라의 뜻을 따라 신을 믿어보기로 한 것 같았다. 함께 온 슈바이드와 티에라를 보고도 표정을 바꾸지 않았다.

"기다리게 해서 죄송합니다. 이쪽은 제 동료인 슈바이드와 티에라입니다."

신이 두 사람을 소개했다.

유명한 슈바이드의 본명을 밝혔지만 겉모습이 명백하게 달랐다. 유명인과 똑같은 이름을 사용하는 경우는 드물지 않았기에 의도한 대로 동명이인으로 생각해준 것 같았다.

"그리고 그 상자가……?"

"네, 전부 여섯 명입니다. 보통 실력인 자가 네 명, 선정자로 보이는 자가 두 명입니다."

"알겠습니다. 방을 이미 준비해두었습니다. 따라오세요."

리리시라는 신의 말에 고개를 끄덕이더니 방 안쪽으로 일행을 안내했다. 방 입구에서 무언가를 조작하자 벽의 일부가 열리며 지하로 이어지는 계단이 출현했다.

아무래도 숨겨진 방도 찾아낸 모양이었다.

'카인은 이런 걸 좋아했지.'

신은 옛 동료를 떠올리며 계단을 내려다보았다.

"여러분은 여기서 기다려주세요."

"아니요, 저도 가겠습니다. 협력하겠다고 말한 이상 당신만 손을 더럽히게 할 생각은 없습니다."

"보면 별로 기분이 좋지 않을 텐데요."

"괜찮습니다. 이래 봬도 (익숙)하니까요."

익숙하다는 말을 듣자 리리시라는 신의 눈을 바라보았다.

"……알겠습니다. 그러면 다른 여러분은 잠시 기다려주세요. 릭, 가죠."

"넷."

리리시라는 몇 초 동안 침묵하더니 결국 신의 동행을 허락했다. 그리고 방 안에 있던 기사 중 한 명을 데리고 계단을 내려갔다.

"그러면 잠깐 다녀올게. 적들이 어떻게 나올지 모르니까 긴장은 풀지 마."

다 함께 갈 필요는 없기 때문에 나머지 일행은 대기하기로 했다.

"신……."

"괜찮아. 걱정할 필요 없어."

신은 자신을 불안하게 바라보는 슈니에게 일부러 밝게 대답했다.

예전에 신이 변해버린 모습을 떠올리며 그런 일이 반복될까 봐 걱정하고 있는 것 같았다.

"유키, 신이 괜찮다고 하지 않소. 믿으시오."

"……네."

슈바이드도 거들자 슈니(유키)는 한 걸음 뒤로 물러섰다. 신은 그녀의 배웅을 받으며 리리시라를 따라 내려갔다.

신과 슈바이드는 리리시라와 함께 계단을 내려갔다. 몇 분

뒤에 계단이 끝나면서 가로세로 3메르 정도 크기의 문이 나타났다.

리리시라는 그것을 주저 없이 열었다.

안에는 아무것도 없었고 단순한 빈방이었다.

그러나 신은 방 안에 존재하는 잔인한 함정들을 감지해냈다. 카인이 직접 만들어낸 흉악한 함정이었다.

리리시라는 심문용으로 사용하는 것 같지만 이곳은 원래 숨겨진 방을 찾아내 보물을 기대하며 들어선 침입자에게 죽음을 선사하는 함정의 방이었다.

게임 시절에는 이곳까지 침입자가 들어올 일이 없었기에 신도 실제로 함정이 발동하는 모습을 본 적은 없었다.

만약 함정의 기능이 정지되지 않았다면 지금쯤 참혹한 사태가 벌어졌을 것이다.

"이곳은 어디인가요?"

신은 아무것도 모르는 척 리리시라에게 물었다.

"윗방을 청소하다가 우연히 발견한 곳입니다. 무슨 목적으로 만들어졌는지는 모르겠지만요."

"리리시라 씨 전에 그 방을 사용한 사람은 뭐라고 하던가요?"

"아무 말도 듣지 못했습니다. 문을 닫으면 소리가 밖으로 새어 나가지 않기 때문에 저희는 밀담이나 심문을 위해 사용하고 있습니다."

신은 리리시라의 대답에 납득하며 방 전체를 둘러보았다.

이 방에는 한번 발동되면 사라지는 종류의 함정이 설치되어 있었다. 리리시라의 이야기와 방의 상태를 보면 처음 들어온 누군가가 희생된 것도 아닌 것 같았다.

"그러면 꺼내주세요."

"알겠소."

방문이 닫힌 것을 확인한 슈바이드는 나무 상자를 열었다. 그리고 그것을 반대로 뒤집자 요란한 소리를 내며 여섯 명의 남자들이 바닥을 뒹굴었다.

슈바이드가 걸어놓은 스킬 때문에 바닥에 내팽개쳐지면서도 깨어날 기색은 보이지 않았다.

"구속하겠습니다."

릭은 한데 겹쳐져 바닥을 뒹굴던 남자들을 일렬로 늘어놓았다. 그 뒤에 눈가리개를 씌우고 장비를 벗겨 저항할 수 없게 만들었다.

이것으로 준비는 끝났다.

"자, 시작해볼까."

슈바이드는 신의 말에 고개를 끄덕이며 마법 스킬을 해제했다.

몇 초 뒤에 한 남자가 신음 소리와 함께 눈을 떴다.

"으으…… 음, 뭐, 뭐지? 이게 어떻게 된 거야?!"

자신이 어떤 상태인지 모르는 남자는 혼란에 빠져 소리쳐

댔다.

"조용히 하세요."

리리시라는 남자에게 명령하며 위압감을 발산했다. 남자는
바로 입을 다물었다.

"우리를 어쩔 셈이냐?"

남자가 물었다.

"지금부터 하는 질문에 한 점의 거짓도 없이 대답하세요.
솔직하게 대답한다면 목숨까지는 빼앗지 않겠습니다."

리리시라가 대답하는 것과 동시에 방을 채우는 위압감이
한층 심해졌다.

그것을 느낀 남자는 바로 몸을 떨기 시작했다.

"우, 우리 주인님이 어떤 분인지 알면서 그러는 거냐?"

"글쎄요. 그래서 대답해주실 건가요?"

"크윽…… 거절한다. 적의 질문에 순순히 대답하는 녀석은
어차피 주인님께 죽는다."

남자는 리리시라의 질문에 고민하면서도 거절 의사를 표시
했다.

리리시라보다도 아군에 대한 공포가 큰 것 같았다.

"유감이군요. 그분은 수고를 덜겠지만요."

말투와는 달리 리리시라의 표정은 거의 바뀌지 않았다. 리
리시라가 슬며시 손을 들자 릭이 남자 앞으로 걸어 나왔다.

"뭐, 뭐냐? 뭘 하려는 거냐?!"

다가오는 발소리를 듣자 남자는 온몸을 뒤틀며 뒤로 물러서려고 했다. 하지만 릭은 바로 거리를 좁혀 남자의 얼굴을 꽉 붙잡은 뒤 마법 스킬을 발동했다.

"으윽! 으……."

남자는 짧은 비명을 지른 뒤 이내 조용해졌다.

신이 【애널라이즈】로 살피자 【슬립·Ⅰ】이 표시되었다. 【슬립】 마법을 사용한 모양이었다.

원래는 즉시 잠들게 만드는 스킬이지만 눈가리개를 벗겨도 눈을 가늘게 뜬 채로 멍한 표정인 것을 보면 효과를 조절할 수 있는 것 같았다.

남자가 최면 상태에 빠진 것을 확인한 릭은 리리시라와 자리를 바꾸었다.

이번에는 리리시라가 남자에게 손을 뻗었다.

"으아…… 으으……."

그녀는 환영 마법을 사용한 것 같았다.

"내가 누구지?"

"기, 길스, 바로트……."

"네게 명령을 내렸던?"

"네, 네."

"내용은?"

"엘, 프, 여자를, 데려온, 다. 일행, 은 죽, 인다."

남자는 더듬거리면서도 리리시라의 질문에 순순히 대답했

다.

아무래도 【슬립】과 【환영】으로 리리시라를 남자의 상관으로 보이게 만든 듯했다.

'이런 식으로 사용할 수도 있는 건가.'

신과 슈바이드는 리리시라가 질문하는 모습을 잠자코 바라보았다.

리리시라는 담담하게 정보를 캐내고 있었다.

티에라를 처음 습격한 네 사람은 음지 길드 『악덕의 제물』 소속으로 중급 수준의 실력이었다. 선정자로 보이는 나머지 두 사람에 대해서는 잘 모르는 것 같았다.

데려오라고 명령받은 것은 흑발 엘프 여성이었다.

특징을 보면 티에라가 틀림없는 것 같았다. 머리카락이 까만 엘프는 그렇게 흔치 않기 때문이다.

일행이 있으면 죽이라고 명령받았지만 그 일행이 실력자라는 말은 듣지 못한 듯했다.

누구의 의뢰인지는 당연히 알지 못했다.

빌헬름에 대한 정보도 알아낼 수 없었다.

"더 이상 쓸 만한 정보가 나올 것 같지는 않네요."

한동안 질문을 계속하던 리리시라는 마법 스킬을 풀고 자리에서 일어났다. 모르는 질문에는 침묵하기 때문에 나중에는 거의 아무 대답도 돌아오지 않았다.

리리시라는 일단 남자를 재웠다.

"함께 습격해온 자들도 비슷한 상태겠죠."

"음지 길드의 이름을 말하던데, 뭔가 단서가 될 것 같나요?"

"단서 수준이 아니라 지금까지 대충 짐작하던 것이 덕분에 확실해졌다고 해야겠죠."

리리시라의 말에 따르면, 【악덕의 제물】은 시텐교와 관련된 음지 길드 중 하나다.

전란 시기에 인신매매를 생업으로 하던 길드로, 시텐교의 의식에 사용되는 산 제물을 조달했다고 한다.

"그러면 실력자 쪽의 심문을 시작하겠습니다."

릭이 실력자 중 한 명을 깨웠다.

이쪽은 별로 혼란스러워하지도 않고 조용히 있었다.

"저희들의 질문에 대답해주십시오. 솔직하게 말한다면 안전은 보장하겠습니다."

"하핫, 친절하시기도 하지."

남자는 리리시라의 말에 코웃음 쳤다.

그런 모습을 본 릭이 다가서려고 했지만 리리시라가 제지했다.

"말할 생각은 없으신가요?"

"……"

남자는 아무 말도 없었다. 침묵이 곧 대답인 것이리라.

릭은 방금 전의 남자와 마찬가지로 【슬립】을 걸기 위해 다가갔다.

"히힉."

그때 남자가 섬뜩하게 웃었다.

그 소리를 들은 신의 등줄기로 오한이 느껴졌다.

그와 동시에 남자의 머리 위로 희미하게 5라는 숫자가 떠올랐다.

"……?! 슈바이드!!"

"알겠소!"

신이 소리치며 리리시라와 릭을 붙잡고 뒤로 몸을 날렸다.

슈바이드도 신과 똑같은 것을 느꼈는지 스킬을 발동하며 신의 앞을 막아서서 나무 상자의 뚜껑을 방패처럼 들었다.

다음 순간, 나무 상자 뚜껑 너머로 폭발이 일어났다.

"……?!"

꽤 큰 규모의 폭발이었고 그 풍압으로 모두의 머리카락이 흩날렸다.

방 안 전체의 벽과 천장에 피와 고깃덩이가 흩어져 있었다.

"이건 대체……."

"자폭…… 이겠죠."

슈바이드가 뚜껑을 내리자 습격자 여섯 명의 시체가 바닥에 나뒹굴고 있었다.

팔다리는 찢겨나가고 내장이 터진 데다 머리도 크게 깨져 있었다. 그나마 형체가 남아 있는 것은 말단 부하 네 명뿐이었다.

선정자로 추측되던 두 남자는 거의 원형조차 알아볼 수 없었다.

"당했군."

신은 리리시라와 릭을 놓아주며 중얼거렸다.

자폭 스킬은 게임 시절에도 별로 쓰이지 않던 스킬로 애초에 습득하려는 플레이어가 거의 없었다. 신도 습득은 했지만 한 번도 사용한 적은 없었다.

데스 게임이 된 이후에는 존재한다는 것조차 잊고 있던 스킬이었다.

남자의 머리 위에 표시된 5라는 숫자는 자폭 발동까지 남은 숫자를 나타냈다.

자폭 스킬은 발동까지 최대 60초, 최소 10초가 걸렸다. 그리고 5초가 남았을 때 사용자의 머리 위에 숫자가 나타나는 것이다.

이번에는 간신히 막아냈지만 신이 따라오지 않았더라면 리리시라와 릭도 지금쯤 무사하지 못했을 것이다.

"이거 참 잔인하군."

"기밀 유지를 위해서인가. 아무래도 뒤처리까지 겸하고 있는 것 같구려."

신은 방 안을 가득 채운 악취에 얼굴을 찌푸렸다.

슈바이드가 말한 것처럼 자신들이 실패했을 때는 정보를

누설하기 전에 말단 부하들까지 함께 없애버리라는 지시를 받은 모양이었다. 자신의 목숨마저 아까워하지 않는 최후는 음지의 인간답다고도 할 수 있었지만 결코 뒷맛이 좋지 않았다.

"이렇게까지 할 줄이야……."

"알아낸 건 시텐교가 관련되었다는 것뿐인가."

리리시라는 가엾다는 듯이 표정을 흐렸다. 릭도 분하다는 듯이 이를 악물고 있었다.

"……이렇게 된 이상 더 할 수 있는 일은 없겠네요. 위로 돌아가죠."

"이대로 놔둬도 괜찮은 건가요?"

"네. 사체는 시간이 지나면 마소(魔素)로 환원되어 흡수되니까요."

게임 시절에는 플레이어가 죽으면 거점에 강제로 귀환되며 끝이었지만, 이쪽 세계에서는 시설의 기능을 유지하기 위한 양분이 되는 듯했다. 그것을 왜 리리시라가 알고 있는지는 물어볼 것도 없었다.

신 일행은 문을 열고 계단을 올라왔다. 방으로 돌아오자 가장 먼저 문에서 나온 리리시라에게 일행의 시선이 집중되었다.

"꽤나 빨리 오신 것 같은데 무슨 일이라도 있으셨나요?"

"조금. 방심하다 당했어."

습격자들이 자폭했다는 것을 일행에게 말하자 모두는 심각한 표정을 지었다.

"자폭이라니, 그게 무슨 말이야?"

"정보 누설을 막으면서 가능하면 상대방까지 길동무로 삼으려는 거지."

게임 시절의 기본적인 사용 방법은 체력이 거의 없을 때 동귀어진을 노리거나 적진에 혼자 뛰어들어 많은 적을 휘말리게 하는 것이었다.

자폭에 따른 페널티는 매우 컸는데, 보스전이나 길드전에서 자폭으로 결판을 내면 자폭한 플레이어는 아무 보상도 받을 수 없었다.

그래서 그런 자폭 공격은 아무도 하고 싶어 하지 않았다.

"사용하면…… 죽는 거구나."

"그래, 폭발하니까 말이지. 주위를 휘말리게 하면서 확실하게 죽어."

"그런 걸 왜 사용하는 거야?"

티에라는 핏기 없는 얼굴로 말했다. 습격자들의 생각을 이해할 수 없는 모양이었다.

죽음을 전제로 한 스킬 따위는 당연히 습득하는 것 자체가 미친 짓이었다.

게임 시절에도 사용하는 것을 거의 본 적이 없을 정도였다.

하물며 현실이 된 지금은 그야말로 제정신으로는 사용할 수 없는 스킬이었다.

"그게 음지 길드의 방식이야. 나는 그 말밖에 할 수 없어."

기밀 유지나 허를 찌른 암살 등 사용하는 이유는 얼마든지 말할 수 있었지만 그것이 티에라가 원하는 대답은 아닐 것이다.

신도 명확한 대답은 알지 못했다.

"자폭 스킬인가요. 분명 그건 습득 자체는 그렇게 어렵지 않다고 들었어요. 훈련을 받은 자들 전원이 갖게 하는 것도 불가능하지는 않겠죠."

"아군까지 함께 날려버리는 건 영화 같은 데서 많이 봤는데 말이지. 당하는 쪽은 기분이 어떻겠어."

다들 분위기가 너무 어두워지지 않도록 담담하게 이야기하고 있었다.

"이렇게 된 이상 나와 유키가 교회 내부를 탐색하겠습니다. 리리시라 님은 되도록 평소처럼 행동해주세요."

"뭔가 도와드리는 게 좋지 않을까요?"

"아니요. 리리시라 님이나 다른 기사님들이 평소와 다르게 행동하면 적이 더욱 경계할 수도 있습니다. 그러니까 최대한 평소에 하던 대로 부탁드립니다. 뭐, 뒤늦게 조심하는 감은 없지 않지만요."

신과 슈니는 물론이고 나무 상자를 짊어진 슈바이드도 상당히 눈에 띄었을 것이다.

적들이 움직일 것은 불을 보듯 뻔했다.

포로를 잃은 지금 더 이상의 정보를 얻으려면 그들이 먼저 행동을 일으킬 수밖에 없었다.

기사들은 아무 도움 없이도 정말 잠입할 수 있겠느냐고 의문을 표시했지만 그들의 눈앞에 선 상태에서 순식간에 등 뒤로 이동해 보이자 납득해주었다.

단순한 고속 이동에 불과했지만 스킬이라고 착각한 모양이었다. 눈앞에서 사라질 수도 있었지만 굳이 그런 능력을 보여줄 필요는 없을 것이다.

잠입하는 신과 슈니 외에 티에라는 일단 여관으로 돌아가고 슈바이드가 리리시라를 경호하기로 했다.

티에라를 혼자 행동하게 하는 것은 위험하다는 의견도 나왔지만 유즈하와 카게로우가 붙어 있었다.

오늘 습격자에게 공격받았을 때도 슈바이드가 움직이지 않았다면 카게로우가 알아서 대처했을 것이다.

이제부터 습격자가 나타나면 상대를 기절시켜 슈바이드가 사용한 나무 상자에 넣고 모습을 숨긴 카게로우가 옮기기로 했다.

그리고 적이 눈에 띄는 움직임을 보였을 때에 대비해서 상급 선정자로 가득한 팔미락에 슈바이드가 남은 것은 어떻게 보면 당연했다. 메인 직업이 성기사였기에 방어에 적합한 측

면도 있었다.

슈바이드의 방어력은 아무 장비 없이도 희귀급 검을 튕겨낼 정도였다. 신이 건네준 예비 장비를 장착한다면 팔미락 내부의 모든 전력을 섬멸할 수도 있었다.

만약의 사태를 위한 대비책으로는 충분했다.

"이제 곧 날이 저물 시간입니다. 어두워지면 우리는 행동을 개시하겠습니다. 슈바이드가 있지만 되도록 방에서 나오지 말아주세요."

"별다른 도움이 되지 못해 죄송합니다."

교회 내부의 인간이기 때문에 오히려 움직이기 힘들 수도 있었다. 신은 그런 말로 리리시라를 납득시킨 뒤 행동을 시작하기로 했다.

교회에 숨은 것　│　Chapter　3

신과 슈니가 리리시라를 처음 만나기 전에 있었던 일이다.

빌헬름은 지그루스의 어떤 가게에 와 있었다.

어둑어둑한 실내는 좁았고 담배 냄새가 지독했다. 정리도 제대로 안 된 선반 위에는 용도를 알 수 없는 도구들이 방치되어 있었다.

"겨우 찾아냈군."

빌헬름은 약간 초조한 표정으로 말했다. 알고 있던 정보원이 장소를 옮긴 탓에, 그를 찾느라 생각보다 많은 시간이 걸렸기 때문이다.

"이봐, 이봐. 예약도 없이 와서 그러는 건 아니지."

빌헬름의 말을 들은 가게 주인 남자가 어깨를 으쓱거렸다. 유동인구가 엄청나게 많은 지그루스에서는 그처럼 정보원이 본거지를 옮기는 경우가 드물지 않았다.

"냄새 한번 지독하네."

"인사하기도 전에 그런 말을 하냐? 히노모토에서 만든 향이라고."

수염이 덥수룩한 가게 주인은 소박함의 미학을 모르겠느냐고 말하며 담배 연기를 뱉어냈다.

모처럼 피운 향이 쓸모없게 되고 말았다.

"자이. 미안하지만 지금 향 같은 걸 즐기고 있을 때가 아냐. 용건이 끝난 뒤에 해줘."

"무섭군. 평소보다도 더 살벌하게 나오는데……. 무슨 일이야?"

빌헬름의 태도가 심상치 않음을 느낀 남자— 자이 트레트는 히죽거리는 표정을 바로 거두며 물었다.

그 역시 고아원 출신이었고 빌헬름보다 5년 먼저 모험가가 되어 여행을 떠난 선배였다. 현재는 지그루스의 정보원으로도 활동하고 있었다.

"미리가 납치당했어. 교회의 브루크가 범인이야."

"……?! 확실해?"

눈을 크게 뜨며 놀라는 자이에게 빌헬름은 자초지종을 설명해주었다. 사정을 들은 자이는 턱에 손을 갖다 대며 무언가를 생각하고 있었다.

"에이라인이라. 그 녀석이 나온 걸 보면 그 인간도 작정을 했나 보군."

"무슨 소리야?"

"에이라인은 브루크의 부하들 중에서도 최강이야. 그런 녀석이 움직이고 있다는 건 그만큼 엄청난 일을 벌이고 있다는 것 아니겠냐고."

에이라인이 움직일 때는 겉으로 드러나지는 않지만 상당한 피해가 발생한다고 자이는 말했다.

"에이라인은 원래 작은 마을에서 태어났는데 어렸을 때부터 신체 능력이 엄청났다더군. 그걸 알게 된 브루크가 에이라인을 거두어서 지금에 이른 거지."

교회의 사제가 직접 데려가고 싶다고 부탁하자 에이라인의 부모는 기꺼이 아들을 내주었다고 한다.

엄청난 액수의 금화를 받는 대신 말이다.

"선정자에 대한 잘못된 정보 때문이었겠군."

선정자였던 에이라인은 나이에 어울리지 않는 능력 때문에 마을 사람들에게 불길한 존재로 낙인찍혀 있었다.

그리고 그것은 다른 아이들보다 똑똑했던 점도 한몫했다.

"그 자식의 사정 따윈 관심 없어. 그게 뭐 어쨌다는 거야. 울기라도 하라고?"

"아아, 본론은 지금부터야. 에이라인을 데려간 브루크는 에이라인을 상당히 열심히 교육했다더군. 덕분에 총명함이 이상한 쪽으로 발전해서 지금은 손도 못 쓸 지경이라지."

"그런 건 이미 알고 있다고."

실제로 대화하고 검까지도 부딪쳐보았다. 빌헬름은 그가 정상적인 인간이 아니라는 것쯤은 알고 있었다.

"자, 들어봐. 여기서부터는 내 독자적인 인맥을 통해 얻은 정보인데, 그 인간은 어떤 칭호를 갖고 있다나 봐."

"칭호?"

"그래. 듣고 놀라지나 말라고. 에이라인은 태어났을 때부터 『용자』의 칭호를 갖고 있다고 해."

"뭐어?"

빌헬름은 순간적으로 자이가 무슨 말을 하는 건지 이해하지 못했다.

"이봐, 너하고 알고 지낸 지는 오래됐지만 그런 농담은 하지 않는 줄 알았는데."

"그런 소리 마. 나도 처음 들었을 때는 이게 무슨 농담인가 싶었으니까."

그것은 에이라인이라는 인물의 사람됨을 생각해보면 절대 어울리지 않는 단어였다.

유일하게 어울리는 것은 그의 외모뿐이었다.

"농담이 아니라는 거야?"

"그걸 뒷받침하는 정보도 있어. 그 칭호에는 신체 강화 효과가 있다더군."

"확실해?"

"그래. 그 녀석은 말도 안 되게 강하지만 그 탓인지 입이 엄청 가벼워. 자기도 모르게 나온 말을 주워들은 녀석이 있었던 거지. 하지만 그 녀석은 이미 제거당했어. 그 사실을 알고 있는 건 정보원 중에서도 극히 일부뿐이야."

"네가 그 일부에 들어간다는 건가. 사실이야? 영 수상하네."

"닥쳐. 이 정보를 알고 있다는 것만으로 제거당할 수도 있다고!"

은연중에 자신은 죽지 않을 만한 실력이 있다는 말을 하고 싶은 듯했다.

"이것만으로도 쥬르 금화 100닢은 되는 정보야. 네가 아니었다면 안 알려줬을 거야."

"정확히 말하면 미리 때문이겠지."

자이는 예전에 미리의 예지 능력 덕분에 목숨을 건진 적이 있었다.

수상한 생김새와는 달리 의리 하나는 있는 남자였다.

"이유는 아무래도 상관없잖아. 지금은 그보다 중요한 사실이 있어. 네 이야기를 들으니까 확신이 서는군. 미리가 납치당한 것을 보면 틀림없이 성녀와 관련이 있어."

"성녀라고? ……분명 지금 성녀로 불리는 사람은 세 명이었지. 미리의 능력을 생각해보면 관련된 성녀는 『예언』인 건가."

빌헬름이 알기로는 『예언의 성녀』, 『정화의 성녀』, 『치유의 성녀』까지 세 명이 존재했다.

미리가 가진 『점성술사』의 특성을 생각해보면 『예언의 성녀』와 연관이 있다는 것을 예상할 수 있었다.

"정답이야. 마침 지금 『예언의 성녀』는 병을 앓고 있다더군. 뭐, 사실은 브루크에게 조종당하고 있는 거지만."

"성녀를 조종한다고?"

"이건 다른 곳에서 얻은 정보인데, 어떤 유적에서 장착한 사람을 마음대로 조종하는 아이템이 발견되었나 봐. 저주받은 장비와 함께 발견된 그 아이템이 저주 해제를 위해 교회에 보내졌을 때 바꿔치기된 거야. 브루크는 그걸 사용하고 있고."

자이의 이야기에 따르면, B랭크 모험가 파티가 아직 공략되지 않은 던전 안에서 발견했다.

"조심해. 그걸 끼면 너도 저항할 수 없을지 몰라. 상급 선정자도 일부가 조종당하고 있다고 하니까."

그렇게 말하는 자이의 표정은 빌헬름도 처음 볼 만큼 진지해져 있었다.

"……무슨 말인지 알았어. 하지만 한 가지 납득이 안 가는 부분이 있어."

유익한 정보를 얻은 것은 사실이지만 빌헬름은 한 가지 이해가 되지 않는 부분이 있었다.

"뭔데?"

"넌 어떻게 그런 내부 정보까지 알고 있는 거야? 방금 전에 너도 말했지만 교회에서는 쓸데없는 정보를 알게 된 녀석을 없애버리잖아."

자이는 빌헬름 같은 선정자가 아니었다. 아무리 잘 숨어 다닌다 해도 한계가 있을 수밖에 없었다.

"그야 교회 내에서도 세력 다툼이 있기 때문이지. 브루크는 미리 일 외에도 많은 일을 저질렀거든. 그러니 대항하는 세력이 나올 수밖에. 에이라인도 상급 선정자이기는 하지만 브루크 때문에 교회 기사로는 못 써먹어. 이번 기회에 브루크와 함께 사라져주는 편이 낫다는 거지. 그리고 한 가지 덧붙이자면, 상대를 조종하는 아이템을 발견했다는 모험가가 우리 가게 단골이었어."

아이템에 대한 정보도 출처가 확실하다고 자이는 말했다.

빌헬름은 알지 못했지만 정보의 출처는 리리시라였다. 정보원 중에서도 믿을 만한 사람에게만 몰래 정보를 흘려둔 것이다.

하지만 용자의 칭호에 관한 이야기는 리리시라조차 알지 못했다. 이것은 정보원이 제거당한 탓이 컸다.

"그렇군. 네 인맥도 도움이 될 때가 있을 줄이야."

"꼭 그렇게 쓸데없는 말을 덧붙여야겠냐?"

"그래서 그 대항 세력에 대해서는 아는 거 없어?"

"내 말 씹지 마. 그야 성녀의 호위 기사나 성녀에게 은혜를 입은 녀석들이지. 그중에는 높은 지위에 있는 녀석도 있어서 브루크가 성녀에게 어떤 짓을 했는지 알고 있는 것 같더군. 만약 브루크를 죽여서 아이템의 효과가 사라진다면 이미 죽였을 거야."

현재로서는 어떻게 해야 그 아이템을 해제할 수 있는지 몰랐기에 손쓸 방법이 없었다.

브루크를 잡아 심문이나 고문을 할 수도 있겠지만 그 때문에 성녀에게 무슨 일이 벌어질지 몰랐다.

브루크가 죽어서 성녀도 죽게 된다면 아무 의미도 없었다.

게다가 에이라인이 경호하고 있기에 제압하기도 쉽지 않다고 자이는 말했다.

"성녀를 인질로 잡힌 거나 마찬가지니까 말이지. 어쩔 수 없이 브루크의 지시에 따르는 녀석도 있어."

"어째서?"

"성녀를 다치게 하고 싶지 않다면 어쩔 수 없잖아."

"쳇, 역겨운 놈들."

빌헬름은 얼굴을 찡그리며 혀를 찼다.

자이도 같은 심정이었다.

"빌헬름. 넌 이제부터 어떻게 할 거야?"

"난 일단 여관으로 돌아가겠어. 더할 나위 없는 녀석들이 내게 협력해주고 있거든. 교회에 간 녀석들이라면 그대로 미리를 구출해 올지도 모른다고."

빌헬름은 신이라면 정말 그럴지도 모른다고 생각하며 입가에 미소를 지었다. 그것을 본 자이는 신기한 것을 보는 듯한 표정을 지었다.

"네가 그런 얼굴로 이야기하는 녀석이 있을 줄이야. 선정자야?"

"아니, 그 녀석은 그냥 괴물이야. 충고해두지만 쓸데없는 호기심은 거두는 게 좋아."

"네가 그런 말을 하게 하다니. 나로서는 꼭 소개받고 싶지만 지금은 참지."

빌헬름의 말이 농담이 아니라는 것을 이해한 자이는 농담으로 넘기면서도 고개를 끄덕였다.

호기심은 고양이도 죽일 수 있다. 특히 정보원은 알아서는 안 되는 정보를 민감하게 구별할 줄 알았다. 물론 그것을 알면서도 굳이 파헤치려 드는 경우도 있지만 말이다.

"그런 녀석이 있다면 걱정 없을지도 모르지만 일단 이 말도 해두지. 만약 브루크를 건드릴 생각이라면 에이라인 외에도 조심해야 할 녀석이 한 명 더 있어."

"상급 선정자를 조종한다면서? 그런데 한 명이야?"

에이라인을 조심해야 하는 것은 당연하지만 상급 선정자도 충분히 위험한 존재였다. 브루크의 성격을 생각하면 그가 두 명의 부하만 데리고 있을 것 같지 않았다.

"물론 상급 선정자가 많기는 하지만 그 녀석은 에이라인처럼 특히 강한 능력을 갖고 있다고. 이름은 케니히 볼트. 교회의 기사 중에서도 최고 수준의 검사야. 다만 이쪽은 아까 말한 아이템에 조종당하고 있어. 그걸 어떻게든 할 수 있다면 굳이 싸울 필요는 없을 거야."

그는 원래 성녀의 호위 기사였다고 한다. 브루크는 그의 강한 능력을 보고 이용하기로 한 것이다.

장비도 전설급 무기를 갖고 있다고 자이는 말했다.

"내가 가르쳐줄 수 있는 건 이 정도야. 부디 유용하게 써먹으라고."

"당연하지. 미리는 반드시 구해내겠어. 그리고 하는 김에 그 망할 자식에게도 죗값을 치르게 해줘야지."

"하핫, 볼만하겠군. ……잘 부탁한다."

마지막으로 덧붙인 말에는 직접 도우러 갈 수 없는 자이의 아쉬움이 묻어났다.

빌헬름은 그의 말에 고개를 끄덕이며 가게에서 나왔다.

✝

몇몇 가게를 더 돌아다닌 뒤에 빌헬름은 여관으로 발걸음을 향했다.

자이의 가게를 찾느라 시간을 많이 쓴 탓에 태양은 이미 기울기 시작하고 있었다.

"……."

여관을 향해 말없이 걸어가던 빌헬름은 중간에 노점에서 꼬치구이를 하나 샀다.

그리고 적당하게 익은 고기를 씹으며 천천히 걸어갔다.

하지만 그의 발걸음은 여관과는 반대 방향으로 향하고 있었다.

"이봐, 아까부터 나를 따라다니는 것 같던데. 무슨 볼일이
야?"

인적 없는 골목길에 들어선 빌헬름은 중간쯤에서 발을 멈
추고 허공을 향해 물었다.

"……."

아무 대답이 없자 빌헬름은 눈을 가늘게 뜨며 손에 들고 있
던 나무 꼬챙이를 골목길의 암흑을 향해 던졌다.

빌헬름의 완력으로 투척된 꼬챙이는 큰 활에서 발사된 화
살처럼 허공을 가르며 날아갔다.

"……!"

꼬챙이가 암흑 속으로 빨려드는 것보다 조금 빠르게 암흑
에서 무언가가 나타났다. 벽이 무너지는 소리와 함께 빌헬름
의 눈앞에서 골목길의 풍경이 희미하게 일렁이는 것이 보였
다.

일렁임은 땅에 내려서더니 몇 초 만에 갈색 외투를 입은 인
물로 바뀌었다.

"빌헬름 에이비스인가?"

"그렇다면 어쩔 건데?"

"어떤 분이 너를 만나고 싶어 하신다. 우리와 동행해주실
까."

외투에 달린 후드로 얼굴을 가리고 있기 때문에 상대의 종

족적 특징이나 표정은 확인할 수 없었다. 다만 들려온 목소리
는 남자의 것이었다.

"내가 얌전히 따라갈 것 같냐?"

"억지로 데려가겠다, 같은 말을 할 만큼 우리는 강하지 않
다. 몰래 뒤쫓은 건 사과하지. 하지만 거절할 경우 손해를 보
는 건 네 쪽이다."

"뭐라고?"

남자의 말에 빌헬름은 눈썹을 찡그렸다.

"너를 만나고 싶어 하시는 분은 어린아이를 납치하는 녀석
을 싫어하신다."

"……돼지 신부 놈의 부하는 아니라는 건가."

"자이에게 다녀왔다면 이미 알고 있을 테지. 우리도 조용히
당하고만 있을 만큼 얌전하지는 않다."

빌헬름은 자이가 말한 대항 세력을 떠올렸다. 그의 말투를
보면 자이에게 정보를 흘린 사람이 이 남자일지도 모른다는
생각이 들었다.

"동료들에게 연락을 해두고 싶은데."

"미안하지만 그것은 허가할 수 없다."

"협력자는 많은 편이 좋을 거 아냐. 적어도 배신할 걱정은
없어."

"네 동료가 가까이에 있으면 우리가 곤란해진다. 네가 단독
으로 행동해준 덕분에 이렇게 접촉할 수 있었으니까 말이지."

"그게 무슨 소리야?"

"녀석에게 들키지 않으려면 이렇게 하는 수밖에 없다. 지금은 할 수 있는 건 이 말뿐이다."

신 일행이 있으면 생기는 무언가가 그들에게는 곤란하게 작용하는 모양이었다. 하지만 현재 빌헬름은 그 이유를 추측할 만한 정보를 갖고 있지 않았다.

남자를 따라가면 신과 약속한 시간에 늦을 가능성이 높았다. 빌헬름은 그것을 고려해 잠시 고민했다.

'나와 연락이 안 된다면 그 녀석들은 어떻게 움직일까?'

빌헬름이 없어진다 해도 전력이 크게 약화되는 것은 아니었다. 신, 슈니, 슈바이드 세 명만 해도 넘칠 만한 전력이었다.

티에라도 자신의 전투력은 낮았지만 카게로우를 데리고 있었다.

그리고 만약 지금 빌헬름에게 무슨 일이 일어난다면 분명 교회와 연관되었다고 생각할 것이다.

'그 녀석들이라면 브루크를 쫓아 움직일 거야. 교회에 가면 마주칠 가능성이 높겠군.'

신 일행의 능력이라면 브루크에게 들키지 않고 미리를 구출할 가능성이 높았다. 빌헬름 때문에 다른 동료들에 대한 관심이 흩어진다면 그것도 나쁘지 않겠다는 생각이 들었다.

게다가 만약 자신이 적에게 조종당한다 해도 신 일행이 자신에게 쓰러질 리는 없었다.

"……나를 만나고 싶다는 녀석은 어디에 있지?"

"교회 본부다. 따라오겠다면 안내하겠다."

"앞장서."

빌헬름이 동의하자 남자는 골목길 구석으로 이동해 지면을 살폈다. 그리고 몇 초 뒤에 움직임을 멈추자 그의 손에는 손잡이 같은 것이 쥐어져 있었다.

남자가 힘을 주어 잡아당기자 지면 일부가 열리며 지하로 이어지는 통로가 나타났다.

"이쪽이다."

빌헬름은 남자를 따라 지하로 내려갔다. 지하에는 가로세로 3메르 정도의 통로가 앞뒤로 이어져 있었다.

통로 안은 어두웠고 불빛도 전혀 없었다. 남자가 입구를 닫자 완전한 어둠이 통로를 가득 채웠다. 남자가 등을 꺼내 불을 붙여도 몇 메르 앞밖에 보이지 않았다.

등불을 든 남자는 앞이 보이지 않는 통로를 거침없이 나아갔다.

사거리에서 왼쪽으로, 삼거리에서 오른쪽으로.

빌헬름은 복잡하게 꼬인 통로가 어디로 이어지는지 짐작조차 할 수 없었다.

전부 비슷해 보이는 통로와 시야를 가로막는 어둠이 나아가는 자의 방향 감각을 마비시켰다.

빌헬름의 예민한 감각으로도 지금 어느 정도의 시간이 지났는지 알 수 없었다.

남자와 떨어지면 혼자서 탈출하기 힘들다는 생각이 들었을 때 남자는 발을 멈추었다.

한없이 이어질 것 같던 통로의 끝에 다다른 모양이었다.

"이쪽이다."

남자는 등불로 벽을 비추며 한 부분을 눌렀다. 그러자 벽의 일부가 열리며 어른 한 명이 간신히 들어갈 정도의 계단이 나타났다.

앞에서 걸어가는 남자를 따라 빌헬름이 계단을 올라가자 남자는 이미 천장을 밀어 올리고 주변을 살피고 있었다.

통로에서 나오자 작은 방이 있었다. 문을 열고 밖으로 나오자 훌륭한 장식품이 늘어선 통로가 펼쳐졌다.

"교회의 안……인 건가?"

빌헬름에게는 낯선 장소였지만 통로에 난 창문을 통해 보이는 거리를 보면 현재 위치를 대강 짐작할 수 있었다.

교회 안에서도 구석에 위치한 건물인 것 같았다.

"이 거리에는 곳곳에 교회로 이어지는 통로가 있다. 이곳이 입구라는 것을 아는 사람은 많지 않지만 말이지."

"그런 길을 잘도 기억하는군."

"30년 동안 돌아다니다 보면 집 앞이나 다름없지. 자, 잡담은 여기까지. 그분이 계신 곳까지 조금 더 이동해야 한다."

교회 안이기는 하지만 인적이 거의 없었다. 빌헬름의 감지 능력으로도 주위에 사람의 기척이 거의 느껴지지 않았다.

몇 개의 계단을 내려가고 사람들과 마주치지 않도록 주의하며 나아가자 좌우로 문이 늘어선 통로가 나왔다.

빌헬름은 그 문 안에 뭐가 있을지 궁금해졌지만 남자가 문 쪽에는 시선조차 주지 않고 나아가자 자신도 관심을 거두었다.

미리 구출과 상관없다면 무의미한 일이기 때문이었다.

이동하는 중에 동료들에게서 메시지가 도착했지만 남자 앞에서는 열어볼 수 없었기에 그냥 놔두었다.

통로를 더욱 나아가자 한눈에도 달라 보이는 문이 보였다.

호화롭게 장식된 문의 안쪽은 구획 하나를 통째로 사용하고 있는지, 통로도 그곳에서 끝이었다.

"이 안에서 기다리고 계신다."

남자는 그렇게 말하며 일정한 리듬으로 문을 두드렸다. 그러자 문이 알아서 열리기 시작했다.

그리고 몇 초 뒤에 사람 한 명이 들어갈 만큼 열렸을 때 문이 멈추었다.

남자가 그 사이로 들어갔기에 빌헬름도 뒤를 따랐다.

방 안은 넓었고 안쪽으로 갈수록 바닥이 높아졌다. 마치 제단 같은 인상을 주는 방을 보며 빌헬름은 이런 곳에서 용케 생활할 수 있다고 생각하며 감탄했다.

"해미 님. 빌헬름 공을 데려왔습니다."

"수고하셨습니다."

커튼이 닫힌 침대 앞에 다다르자 남자는 빌헬름을 데려왔다고 보고했다. 그러자 시야를 가리는 커튼 너머에서 청아한 목소리가 들려왔다.

잠시 뒤에 목소리의 주인공인 여성이 커튼 안쪽에서 모습을 드러냈다.

"처음 뵙겠습니다. 저는 해미 슈르츠라고 합니다."

"당신이 『예언의 성녀』인가?"

"세상에서는 흔히 그렇게 부릅니다. 지금 와서는 큰 의미가 없는 별칭이죠."

해미는 어두운 표정으로 말했다. 빌헬름의 시선은 해미의 목에 걸린 목걸이로 향했다.

빌헬름은 이채로운 분위기를 풍기는 그 목걸이가 자이가 말한 아이템일 것이라고 생각했다.

"나를 왜 부른 거지?"

"당신에게 미리를 돌려주기 위해서입니다."

해미는 그렇게 말하며 커튼을 젖혔다. 그 안쪽에는 킹사이즈의 침대와 그곳에 걸터앉은 미리의 모습이 있었다.

"빌 오빠!"

미리는 빌헬름이 왔다는 것을 목소리로 알았는지, 해미가 커튼을 젖히자마자 쏜살같이 뛰어나왔다.

미리는 두 눈에 눈물을 글썽이며 빌헬름의 품에 뛰어들었다.

빌헬름은 미리가 다치지 않도록 부드럽게 받아주었다.

"빌 오빠, 시아 언니는…… 시아 언니는 괜찮아?!"

"안심해. 멀쩡하니까."

그 말을 듣고서야 미리의 마음에 안도감이 번졌다.

해미가 무사하다고 말해주었지만 믿을 만한 사람에게 직접 물어보기 전에는 불안감이 가시지 않았던 것이다.

"하지만 어떻게 된 거야? 미리는 브루크 녀석에게 납치당했을 텐데."

어째서 이곳에 미리가 있는 것일까. 빌헬름은 미리를 다독이면서 해미에게 물었다.

"저는 이 아이와 동일한 능력을 갖고 있습니다. 브루크는 저에게 이 아이가 능력을 제어할 수 있도록 가르치라고 말했습니다."

능력을 제어하는 방법을 익히는 것뿐이라면 아무 문제도 없었다.

하지만 그 뒤에 브루크가 미리를 순순히 돌려보내줄 리 없었다.

"브루크는 이 아이도 산 제물로 바칠 생각입니다. 능력을 계발하는 것도 산 제물의 질을 높이기 위해서일 뿐이겠죠."

그것이 의식에 어떤 영향을 끼치는지는 해미도 알 수 없었다. 아니, 애초에 알고 싶지도 않았다.

이대로라면 틀림없이 그녀와 미리는 브루크의 손아귀에서 벗어나지 못할 것이다. 그렇게 생각한 해미는 미리를 희생시키지 않기 위해, 위험을 무릅쓰고 빌헬름을 불러달라는 부탁을 한 것이다.

"산 제물?"

낯선 단어에 빌헬름은 의아하게 되뇌었다. 빌헬름도 정점의 파벌이라는 것이 존재한다는 사실은 알았지만 사람들을 무차별하게 공격하는 테러리스트로만 인식하고 있었다.

해미가 정점의 파벌과 그 활동 내용을 설명하자 빌헬름의 이마에 핏대가 섰다.

"역겨운 놈들이군. 그런데 어째서 나를 불렀지? 미리를 구하러 나만 온 게 아니라는 건 당연히 알고 있었을 텐데."

빌헬름은 분노를 억누르며 물었다. 굳이 빌헬름이 아니라도 신이나 슈니를 부르면 지금쯤 모든 사태가 해결되었을 것이다.

"당신 외에도 미리를 위해 움직이는 분들이 있다는 건 알고 있습니다. 하지만 제 힘으로는 당신과 엘프 여성 외에는 볼수가 없었습니다. 그 여성도 상당히 단편적인 장면밖에는 보이지 않았지요. 딱 한 번, 당신이 라시아라고 부른 여성을 구하는 장면을 봤을 때 검은 머리의 남성이 보였습니다만 그것도 그때뿐이었습니다. 제 능력도 만능은 아니니까요."

신과 슈니, 슈바이드는 보이지 않는다고 해미는 말했다.

신 일행의 힘이 얼마나 굉장한지 알고 있는 빌헬름은 당연히 그럴 만하다고 납득해버렸다. 레벨 차이, 능력치 차이, 무기와 방어구의 질, 상급 종족이라는 점까지 이유를 들자면 끝이 없었다.

"하긴 그 녀석들과 함께 있다면 나밖에 보이지 않았겠지. 뭐, 그 녀석들에 대해서는 신경 쓰지 마."

빌헬름이 할 수 있는 말은 그것뿐이었다.

굳이 따지자면 빌헬름도 일반인의 범주를 크게 넘어선 존재였지만 신 일행과 비교해보면 초라할 수밖에 없었다.

"그건 그렇고 당신은 어쩌려고? 미리를 도망치게 한다고 해서 산 제물 신세를 벗어나지는 못할 거 아냐."

빌헬름은 엉뚱한 곳으로 새던 이야기를 본론으로 되돌렸다.

"저는…… 도망칠 수 없으니까요."

해미는 시선을 떨구며 말했다. 그녀의 말에는 체념의 감정이 묻어나왔다.

빌헬름은 그 원인이 되는 물건을 보며 말했다.

"상대를 강제적으로 복종시킨다는 아이템인가."

"알고 계셨군요."

"정보원한테 들었어. 그 목걸이인가 보군."

"네. 지금은 특정한 행동을 제한하는 명령만 받았기에 어느 정도 자유롭게 움직일 수 있지만, 한번 명령을 받으면 아무리 잔혹한 일이라도 주저 없이 따르게 됩니다."

목걸이를 만지작거리는 해미의 눈빛이 흔들리고 있었다. 지금까지 그녀가 어떤 일을 해왔는지 빌헬름은 짐작조차 할 수 없었다.

하지만 해미의 침통한 표정을 보면 그리 좋은 일이 아니었다는 것은 짐작이 갔다.

"상대에게 명령받을 때 의식은 남아 있는 거야?"

"글쎄요. 희미하게 의식은 남아 있습니다. 꿈을 꾸는 느낌과 비슷하다고 말하면 될까요."

의식이 명확하지는 않다고 해미는 말했다. 빌헬름은 만약 그렇지 않았다면 그녀의 정신이 더욱 피폐해졌을 거라는 생각이 들었다.

"……나는 당신이 차고 있는 그걸 어떻게 할 능력이 없어. 미안하지만 미리만 데리고 갈게."

"빌 오빠?!"

"괜찮습니다. 처음부터 그러기 위해 불렀으니까요."

빌헬름의 말에 미리가 경악하듯 말했다. 해미를 구해달라고 말하려던 미리의 눈에 분함을 참아내는 빌헬름의 얼굴이 보였다.

그의 심정을 잘 아는 해미는 빌헬름의 말에 고개를 끄덕여 보였다. 그녀의 얼굴에 맺힌 희미한 미소는 미리가 구출되는 것을 순수하게 기뻐하고 있었다.

빌헬름은 미리의 시선을 느끼며 자신이 흥분하고 있다는 것을 자각하고 있었다. 그는 해미의 표정이 마음에 들지 않았다.

"이봐. 그 얼굴은 대체 뭐야?"

"네?"

갑작스러운 질문에 해미의 표정이 미소에서 당혹감으로 바뀌었다.

해미는 납치당한 미리를 돌려주겠다고 했기에 빌헬름의 의심을 받아도 어쩔 수 없다고 생각했다.

아이템에 조종되어 그를 방심하게 만들려는 것이 아닌가 하고 말이다.

하지만 다행히 그런 일은 일어나지 않았고 빌헬름은 미리를 데려가겠다고 동의해주었다.

그런 상황에 안도하고 있었기에 해미는 빌헬름의 말을 바로 이해할 수 없었다.

"마치 네 자신은 어떻게 되든 상관없다는 얼굴이잖아."

"……그렇게 생각하신다면 제 부탁을 한 가지 들어주실 수 있을까요?"

빌헬름의 말을 이해한 해미는 마음속에서 쭉 생각하던 것을 떠올렸다. 빌헬름을 이곳에 부른 또 하나의 목적을 달성할 수 있을지도 모른다는 생각이었다.

"뭔데."

"저를…… 죽여주세요."

"해미 님?!"

"해 언니?!"

해미의 입에서 나온 말에 안내역 남성과 미리가 깜짝 놀라며 말했다.

미리를 넘겨주기 위해 빌헬름을 데려온 남자의 진짜 목적은 해미를 구하는 일이었다.

그런 해미가 자신을 죽여달라고 말한다면 당연히 잠자코 있을 수는 없었다.

"진심이야?"

"이대로 제가 살아 있어도 많은 사람들에게 폐만 끼칠 뿐입니다. 제가 죽고 미리가 사라지면 브루크의 음모도 저지할 수 있겠죠. 이 목걸이 탓에 제 스스로 목숨을 끊을 수는 없습니다. 그러니 부탁드립니다."

"안 됩니다! 성녀님을 구하기 위해 열심히 노력해온 자들의 마음을 헛되이 하실 생각이십니까?!"

"이대로 가면 늦습니다."

그렇게 단언하는 해미의 눈은 진심이었다.

"당신, 뭘 본 거야?"

"데— 으윽!"

무언가를 말하려던 해미의 얼굴이 고통으로 일그러졌다. 목을 감싸는 해미의 손가락 사이로 목걸이의 문자가 빛나는 것이 보였다.

"죄송…… 합니다. 목걸이의 효력 때문에 더 이상은 말씀드릴 수 없습니다. 하지만 이대로 가면 이곳 엘트니아 대륙이 멸망하고 맙니다."

"……데몬인가."

빌헬름은 짧게 들린 말을 통해 해미가 말하려던 내용을 추측했다.

빌헬름도 브루크에 관한 정보를 모으고 있었다. 정보원은 자이 한 사람이 아니었다.

확실하지는 않지만 빌헬름이 얻은 정보 중에 브루크가 데몬과 관련되었을 수도 있다는 내용이 있었다.

"그것도 무척 강력한……. 이해하셨다면— ."

"미안하지만 그럴 수는 없어."

빌헬름은 자신을 말없이 올려다보는 미리의 머리를 쓰다듬으며 해미의 말을 가로막았다.

'다른 사람을 의지하는 건 내 성격에 맞지 않지만…….'

빌헬름도 역전의 전사였다. 지그루스에 온 뒤부터 해미가 말한, 대륙을 멸망시킬 정도의 무언가를 희미하게나마 느끼고 있었다.

지그루스 내부는 아니었다. 하지만 그리 멀지 않은 어딘가에 무언가 정체를 알 수 없는 것이 태동하고 있다는 불확실한 초조함을 느꼈다. 그것이 데몬 때문이라면 빌헬름도 납득할 수 있었다.

하지만 빌헬름은 분명히 위험한 그 존재에게서 아무리 해도 죽음의 기운을 느낄 수가 없었다.

해미의 이야기를 들을 때까지 그 초조함을 분명하게 인식하지 못했던 것은 그 때문이었다.

하지만 지금은 그 이유를 알 수 있었다. 해미가 말하는 위협보다도 더욱 거대한 무언가가 그것을 가로막고 있는 듯한 느낌이 있었다.

예상할 수 있는 것은 하나밖에 없었다.

"여기서 당신을 죽이지 않아도 그 적은 목적을 달성할 수 없을 거야."

"그렇게 낙관적인 상황이 아닙니다. 그것은 인간이 어떻게 할 수 있는 존재가 아니에요!"

빌헬름의 느긋한 말에 해미는 감정을 드러내며 소리쳤다.

목걸이 때문에 직접 말할 수는 없지만 해미는 『점성술사』의 능력으로 목격한 것이다. 의식이 열리는 곳에 나타난 거대한 그림자와 그것이 흩뿌리는 파괴의 광경을.

안내역 남성처럼 자신을 구하려는 사람들이라면 자신을 죽여달라고 부탁해도 들어주지 않으리라는 것을 해미는 알고 있었다.

빌헬름을 부른 것은 미리를 넘겨주는 대신 해미 자신을 죽여달라고 부탁하기 위해서였다.

"지그루스에 온 게 나 혼자였다면 그 부탁을 들어줬을지도 모르지만 말이지."

빌헬름의 느긋한 말에 해미는 어두운 표정을 지었다.

다가오는 위기에 대해 빌헬름과 해미는 확연히 다른 반응을 보이고 있었다.

그 원인은 단 하나, 어떤 인물에 대해 아는지 모르는지의 차이였다.

누가 예측할 수 있었을까.

지금 이 도시에 전설로 칭송받은 종족이 와 있다는 사실을.

누가 예측할 수 있었을까.

그와 그 부하가 이미 행동에 나섰다는 사실을.

†

"그 이야기를 꼭 자세히 들려주셨으면 합니다."

빌헬름의 말에 가장 먼저 반응한 것은 이곳에는 없어야 할 인물이었다.

"여어. 용케 내가 이곳에 있다는 걸 알아냈군."

빌헬름은 너무나도 절묘한 시점에 등장한 에이라인을 날카롭게 노려보았다.

에이라인이 나타난 곳에는 주위에 출입구가 없었다. 빌헬름은 그가 모습을 감추고 있었거나 숨겨진 통로를 이용했을 것이라고 짐작했다.

지금까지 기습을 하지 않았다는 것이 의아했지만 에이라인의 성격과 능력을 고려하면 충분히 그럴 만하다는 결론에 도달할 수 있었다.

"저기 계신 성녀님이 예지를 해주셨거든. 물론 본인은 기억하지 못할 테지만."

에이라인은 전에 교회에서 본 것과 똑같은 미소를 지으며 이곳에 나타난 이유를 숨김없이 말해주었다.

그 말에 가장 놀란 것은 해미였다.

"그럴 수가! 저는 당신이 이곳에 올 거라는 예지를ㅡ."

"했습니다. 잊으라는 명령을 받았지만 말이죠. 그건 그렇고 빌헬름 군이 이 도시에 올 거라는 말을 들었을 때는 참 놀랐습니다. 흑발의 엘프라는 희귀한 존재와 함께 오고 있다는 점도 놀라웠고요. 베일리히트에서 이곳까지는 상당한 거리인데, 짧은 시간에 올 수 있었던 건 그녀의 능력 덕분인가요?"

상대를 복종시키는 아이템에는 기억마저 조종하는 힘이 있었다.

에이라인의 말과 해미의 표정을 보며 빌헬름은 그것이 사실이라고 판단했다.

그리고 그와 동시에 지금까지 꾹 억누르던 분노가 솟구쳤다.

라시아를 다치게 하고 미리를 유괴한 것만으로도 빌헬름은 그를 용서할 수 없었다.

그런데다 자신을 희생하려는 해미마저도 우롱하는 짓을 하자 더 이상은 화를 억누를 수가 없었다.

"내가 네게 알려줄 것 같으냐?"

빌헬름은 말도 안 되는 소리라고 일축했다.

빌헬름은 미리에게 물러나라고 말한 뒤 아이템 카드에서 『베이노트』를 실체화했다. 그의 시선은 에이라인에게서 벗어나지 않았다.

가슴속에서 불타오르는 분노가 빌헬름의 온몸에서 터져 나올 것만 같았다.

"뭐, 그건 아무래도 좋습니다. 그건 그렇고 그 창은 뭐죠? 정말 아름답군요!"

"네놈의 감상은 아무래도 좋아."

"이 기분을 공유할 수 없다니 유감이군요. 하지만 지금은 기분이 좋으니까 그냥 넘어가드리죠. 당신이 그 창을 가져와 줘서 기쁩니다. 설마 그때 사용한 창보다 엄청난 걸 갖고 있을 줄은 몰랐네요. 좀 더 빨리 꺼냈으면 좋았을 텐데. 아껴두다니 너무합니다."

그런 빌헬름과는 대조적으로 에이라인은 온몸으로 기쁨을 표현하고 있었다.

그의 시선은 빌헬름이 든 『베이노트』에만 쏟아졌다. 그의 표정은 마치 새로운 장난감을 발견한 어린아이 같았다.

"그때의 빚을 여기서 갚아주마."

"하하, 빚이 더 늘어날 텐데 어쩌죠?"

에이라인은 이미 손에 『익스베인』을 들고 있었다. 더욱 짙게 미소 짓는 그의 모습에는 지난번처럼 방심하는 기색이 전혀 없었다.

『베이노트』를 보자 지난번처럼 되지 않을 거라고 예상한 모양이었다.

하지만 그때와 달라진 것은 빌헬름 역시 마찬가지였다. 손에 든 무기는 다르지만 온몸에서 쓸데없는 힘을 뺀 자세에는 빈틈이 전혀 없었다.

두 사람의 거리는 10메르 정도였다. 빌헬름은 안내역 남성이 해미를 물러나게 한 것을 확인한 뒤 『베이노트』의 창끝을 에이라인에게 향했다.

"쉿!"

먼저 공격한 것은 빌헬름이었다.

보조계 무예 스킬 【조기 · 활섬】으로 움직임을 가속한 빌헬름은 에이라인을 향해 공격해 들어갔다.

아무리 에이라인이 하이 휴먼이 만든 무기를 쓴다 해도 대검과 창은 공격 범위가 달랐다. 에이라인이 벌린 간격을 『베이노트』의 창끝이 침식해 들어갔다.

"그렇게 쉽게 당하진 않지요."

에이라인은 빌헬름이 내지른 찌르기의 궤도를 향해 『익스베인』을 갖다 댔다.

도검의 약점인 배 부분을 부딪쳤지만 비상식적인 강도를 가진 『익스베인』은 『베이노트』의 일격을 튕겨내고 말았다.

『베놈』이라면 이것만으로도 대미지를 입었을 테지만, 지금 빌헬름이 들고 있는 것은 『베놈』을 기반으로 신이 개조한 걸작 『베이노트』였다.

등급 자체도 『익스베인』과 동일했기에 결정적인 성능 차이는 없었다.

차이를 만들어낼 수 있는 부분은 사용자의 기량과 무기가 가진 특성이었다.

에이라인은 빌헬름의 일격을 튕겨낸 직후에 발밑을 노리는 『베이노트』의 창끝을 『익스베인』으로 받아냈다.

그리고 빌헬름이 내지르는 힘에 맞서지 않고 몸을 자연스럽게 미끄러뜨렸다.

그 뒤에 빌헬름이 『베이노트』를 거둬들이기도 전에 한 걸음 앞으로 내디뎠다.

상대의 일격을 피하고 『익스베인』을 방패 삼은 에이라인은 착실하게 빌헬름과의 거리를 좁혀나갔다.

간격이 점점 좁혀지고 있었다.

하지만 빌헬름이 그대로 『익스베인』의 공격 범위 안에 들어가는 실수를 범할 리는 없었다.

에이라인의 공격 범위에 들어서기 직전에 공격 방법을 바꾼 것이다.

창의 공격 방법에는 한 곳에 집중하는 찌르기와, 긴 공격 범위를 활용한 후려치기가 있었다.

끊임없이 내지르던 창이 갑자기 자취를 감추더니 다음 순간 백은색의 원이 에이라인을 덮쳤다.

"이거 제법이군요."

에이라인은 찌르기보다 훨씬 묵직한 일격을 받아내며 거리를 벌릴 수밖에 없었다. 그의 발밑에는 신발이 쓸리면서 난 두 줄기의 탄 자국이 남아 있었다.

대미지는 거의 없었지만 그 자리에서 막아낼 만큼 가벼운 공격이 아니었다는 것을 증명하고 있었다.

"잘됐군요. 이 정도라면 저도 진심으로 싸워볼 수 있겠습니다."

에이라인은 벌어진 거리를 다시 좁히기 위해 앞으로 나섰다. 그의 속도는 방금 전과 완전히 달라져 있었다.

에이라인도 빌헬름처럼 【조기】 스킬로 신체를 강화한 것이다.

에이라인은 공기를 가르며 내뻗은 창끝을 정면으로 받아냈다.

기본적인 능력치 차이가 있었기 때문에 동시에 스킬로 신체를 강화할 경우 에이라인의 STR이 더 높았다.

에이라인은 상승한 완력을 활용해 2메르나 되는 『익스베인』을 롱소드처럼 다루었다.

공중에 그려진 붉은 궤적이 『베이노트』의 은색 빛을 튕겨냈다.

이 세계에서 빌헬름이 가진 『베이노트』의 공격을 받아낼 수 있는 무기는 흔치 않았다. 만약 에이라인이 가진 무기가 전설급이었다면 무기의 차이로 밀어붙일 수도 있었을 것이다.

하지만 에이라인이 가진 무기는 놀라울 만큼 고성능이었다.

빌헬름의 공격을 정면으로 받아내고 찌르기 하나하나를 전부 쳐내고 있었다.

에이라인의 기량은 틀림없는 일류였다. 정교하게 다루기 힘든 대검으로 창의 연속 찌르기를 완벽하게 막아냈다.

"쳇, 괜히 용자가 아닌 거로군."

"어라, 알고 있던 겁니까? 그걸 알면서도 덤비다니, 목숨 아까운 줄 모르나 보군요."

빌헬름이 중얼거린 말에 에이라인이 반응했다.

"능력치가 올라간다고 하던데 이 정도로 안 어울리는 칭호도 없을 거다."

칭호와 인격이 반드시 일치한다는 법은 없었다.

성격 문제는 전적으로 에이라인 때문이라고 할 수 없겠지만 이 정도로 안 어울리는 조합은 없을 것이라고 빌헬름은 생각했다.

"부러우면 부럽다고 말하세요. 저는 선택받은 존재입니다. 그런 제가 특별한 칭호를 가지는 건 당연한 일이라고 할 수 있겠죠."

"하핫, 잠꼬대는 자면서 해라."

칼날이 부딪치며 불꽃이 튀었다.

그러는 사이 에이라인은 어느새 빌헬름에게 바싹 다가와 있었다. 아무리 빌헬름이라도 코앞까지 접근해온 상대에게 계속 찌르기 공격을 할 수는 없었다.

"왜 그러시죠? 무기가 바뀌었다고 본인이 강해진 줄 알았나 보죠? 그 정도로는 지난번과 똑같은 결말을 맞을 뿐입니다!"

에이라인은 방금 전의 후려치기를 갚아주려는 듯이 아래로 내리친 『익스베인』의 궤도를 갑자기 바꾸었다.

빌헬름의 머리를 노리던 공격이 대검 같은 무거운 무기로는 불가능한 예각 궤도로 틀어지며 그의 몸통을 향해 뻗어갔다.

공중에서 90도로 꺾인 공격의 정체는 검술계 무예 스킬【에러 · 슬래시】였다.

진홍색으로 빛나는 『익스베인』이 빌헬름을 두 동강 내기 위해 발톱을 드러냈다.

그 칼날 앞에서 어중간한 방어구는 없는 것이나 마찬가지였다. 빌헬름의 방어구 역시 마찬가지였다.

따라서 방어구가 아닌 무기로 막아낼 수밖에 없었다.

머리 위의 공격을 『베이노트』의 자루로 받아내려던 빌헬름은 즉시 왼쪽 팔만 내려서 『익스베인』의 칼날에 창끝을 갖다 댔다.

『익스베인』과 『베이노트』의 칼날이 서로 부딪치며 한층 커다란 불꽃을 튀겼다.

"크윽."

"어라, 역시 지난번처럼은 되지 않는군요."

묵직한 공격을 받아내며 신발이 바닥에 움푹 박히기는 했지만 지난번의 전투 때처럼 빌헬름이 정체불명의 큰 대미지를 입는 일은 없었다.

빌헬름이 무사한 것은 스킬에 의한 완력 강화와 『베이노트』의 강도 덕분이었다.

빌헬름은 『익스베인』의 능력에 관해 들어서 알고 있었다. 지난번 싸움에서 빌헬름에게 불가사의한 대미지를 입혔던 것은 무기가 가진 능력이 원인이었다.

"아무래도 그 녀석이 했던 말이 사실인가 본데."

빌헬름은 몸에 이상이 없다는 것을 확인하며 중얼거렸다.

신의 말을 의심했던 것은 아니지만 역시 직접 확인하기 전에는 납득할 수 없었다.

그런 빌헬름을 보며 이번에는 에이라인의 미소가 살짝 흐려졌다.

"아무래도 제 무기에 대해 알고 있는 모양이군요. 이건 하이 휴먼이 만든 무기라 자세한 능력은 저도 파악하지 못하고 있었는데요. 이거 물어볼 것이 늘어났군요."

"안심해. 어차피 너에게는 필요 없는 정보가 될 테니까."

빌헬름은 그렇게 말하며 입가를 치켜 올렸다.

그런 태도가 거슬렸는지 에이라인의 입가에 맺힌 미소의 종류가 바뀌었다.

"정보를 알아내는 건 제 일이 아니니까 상관없겠죠. 모처럼의 기회니까 제 진짜 능력을 보여드리죠. 조금은 즐겨주시길 바랍니다."

에이라인은 말이 끝나기도 전에 몸을 금색 빛으로 뒤덮기 시작했다.

밝게 빛나는 그의 모습은 분명 영웅담에나 나올 법했다.

"……하지만 본성이 저렇다는 게 문제겠지."

에이라인은 눈부신 빛을 몸에 두르고 있었다. 하지만 그의 본성을 아는 빌헬름은 그런 광경에서 조금의 장엄함도 느낄 수 없었다.

에이라인에게서 발산되는 힘의 파동은 분명 강해져 있었다. 그러나 원래부터 존재했던 능력치 차이가 더욱 벌어졌음에도 빌헬름의 태도는 변함없었다.

"이봐, 너희들! 휘말리지 않도록 더욱 물러나 있어!"

빌헬름은 그렇게 외치며 『베이노트』를 앞으로 겨냥했다.

다음 순간 『익스베인』이 그의 눈앞으로 뻗어왔다.

창만큼은 아니지만 대검의 공격 범위도 제법 긴 편이었다.

에이라인의 돌진력과 긴 검신 때문에 빌헬름에게는 눈앞에 갑자기 칼끝이 나타난 것처럼 보였다.

"……."

빌헬름은 그 칼끝을 말없이 쳐냈다. 『베이노트』의 끝부분을 들어 최소한의 움직임으로 방어한 것이다.

경이적인 반응 속도로 펼쳐진 움직임이 작은 호를 그리며 『익스베인』의 칼날을 튕겨냈다.

빌헬름은 그대로 앞으로 나섰다. 창끝 쪽을 든 왼손은 그대로 두고 오른손의 위치를 바꾸어 오른쪽으로 찔러 들어갔다.

"어이쿠!"

에이라인은 자신의 팔을 똑바로 노린 공격을 몸을 비틀어 피했다. 그리고 쭉 뻗은 팔로 『익스베인』을 힘겹게 내리쳤다.

힘이 실려 있지 않지만 그 공격은 빌헬름을 두 동강 내기 충분했다.

그것을 받아낼 필요가 없겠다고 생각한 빌헬름은 몸을 숙여 피했다. 그와 동시에 『베이노트』를 재빨리 회전시켜 창끝을 에이라인 쪽으로 향했다.

바람 가르는 소리를 내며 머리 위를 통과한 칼날을 따라 빌헬름은 혼신의 힘을 담아 창을 내찔렀다.

파란색과 은색이 뒤섞인 빛을 두른 공격은 에이라인의 예상을 훨씬 뛰어넘는 속도로 그의 몸을 향해 뻗어나갔다.

"쳇!"

눈부신 시각 효과를 남기며 에이라인의 몸에 꽂힌 것은 창술/광술 복합 스킬 【사광화선(四光火線)】이었다.

『베이노트』 본체의 공격을 따라 네 개의 빛이 창의 형태를 이루어 에이라인의 갑옷을 꿰뚫었다.

그러나 빌헬름의 손에 살을 찌르는 감촉은 느껴지지 않았다.

"그 속도는 단순한 스킬이 아니군요."

에이라인은 몸통 부분이 사라진 자신의 갑옷을 힐끔거리며 미소를 거두었다.

간신히 피하기는 했지만 정통으로 맞았다면 작은 부상으로 끝나지 않을 대미지를 입었을 것이다.

"진심으로 싸우지 않았던 건 나도 마찬가지거든."

빌헬름은 동공이 {세로로 찢어진} 왼쪽 눈으로 에이라인을 바라보았다. 그것은 빌헬름의 몸속에 흐르는 드래그닐의 피가 각성했다는 증거였다.

에이라인의 전설급 갑옷을 꿰뚫을 수 있었던 것은 무기의 성능 때문만은 아니었다.

빌헬름의 비장의 무기— 로드와 드래그닐의 힘을 동시에

사용하는 『마룡해방』이 발동되어 능력치가 상승했기 때문이었다.

"그 눈…… 그렇군요. 당신은 크리티컬(완성종)이었습니까."

에이라인의 복부에서 한 줄기의 피가 흘러나왔다.

빌헬름의 일격은 적게나마 에이라인에게 부상을 입혔다.

빌헬름은 에이라인의 말에 대답하지 않고 땅을 박찼다. 온몸의 힘을 담아 내지른 찌르기는 에이라인에게 튕겨질 때와는 비교도 되지 않는 속도였다.

대기의 비명과 함께 은색 빛이 된 『베이노트』가 에이라인을 향해 뻗어나갔다.

"얕보면 곤란하지!!"

에이라인은 희미하게 보이는 창끝을 『익스베인』으로 막아냈다.

빌헬름의 신체 능력이 올라가기는 했지만 그것만으로 두 사람의 우열이 결정되는 것은 아니었다.

공중에 진홍색 궤적이 그려졌다.

은색과 붉은색. 두 개의 빛이 빌헬름과 에이라인 사이에서 부딪치며 공중에 대량의 불꽃을 튀겼다.

"—!"

두 사람은 한층 강하게 무기를 부딪친 다음 거리를 벌렸다.

그리고 잠시 힘을 모은 뒤에 다시 공격하는 것도 동시였다.

빌헬름이 선택한 것은 창술/뇌술 복합 스킬【뇌호(雷號)】.

에이라인이 선택한 것은 검술/화염 복합 스킬【블래스트 ·
크로스】.

"우오오오오오오오오옷!!"

두 사람의 포효가 겹쳐졌다.

이렇게 된 이상 빌헬름뿐만 아니라 에이라인에게도 여유는
없었다.

밀리는 쪽이 지게 된다. 서로 그것을 잘 알았기에 무기를
쥐는 손에 온 힘을 집중했다.

"크윽, 이럴, 수가!"

에이라인이 믿을 수 없다는 듯이 소리쳤다. 그의 눈앞에서
은색의 뇌광(雷光)으로 변한 『베이노트』의 일섬(一閃)이 『익스베
인』이 두르고 있던 선혈 같은 업화를 갉아먹고 있었다.

"잘난 척하는 얼굴은 어디 가셨나, 가짜 용자!"

힘이 부딪치면서 튕겨나간 번갯불이 바닥과 벽을 태웠다.

빌헬름의 등 뒤에서 충분히 거리를 벌리고 있던 해미가 비
명을 질렀다.

서서히 균형이 기울고 있었다. 에이라인의 발밑에서 신발
과 바닥이 마찰하는 소리가 점점 커졌다.

— 밀어낸다!

빌헬름은 혼신의 기합을 담아 『베이노트』를 내찔렀다.

힘겨루기를 하던 시간은 15초 정도였다. 번갯불의 압력을
견뎌내지 못한 업화가 안개처럼 흩어졌다.

"끝이다!!"

빌헬름의 외침에 에이라인은 조용히 대답했다.

"네…… 끝입니다."

빌헬름이 몸에 충격을 느낀 것은 에이라인의 말이 끝나는 순간이었다.

"아…… 니……?"

빌헬름은 충격과 함께 몸 안으로 무언가가 들어오는 것을 느꼈다.

그의 경험상 그것은 짧은 흉기였다.

알 수 없는 것은 그것을 누구의 손이 찔러 넣었느냐는 사실이었다.

"설마 제가 가만히 있다고 생각했습니까?"

"뭐…… 라고?"

빌헬름의 손에서 힘이 빠져나갔다. 에이라인을 꿰뚫기 일보 직전이던 『베이노트』가 작은 불꽃과 함께 허공에 떨어졌다.

여유를 되찾은 에이라인은 뒤를 보라며 턱짓을 했고 빌헬름은 고개를 돌렸다.

"이, 개자식이이이이이이이이이이!"

빌헬름은 힘이 들어가지 않는 몸을 움직이기 위해 필사적으로 소리쳤다.

빌헬름의 눈에 비친 것은 공허한 눈빛으로 피에 젖은 나이프를 쥔 미리의 모습이었다.

빌헬름과 에이라인이 충돌할 때 접근한 탓에 가느다란 팔에는 긁힌 듯한 화상을 입고 있었다.

나이프에 독이 발라져 있었는지 팔뿐만 아니라 빌헬름의 온몸에서 힘이 빠져나갔다.

해미의 비명은 싸움의 여파 때문이 아니었던 것이다.

"여러 가지로 정보를 수집한 것 같은데 조금 부족했나 보군요. 명령할 수 있는 사람이 한 사람이라는 보장은 없죠."

에이라인은 미소를 머금은 얼굴로 말했다.

해미와 미리는 적의 수중에 있었고 안내역 남성은 전력이 될 수 없었다. 거기에 빌헬름은 기습으로 부상을 입었다. 상황은 이미 끝났다고 할 수 있었다.

"당신과의 싸움은 제법 즐거웠습니다. 다음이 없다는 게 저 엉말로 아쉽군요오?"

에이라인의 미소가 일그러졌다. 그에게서 용자로서의 늠름함은 찾아볼 수 없었다.

사람들에게 호감을 주는 미소가 혐오감을 주는 추악한 표정으로 바뀌어갔다.

그의 눈에 일렁이는 것은 욕망에 사로잡힌 자의 광기뿐이었다.

"그러면 잘 가시길. 당신의 사체는 저희가 유용하게 써드리겠습니다."

생포할 생각은 없었는지 에이라인은 『익스베인』을 높이 들어 올려 숨통을 끊으려고 했다.

─하지만 그의 의도는 성공하지 못했다.

그의 팔이 움직이기도 전에 방의 문이 굉음과 함께 튕겨나갔다.

두꺼운 문이 90도로 접힌 채로 에이라인을 향해 날아들었다.

"아니, 푸앗!"

날아온 문을 두 동강 낸 에이라인의 눈앞을 가로막은 것은 붉은 팔 덮개에 싸인 주먹이었다.

그 일격은 에이라인의 코를 찌그러뜨리고 턱을 박살 내 얼굴을 함몰시켰다.

에이라인이 서 있던 곳에는 검은 천에 붉은 선이 들어간 롱코트를 입은 흑발의 남자가 있었다.

"아슬아슬하게 늦지 않게…… 오지 못했나 보군."

빌헬름과 미리의 상태를 확인한 신의 입에서 노기 어린 목소리가 새어 나왔다.

†

빌헬름이 해미를 찾아갔을 무렵이었다.

신과 슈니는 팔미락 내부를 조사하면서 어떤 방을 찾고 있었다.

"여기도 닫힌 건가."

그들이 찾고 있는 것은 팔미락의 주인 카인의 개인 방이었다.

여러 가지 기믹을 만들어내는 것을 즐겼던 카인은 팔미락 내부의 각 방에도 숨겨진 방과 숨겨진 통로, 숨겨진 무기고 같은 요소들을 배치해놓았다.

그중에서도 가장 특별한 것이 팔미락의 코어와 이어지는 숨겨진 통로였다.

그것이 바로 카인의 개인 방에 있었다. 특별한 통로인 만큼 팔미락 내에서도 가장 위험한 함정이 설치된 방이기도 했다.

그러나 그곳에 도착하기만 하면 신은 어떻게든 돌파할 수 있었다. 그리고 코어를 완전히 기동하고 팔미락의 제어권을 되찾아오면 미리가 어디에 있는지는 금방 알 수 있었다.

그러기 위해 카인의 방을 찾고 있었지만 곳곳이 격벽으로 가로막혀 조사는 난항을 겪고 있었다.

통로만 찾아냈다면 지금쯤 코어를 기동했을 것이다.

"역시 중요한 방인 만큼 들어갈 수 없게 되어 있지 않을까요?"

"그럴지도 모르겠군. 빌헬름과 연락이 안 되는 것도 신경 쓰이니까 한 곳만 더 가보고 그곳도 안 되면 강행 돌파하자."

신은 슈니의 말에 동의하며 그렇게 결정을 내렸다.

처음부터 그렇게 하지 않았던 것은 격벽을 포함한 팔미락 전체가 대부분 키메라다이트로 만들어졌기 때문이었다.

신이라면 돌파 자체는 어렵지 않았지만 두께 20세메르의 키메라다이트 격벽을 누구에게도 들키지 않고 파괴하는 것은 결코 쉬운 일이 아니었다.

나름대로 위력 있는 공격을 사용해야 했기에 소리와 진동 때문에 주위에 들킬 가능성이 높았다.

교회에 있는 사람의 숫자가 적다면 좋았을 테지만 공교롭게도 그렇지 못했다.

교황, 사제 같은 고위층부터 견습 신관과 그들을 지도하는 선배 신관들, 게다가 신전을 지키는 기사들까지 상당한 인원이 팔미락에서 생활하고 있었다.

특히 견습 신관들은 식사 지급부터 청소까지 온갖 잡일을 떠맡기 때문에 이곳저곳 돌아다니는 경우가 많았다. 요란한 소리와 함께 큰 진동이 발생하면 그들이 즉시 알아챌 것이다.

"이곳도 안 되는 건가."

격벽이 닫힌 통로를 우회해서 나가던 두 사람 앞은 방금 전의 통로와 마찬가지로 격벽으로 가로막혀 있었다.

신은 이렇게 된 이상 어쩔 수 없다고 생각하며 강행 돌파에 나섰다.

먼저 주변 기척을 살피며 되도록 사람들이 멀어질 때까지 기다렸다. 그러는 사이 슈니는 주위의 소리를 차단하는 스킬

【무음 영역】을 발동했다. 소리 때문에 들킬 가능성을 줄인 것이다.

스킬 발동을 확인한 신은 아이템 박스에서 카드를 한 장 꺼내 실체화했다. 신의 손에 검 한 자루가 나타났다.

붉은 꽃잎이 그려진 흰 칼집에 꽂힌 그 검은 【하쿠라마루(白羅丸)】라는 이름의 고대급 일본도였다.

신은 자신들의 주위에서 사람들이 멀어지는 순간에 【하쿠라마루】를 뽑았다.

스킬 발동과 함께 【하쿠라마루】의 칼자루가 흐릿해지며 은색 선 세 개가 격벽 표면을 가로질렀다.

검술계 무예 스킬 【발도술 · 비연중(飛燕重)】으로 가속된 참격이 격벽에 일그러진 삼각형을 그렸다.

신은 대기 상태로 발도했던 【하쿠라마루】를 칼집에 넣은 뒤 오른손으로 격벽을 밀었다. 그러자 검으로 잘라낸 격벽 일부가 반대쪽으로 넘어졌다.

금속 덩어리가 넘어지며 커다란 진동이 발생했다.

그러나 【무음 영역】에 의해 굉음은 누구의 귀에도 닿지 못했다.

두 사람과 비교적 가까운 곳에 있던 사람들이 가벼운 진동을 느끼기는 했지만 소란이 벌어질 정도는 아니었다.

"가자."

"네."

격벽에 열린 구멍을 통과한 신과 슈니는 팔미락의 중추를 향해 나아가기 시작했다.

만에 하나 누군가가 올지도 몰랐기에, 잘라낸 격벽 일부는 이미 원래대로 복구해두었다. 격벽을 다시 막자 구멍에서 새어들던 빛이 사라져 거의 아무것도 보이지 않게 되었다.

신과 슈니는 각자 탐지 계열 스킬을 전부 활용해서 깜깜한 통로를 달려나갔다. 두 사람이 무엇보다도 경계한 것은 카인의 개인 방 부근에 설치된 함정들이었다.

신이 카인의 동료로 등록되어 있다면 아무 문제도 없을 테지만, 만약 그 정보가 사라졌다면 팔미락 내부에서도 최고 수준의 함정이 즐비한 곳에 발을 들이게 된다.

일부 함정 개발을 도왔던 신은 절대로 마주치고 싶지 않은 상황이었다.

"……함정은 없는 것 같군."

"네. 저도 위험한 기척은 느껴지지 않네요."

신과 슈니는 최대한 신중을 기하며 나아갔지만 아무리 걸어가도 함정이 발동하는 기색은 없었다.

두 사람은 다행이다 싶어 속도를 내며 카인의 개인 방으로 향했다.

미니맵 기능이 죽어 있기는 하지만 예전에는 몇 번이고 드나들었던 장소였다. 신은 거침없이 나아가다가 곧 하나의 문 앞에 도착했다.

함정이 없는 것을 확인하고 열쇠를 열 준비를 하던 신의 귀에 찰칵 하는 소리가 들렸다.

"열쇠가…… 열렸네?"

"아마도요."

신이 의아해하며 말하자 슈니도 동의했다.

손잡이를 잡은 손에 힘을 주자 매우 매끄럽게 문이 열렸다. 아무래도 신이 오면서 잠금장치가 해제된 모양이었다.

"등록했던 게…… 남아 있었나 보군."

그 기능은 신의 기억에도 남아 있었다. 시스템에 등록된 자가 손잡이를 만지면 자동적으로 잠금이 풀리는 것이다.

실내는 신의 기억과 똑같았고 원형 테이블과 의자, 식기 선반과 부엌 같은 가구가 익숙한 배치로 놓여 있었다.

다른 점을 들자면 전부 먼지를 뒤집어쓰고 있다는 것 정도였다. 실내 환경 정상화 시스템은 작동하고 있지 않았다.

누가 보더라도 상당히 오랫동안 방치되었다는 것을 한눈에 알 수 있는 광경이었다.

"……가자. 숨겨진 통로는 안쪽 방에 있어."

"……네."

신은 실내를 보며 몇 초 동안 침묵하다가 안쪽 방으로 걸어갔다. 슈니도 작게 대답하며 뒤를 따랐다.

안쪽 방은 세 평 크기 정도였고 책상과 책장에는 역시나 먼지가 수북했다.

신은 책장에 다가가 밑에서 넷째 칸에 꽂힌 왼쪽에서 넷째 책을 밀어 넣었다. 그러자 책장이 소리도 없이 왼쪽으로 밀려나더니 쌍닫이문이 나타났다.

그 문도 신이 접근하자 자동으로 열렸다. 그것은 소위 말하는 엘리베이터였다.

신과 슈니가 탑승하자 문이 자동으로 닫히더니 엘리베이터가 하강하기 시작했다.

신이 희미한 부유감을 느낀 지 10초 정도가 지나자 엘리베이터가 정지하며 문이 열렸다. 열린 문 너머에는 희미한 불빛에 비친 통로가 있었다.

그곳을 1분 정도 나아가자 신과 슈니는 드디어 팔미락의 중추인 코어의 방에 도착했다.

그곳은 한 변이 10메르인 정육면체 형태로 되어 있었고 그 중심에 직경 50세메르의 검은 구체가 떠 있었다.

그 표면에는 기하학적 무늬가 빼곡하게 새겨져 이따금씩 다양한 빛으로 반짝거렸다.

다만 그 빛은 굉장히 약했다.

"뭐지?"

혹시 몰라 다시 한 번 함정 유무를 확인하고 발을 내디딘 신은 방의 중심에 있는 코어를 향해 똑바로 나아갔다.

"왜 그러세요?"

"코어의 상태가 내가 아는 거랑 달라. 코어의 표면을 따라 움직이는 빛은 좀 더 선명했어. 그리고 내 데이터가 등록되어 있을 텐데도 아무 반응이 없고."

원래대로라면 육천 멤버가 접근하면 내부 제어용 메뉴 화면이 공중에 투영되어야 했다. 그러나 현재는 그것도 없었다.

"신, 이 방에는 희미하지만 마기(魔氣)가 생겨나 있어요!"

"마기?!"

신이 더욱 가까이 다가가 확인하려고 했을 때 갑자기 슈니가 퍼뜩 깨달았다는 듯이 말을 꺼냈다.

놀란 신이 주변에 의식을 집중하자 마기 특유의 섬뜩한 기척이 느껴졌다.

"정말이네. 전혀 몰랐어."

"아마 신은 내성이 너무 강해서 무의식중에 무효화했던 거겠죠. 저는 신만큼 강한 내성이 없어서 느낀 걸 거예요. 그런데 이건 대체……."

각종 상태 이상에 대한 신의 저항력은 타의 추종을 불허했다. 실내에는 일반인이라면 기분이 나빠질 정도의 마기밖에 없었고, 신에게는 일반적인 공간과 다를 것이 없었다.

슈니의 내성은 신에 비해 크게 뒤처지기에 알아차릴 수 있었던 것이다.

"아무래도 어딘가에서 새어 들어오는 것 같지는 않은데 말이지."

"대기에 흩어져 있던 마기가 시간이 지나면서 한곳에 쌓였을 가능성이 높지 않을까요?"

마기는 생물이 있는 곳에서는 반드시 발생한다. 다양한 감정이 뒤섞이는 왕도 같은 곳에서는 모르는 사이 마기 웅덩이가 생겨나는 경우도 있었다.

물론 의도적으로 그런 상태를 유지시킨다고 해서 무슨 일이 벌어질 만큼의 양이 쌓이지는 않았다. 그만큼 미량에 불과한 것이다.

팔미락은 주위의 마력을 흡수해 내부의 시설을 작동했다. 따라서 마력을 모을 때 그것에 포함된 마기까지 함께 수집되었다는 것이 슈니의 생각이었다.

"그럴지도 모르겠군. 데몬의 짓이라기에는 양이 너무 적어."

500년의 세월이 조금은 영향을 끼쳤을 가능성을 신도 부정할 수 없었다. 신은 틈틈이 마기를 흩뜨리며 고개를 끄덕였다.

마기가 소멸되자 코어를 둘러싼 빛이 예전의 밝기를 되찾았다. 그와 동시에 신의 앞에 팔미락을 관리하는 제어용 메뉴가 표시되었다.

신은 즉시 팔미락 안에 있는 인물 검색을 시작했다. 레벨, 종족, 성별 같은 항목을 통해 대상을 좁혀나가자 해당하는 검색 결과가 하나로 좁혀졌다.

"지하인가. 주위의 반응은 넷?"

미리의 반응이 있는 곳은 지하 1층의 비교적 커다란 방이었다.

미리로 보이는 반응 외에도 앞뒤로 두 개씩 다른 반응이 보였다.

"—?! 이건!!"

신은 실내를 볼 수 있도록 메뉴를 조작했다. 전환된 화면에 표시된 것은 칼날이 검은 나이프를 들고 달려가는 미리의 모습이었다.

그 앞에서는 붉은 대검을 든 남자와 힘겨루기를 하는 빌헬름이 보였다. 빌헬름을 향해 달리는 미리는 어딘지 모르게 멍한 표정을 짓고 있었다.

"슈니, 일단 가자!"

"네!"

이것은 위험하다.

그렇게 직감한 신은 메뉴를 재빠르게 조작해서 팔미락 내부 한정 단거리 순간 이동을 발동했다.

슈니와 함께 미리가 있는 방 앞으로 전송된 신은 문을 여는 시간도 아까워서 문을 향해 있는 힘껏 주먹을 내뻗었다.

90도로 꺾인 문은 굉음과 함께 대검을 든 남자에게 날아갔다.

내부에 있던 사람들의 위치는 코어에서 본 화면과 감지 능력을 통해 이미 확인한 뒤였다. 빌헬름과 싸우던 남자가 에이라인이라는 것은 손에 든 무기만 봐도 명백했다.

신은 문이 날아가자마자 안으로 뛰어 들어갔다.

그곳에는 등에 나이프가 꽂힌 채 바닥에 무릎을 꿇은 빌헬름과, 피에 젖은 손을 보며 멍한 표정으로 선 미리의 모습이 보였다.

플레이어인 신의 눈에는 미리의 상태 표시란에 【예속】이라는 글자가 선명하게 표시된 것이 보였다.

코어의 방에서 본 영상과 상태 표시란에 표시된 글자만 봐도 신은 이 방에서 무슨 일이 벌어졌는지 충분히 추측할 수 있었다.

"아닛, 푸앗!"

신은 문을 두 동강 낸 에이라인의 얼굴을 향해 스킬을 발동한 주먹을 다짜고짜 날렸다.

뼈가 부러지는 감촉과 함께 에이라인의 몸이 공중에 떠올랐다. 그리고 몇 메르를 날아간 뒤에 벽에 부딪치며 힘없이 바닥에 쓰러졌다.

죽지는 않았다. 그러기 위한 스킬을 사용한 것이다.

물어봐야 하는 것이 있기 때문에 아무리 화가 나도 즉사시킬 수는 없었다. 살아 있다는 것이 에이라인에게 다행인지는 또 다른 문제였다.

"아슬아슬하게 늦지 않게…… 오지 못했나 보군."

이를 악문 빌헬름과 아직도 멍한 얼굴의 미리를 보며 신의

목소리에 노기가 서렸다. 신은 바닥에 떨어진 『익스베인』을 에이라인을 때린 손으로 주워 들었다.

"슈니는 빌헬름을 치료해줘. 미리는 내가 고칠게."

"알겠습니다. 저건 어떻게 할 건가요?"

"지금은 이쪽이 먼저야. 마비시켜뒀으니까 순간 이동은 사용하지 못해."

에이라인을 정통으로 때린 주먹에는 맨손계 무예 스킬【불살권(不殺拳)】이 담겨 있었다.

RPG나 전투 중심의 VR 게임에서 흔히 볼 수 있는 종류의 스킬로, 아무리 공격해도 상대의 HP가 1만 남는 봐주기 기술이었다.

이 기술에는 일정 시간 상대를 마비시켜 스킬 사용을 불가능하게 만드는 효과도 있었다. 같은 계통의 기술로는 예전에 발크스가 사용한【버들 던지기】와【불살태도(不殺太刀)】등이 있다.

신의 눈에 보인 에이라인의 HP는 거의 남아 있지 않았다. 신의 공격을 정통으로 맞은 것이다. 만약【불살권】이 아니었다면 지금쯤 고깃덩이가 되었을 상황이었다.

신은 『마비』의 상태 이상도 확인했기에 잠시 방치해둬도 괜찮을 거라고 판단했다.

슈니는 신의 말에 고개를 끄덕이며 빌헬름에게 회복 마법을 사용했다.

빌헬름의 HP가 회복된 것을 확인하며 신은 미리 쪽을 돌아보았다.

"……."

신이 눈앞에 서 있는데도 미리는 아무 반응도 보이지 않았다. 그녀의 눈은 허공만을 바라볼 뿐, 아무것도 비추지 못했다.

【예속】상태가 표시된 것을 보면 예속 아이템을 장착하고 있는 것이 틀림없었다.

신이 미리를 보는 눈에 의식을 집중하자 미리의 오른쪽 팔에서 검은 안개 같은 것이 새어 나오고 있었다.

"잠깐 걷어 올릴게."

미리의 오른쪽 소매를 걷어 올리자 해미의 목걸이와 똑같은 금색 글자가 빛나는 팔찌가 끼워져 있었다.

예속 아이템은 기본적으로 목걸이 형태지만 미리 같은 어린아이의 경우 팔이나 다리에도 끼울 수 있었다.

게임 시절에도 목걸이니까 목에 거는 것이 당연하다는 고정관념 때문에 허를 찔리는 경우가 있었다.

팔에 끼워도 효과가 있다는 것을 몰랐기 때문에 해미와 빌헬름은 미리가 조종당할 가능성을 생각하지 못한 것이다.

"지금 해방시켜줄게."

【해방자】의 능력 때문인지 아이템을 파괴하는 방법은 바로 알 수 있었다.

신은 왼손에 마력을 집중해서 팔찌를 붙잡았다. 손에 모인 마력이 팔찌에서 새어 나오던 검은 안개를 흩뜨리자 무언가가 파직 하고 깨지는 소리가 울렸다.

신이 손을 떼자 팔찌가 산산조각 나며 연기처럼 사라졌다.

팔찌가 소멸되면서 신의 눈앞에서 【예속】이라는 글자가 사라지자 미리는 의식을 잃었는지 몸에서 힘이 빠져나갔다. 무너지는 미리의 몸을 받아내면서 신은 해미에게 눈을 돌렸다.

"……목걸이를 없애드리겠습니다. 이쪽으로."

"……부탁드립니다."

해미는 갑자기 나타난 신을 약간 경계하고 있었지만 에이라인을 때려눕히고 빌헬름을 치료하고 미리까지 구해주는 것을 보자 마음을 열었다.

신은 다가온 해미의 목걸이에 대고 마력을 모은 손을 뻗었다.

신의 손이 목걸이에 닿자 파직 하는 소리와 함께 목걸이에 금이 가더니 팔찌와 마찬가지로 조각이 나며 사라졌다.

"정말로 사라졌네……."

미리와 달리 해미는 의식을 잃지 않았는지, 확인해보듯 목걸이가 있던 곳을 어루만지고 있었다.

"저는 신이고, 빌헬름을 치료해주고 있는 게 유키입니다. 리리시라 씨에게 협력을 부탁받은 사람입니다. 당신이 성녀님 맞으신가요?"

"네. 리리시라가 말한 협력자분이셨군요. 저는 해미 슈르츠라고 합니다. 협력해주셔서 진심으로 감사드립니다."

"저희도 목적이 있어서 한 일이니까 부담 갖지 마세요. 죄송하지만 잠시 미리를 부탁드립니다. 이제부터 조금 피비린내 나는 사태가 벌어지게 될 테니 성녀님은 유키와 함께 리리시라 씨에게 가 계시면 감사하겠습니다."

신은 그런 광경을 여성에게 보여줄 수 없다고 덧붙였다.

그렇게 말하는 신에게서는 미리를 부탁한다고 말할 때와는 전혀 다른 기척이 새어 나왔다.

표정과 말투는 온화했지만 그것을 느낀 해미는 섬뜩한 오한을 느끼며 몸을 떨었다.

"……알겠습니다. 맡겠습니다."

신은 해미의 말에 고개를 끄덕이며, 의식을 잃은 미리를 그녀에게 맡겼다.

슈니에게 다가가자 치료는 이미 끝났고 빌헬름은 일어서서 『베이노트』를 회수하고 있었다.

"이제 괜찮아?"

"그래, 덕분에 살았군."

"미리가 조종당하지 않았다면 이겼을 싸움이야. 하지만 되도록 연락은 해주지 그랬어."

빌헬름은 신의 말에 겸연쩍은 표정을 지었다.

"그건 미안해. 아무래도 자주 연락하는 게 어색해서 말이지."

빌헬름의 대답을 듣고 보니 이 세계의 선정자들은 어설프게 능력이 강한 탓에 깊이 생각하지 않고 행동하게 되는 것 같다고 신은 생각했다.

"뭐, 빌헬름이라면 똑같은 실수는 하지 않을 테니까 앞으로 조심하면 됐어."

신은 그렇게 말하며 아직도 쓰러져 있는 에이라인을 돌아보았다.

"자, 그러면 이제 슬슬 이야기를 들어볼까. 빌헬름은 어떻게 할래?"

"저 녀석을 최종적으로 해치운 건 너야. 맡길게."

빌헬름이 순순히 물러난 것은 그렇게 해야 에이라인이 더 불행해지기 때문이었다.

두 사람의 말투는 가벼웠지만 그들의 시선이 에이라인에게 향한 순간부터 엄청난 분노가 분출되었다.

슈니에게 다가간 해미는 그 탓에 몸을 부르르 떨고 말았다.

안내역 남성도 해미를 감싸듯 움직이고 있었다.

"두 분 모두 저를 따라오세요. 저 두 사람이 저런 상태다 보니 최대한 빨리 움직이는 게 좋겠네요."

"네, 네. 감사합니다."

신 일행의 태도를 보며 빨리 이동하는 편이 낫겠다고 판단한 슈니는 해미와 남자를 데리고 방을 나갔다.

그리고 슈바이드와 연락을 취한 뒤 리리시라가 기다리는
방을 향해 이동했다.

세 사람이 방에서 나가는 것을 확인한 신은 빌헬름을 데리
고 에이라인에게 다가갔다.

"……으……."

신이 에이라인에게 무언가를 하기도 전에 작은 신음 소리
가 흘러나왔다. 상급 선정자의 회복력 덕분인지 에이라인은
의식을 회복한 것 같았다.

"여어, 몸은 좀 어때?"

신은 에이라인에게 더할 나위 없이 가벼운 말투로 말을 건
넸다.

에이라인의 얼굴이 원형을 알아볼 수 없을 만큼 망가지지
않았다면 친구와 잡담을 나누는 것처럼 보였을 것이다.

하지만 에이라인은 코와 입에서 피를 쏟으며 천천히 몸을
일으키려 할 뿐 아무 말도 하지 않았다.

신은 에이라인이 회복약으로 자신의 상처를 지혈하는 것을
기다렸다가 다시 말을 건넸다.

"이봐, 너에게는 여러 가지로 물어볼 게 많거든. 솔직하게
말해주지 않을래?"

"기습을 걸다니 이런 비겁한 놈들. 감히 이 몸이 누군 줄 알
고!"

에이라인은 신의 질문에는 대답하지 않고 노기 서린 목소리로 중얼거렸다.

예상 밖의 대미지를 입은 것은 기습당했기 때문이라고 인식한 것 같았다.

"비겁해? 미리를 조종해서 기습을 시킨 녀석이 할 말은 아닌 것 같은데."

"난 선택받은 인간이다. 내가 하는 행동은 신의 이름으로 긍정된다!"

"……그렇구나. 대화로 푸는 건 힘들 것 같아 — 잘됐네."

에이라인은 마치 광신자처럼 말했다. 자신의 생각만이 옳다는 것을 전혀 의심하지 않는 것 같았다.

덕분에 신도 양심의 가책 없이 일을 할 수 있었다.

"대화로 원만하게 해결할 수 없다면 이제 주먹으로 이야기할 수밖에 없겠지?"

대화를 통한 해결을 생각했다는 듯이 말했지만 물론 신에게는 그럴 마음이 추호도 없었다. 에이라인을 발견한 순간부터 육체적인 언어 외의 의사소통 따위는 포기한 지 오래였다.

"자."

신은 손에 들고 있던 『익스베인』을 에이라인을 향해 던졌다.

에이라인은 자신을 향해 날아온 『익스베인』을 재빨리 받아냈다. 그의 얼굴에는 당혹감이 서려 있었다.

"굳이 무기를 돌려주다니, 날 깔보는 거냐!"

"말은 똑바로 해야지. 돌려주는 게 아니라 잠깐 빌려주는 것뿐이야. 애초에 네 것도 아니잖아."

신의 말투가 거칠어지기 시작했다. 지라트 때와는 달리 어딘지 모르게 잔인함이 묻어나는 말투의 변화였다.

"빨리 덤벼. 네가 그걸 제대로 사용할 수 있다면 말이지만."

"이 자식이이이이이!!"

완벽하게 깔보는 신의 태도에 에이라인이 노성을 지르며 공격해왔다.

육체적인 대미지를 입었기 때문에 완전하다고는 할 수 없지만 같은 상급 선정자가 아니면 반응하기 힘든 속도였다.

대기를 가르는 칼날을 향해 신은 왼쪽 팔을 들어 반응했다.

그것을 본 에이라인의 입가가 치켜 올라가는 것도 무리는 아니었다.

『익스베인』의 날카로움과 에이라인이 가진 완력, 그리고 무기 자체의 무게가 합쳐진 일격을 한쪽 팔로 막아낼 수 있다는 생각은 일반적으로 할 수 없기 때문이었다.

하지만 신의 팔에 장착된 진홍의 팔 덮개는 대부분의 무기를 양단해온 『익스베인』의 칼날을 정통으로 막아냈다.

"마…… 말도 안 돼."

에이라인의 공격을 받아낸 신은 조금도 흔들리지 않았다. 팔이 내려가지도, 얼굴을 찡그리지도 않고 차가운 눈빛으로 에이라인을 바라보고 있었다.

팔 덮개도 불꽃은 조금 튀겼지만 표면에 흠집 하나 없었다. 주인과 마찬가지로 부동의 자세를 유지하고 있었다.

전력을 다한 공격이 한쪽 팔에 막혔다는 사실에 에이라인은 갈라진 숨소리를 냈다.

"……다음."

"어?"

무엇을 하고 있느냐는 듯한 신의 태도에 에이라인은 의아하게 중얼거렸다.

"아직 전력을 다하지 않았잖아? 기다려줄 테니까 전력을 다해서 공격해봐."

"뭐! 너, 너—."

이제는 동정심마저 담긴 시선을 느끼자 사라져가던 에이라인의 분노에 다시 불이 붙었다.

"—얕보지 마라아아아아아아!"

에이라인은 순식간에 신에게서 거리를 벌리고 사용이 가능해진 스킬로 즉시 대미지를 회복했다. 그리고 즉시 공격용 스킬이 담긴 일격을 신을 향해 휘둘렀다.

검술/화염 복합 스킬【클리어·바이트】였다.

격렬한 불꽃을 두른 검의 내리 베기와 불꽃으로 형성된 검의 올려 베기가 위아래로 신을 덮쳤다.

"아니, 그건 내가 할 말이잖아."

에이라인의 혼신의 공격 앞에서도 신은 역시 무기를 뽑지 않았다. 하단의 화염검은 다리 갑옷으로 걷어차고, 상단에서 내리치는 검은 다시금 팔 덮개로 받아냈다.

"하, 그 정도로, 으윽!"

검신은 멈추었지만 그것을 감싼 불꽃은 멈추지 않았다.

에이라인은 방금 전과 똑같은 방법으로 『익스베인』을 막아낸 신이 대미지를 입을 거라 확신했지만, 돌아온 불꽃이 몸에 붙고 말았다.

"어, 어째서……."

"너 같으면 가르쳐주겠냐."

신은 작게 말하며 소리도 없이 에이라인에게 접근했다.

신의 오른쪽 팔이 바람을 가르며 에이라인을 향해 쭉 뻗어나갔다.

"크앗!"

에이라인은 즉시 『익스베인』을 방패 삼았다. 그러나 신의 일격을 받아낸 충격만으로 손에서 『익스베인』이 튕겨나가고 말았다.

"역시 넌 그걸 제대로 사용하지 못하는군……. 정면으로 간다. 이야기하고 싶어지면 적당히 신호해."

에이라인은 손이 저렸는지 얼굴을 찡그리고 있었다. 하지만 신은 그런 것은 상관하지 않고 빠르게 거리를 좁혔다.

명치에 어퍼컷이 박혔다. 에이라인이 반응할 틈도 없이 그의 몸이 허공에 떠올랐다.

"······?!"

피를 토하며 다시 허공에 떠오른 에이라인은 신에게 처음 얻어맞았을 때 처박힌 벽에 다시 한 번 부딪쳤다. 특수한 자재로 만들어진 벽은 에이라인과 부딪치는 충격에도 견뎌내며 그의 몸을 튕겨냈다.

에이라인은 힘없이 땅에 떨어졌다.

하지만 그의 몸이 지면과 부딪치기 전에 진홍색 팔 덮개가 앞을 막았다.

"커헉?!"

신은 다시 한 번 주먹을 내질렀다.

잔상을 계속 남기며 점점 늘어나는 권격(拳擊)의 폭풍이 에이라인이 땅에 쓰러지는 것을 허락하지 않았다.

안면, 명치, 오른쪽 어깨, 안면, 왼쪽 옆구리, 오른쪽 가슴, 그리고 다시 안면.

보통 사람이라면 중간에 기절할 정도의 연속 공격에도 선정자인 에이라인은 견뎌낼 수 있었다.

아니, 견뎌낼 수밖에 없었다.

"그럼, 그래야지. 죽을 것 같으면 회복시켜줄 테니까 안심하라고."

편히 죽게 해주지는 않을 거라고 말하며 신은 공격을 계속했다.

이 정도로 때리는데도 에이라인이 죽지 않는 것은 오로지 【불살권】 덕분이었다.

주먹에 담긴 스킬의 힘 때문에 심장이 파열할 것 같은 공격에도, 머리가 터질 것 같은 공격에도 아슬아슬하게 충격이 사라졌다.

뼈가 부러지고 내장이 뒤집히면서도 죽지는 않았다. 쇼크사조차도 할 수 없었다.

에이라인의 더욱 큰 불행은 신이 회복 아이템을 대량으로 갖고 있었다는 사실이었다.

연타 와중에 이미 죽지 않은 것이 신기할 만큼 만신창이가 된 에이라인에게 신이 유리병 하나를 던졌다. 그것은 에이라인에게 닿자 쉽게 깨지며 안에 든 액체를 그에게 뒤집어씌웠다.

그러자 다음 순간 만신창이가 된 에이라인의 몸이 영상을 되감기한 것처럼 회복되어갔다.

하지만 그것은 결코 기뻐할 만한 일이 아니었다.

육체가 회복되었다는 것은 막대한 대미지로 인해 마비되었던 통각이 부활하는 것을 의미했기 때문이다.

회복에 걸린 시간은 2초. 아직도 공중에 떠 있는 에이라인을 다시금 주먹의 폭풍이 덮쳤다.

"그흑!!"

무언가를 이야기하려던 에이라인의 말이 중간에 끊겼다.

회복과 파괴의 반복. 그것은 끝도 없는 지옥이었다.

말없이 주먹을 날리는 신의 표정은 마치 가면 같았다.

이미 분노를 뛰어넘은 그의 눈빛에서는 어떤 감정도 읽어낼 수 없었다.

기계처럼 담담하게 이어지는 작업에 에이라인의 마음이 굴복하는 것은 시간문제였다.

"히익, 그마, 그마해줘……."

한동안 이어지던 연타가 일시적으로 그쳤다. 땅에 떨어진 에이라인은 움직이지 않는 몸에 필사적으로 힘을 주며 신에게서 도망치려고 했다.

그에게 방금 전까지의 여유나 분노의 감정은 없었다. 신이 한 걸음 앞으로 내딛는 것만으로도 요란하게 몸을 움찔할 뿐이었다.

"그러면 이야기를 들어볼까. 아아, 거짓말을 하면 서비스가 좀 더 좋아질 거야."

에이라인은 신의 주먹에서 뚝뚝 떨어지는 자신의 피를 보며 필사적으로 고개를 가로저었다. 태어나서 처음으로 맞는 절대적인 공격 앞에서 반항심 따위는 조금도 남아 있지 않았다.

"첫 번째 질문. 미리를 납치해서 무엇을 할 생각이었지?"

순서대로 이어지는 질문에 에이라인은 솔직하게 대답했다.

브루크의 목적은 어떤 장소에서 열리는 의식에 해미와 미리를 데려가 산 제물로 바치는 것이었다. 그것으로 그의 조직 내 위치가 더욱 확고해질 예정이었다고 한다.

의식의 장소는 에이라인도 알지 못했고 『익스베인』도 브루크에게서 받은 것이라고 자백했다.

상대를 조종하는 아이템은 행동뿐만 아니라 기억까지도 조종할 수 있었다. 다만 없는 기억을 새로 만들어내는 것은 불가능했고 기존 기억을 삭제하는 것만 가능했다.

"그랬던 거군."

에이라인이 하는 말은 전부 진실이었다.

폭력에 굴복했다고 해서 거짓말을 하지 않는다는 보장은 없었다. 하지만 신은 에이라인의 몸이 공중에 떴을 때부터 정신 간섭 계열의 스킬을 사용하고 있었다.

그로 인해 에이라인은 중요한 정보를 발설하면 안 된다는 생각도, 그리고 진실을 순순히 말하는 것에 대한 위기감도 전혀 느끼지 못하고 있었다.

"……."

빌헬름은 질문에 대답하는 에이라인의 모습을 조용히 바라보고 있었다. 빌헬름이 순순히 신에게 맡긴 것도 이렇게 될 것을 예상했기 때문이었다.

빌헬름은 신이 하이 휴먼이라는 것을 알고 있었다. 따라서 심문에서 절대적인 효과를 발휘하는 정신 간섭 계열의 스킬도 갖고 있을 거라고 생각한 것이다.

현재 그것을 사용하고 있는지는 알 수 없지만 에이라인이 정보만 자백해준다면 스킬 때문이든 폭력 때문이든 상관없었다.

물론 신의 성격을 생각해보면 정신 계열의 스킬은 어지간한 일이 아닌 이상 사용하지 않을 것이다.

그러나 이번 일이야말로 바로 그런 어지간한 일이었다. 자신이 힘을 쓰는 것보다도 신에게 맡기는 편이 빨랐다. 빌헬름은 그렇게 판단했고 그 결과가 눈앞에 벌어진 참상이었다.

빌헬름은 이러다가 에이라인이 죽지 않을까 생각했다. 하지만 중간에 신이 포션을 던지는 것을 보고 쓸데없는 걱정이었음을 알았다.

"저, 저를 어떻게 하실 생각입니까?"

"응? 필요한 정보는 전부 들었으니까 이제는…… 뻔하지 않아?"

"지, 지금쯤 브루크가 리리시라를 붙잡았을 겁니다. 저에게 무슨 일이 생기면 리리시라뿐만 아니라 그쪽으로 간 성녀까지 어떻게 될지 모른다고요!"

에이라인은 갑자기 신에게 큰소리를 쳤다. 브루크의 이야기가 나오자 깜빡 잊고 있던 사실을 떠올린 것 같았다.

"리리시라…… 라고?"

신의 물음에 에이라인은 히죽 웃었다.

"그쪽에는 저와 동급인 선정자도 있습니다. 그녀들을 무사히 구하고 싶다면 더 이상 제게 손을 대면 안 될 겁니다!"

인질을 이용해 위기에서 벗어나려는 속셈인 것 같았다. 성녀인 해미와 미리를 인질로 잡으면 신도 행동에 제약이 생기는 것은 사실이었다.

그러나 필사적으로 허세를 부리는 모습은 신과 빌헬름에게 우스꽝스럽게 보일 뿐이었다.

"인질을 꼭 잡았으면 좋겠네."

신은 에이라인에게 불쌍하다는 듯이 말했다.

신의 여유로운 태도를 보자 에이라인의 미소가 딱딱하게 굳었다.

"무, 무슨 소릴 하는 겁니까? 조련사인 엘프는 여관에 돌아갔고, 아까 봤던 엘프도 접근전에 강한 케니히를 당해내지 못할 겁니다. 그녀들을 붙잡히고도 그렇게 여유 만만할 수 있을까요?"

"뭔가 착각하고 있는 모양인데ㅡ."

신은 에이라인을 차가운 눈초리로 바라보며 그에게는 결정타가 될 말을 꺼냈다.

"ㅡ내 동료가 리리시라 쪽에 없다는 말을 나는 한 적이 없는데?"

†

"신 씨와 유키 씨는 괜찮을까요?"

두 사람이 이동한 뒤에 리리시라는 자신의 방에서 대기하고 있었다.

현재로서는 리리시라가 움직인다고 특별히 달라지는 것이 없었다. 브루크의 부하가 에이라인뿐일 리도 없었고 섣불리 움직이는 편이 더욱 위험하다고 판단한 것이다.

그러나 가만히 기다리기만 하는 것은 리리시라뿐만 아니라 그녀를 따르는 기사들에게도 힘든 일이었다.

"신과 유키라면 에이라인이라는 자와 정면으로 싸워도 괜찮을 것이오. 지금 우리가 해야 할 일은 적의 별동대를 경계하는 일이외다."

걱정하는 리리시라와 달리 슈바이드는 아무 일도 하지 않고 입구로 통하는 통로 벽에 가만히 기대서 있었다. 그의 말에서는 신에 대한 절대적인 신뢰감이 묻어났다.

신이 하이 휴먼이라는 사실을 모르는 리리시라는 에이라인과 정면으로 싸우는 것이 염려되었던 모양이다. 그만큼 에이라인의 전투력이 뛰어났던 것이다.

"자, 아무래도 우리도 움직여야 할 것 같소."

신과 슈니가 나간 지 1시간도 안 되었을 때 슈바이드가 방의 한 곳을 보며 말했다.

"무슨 일이라도 있나요?"

"이쪽을 향해 오는 집단이 있소. 적대감을 숨기지도 않는 것을 보면 브루크의 부하들 같소이다."

슈바이드의 말에 리리시라와 기사들도 긴장하기 시작했다.

이쪽은 슈바이드를 포함한 네 명뿐이었다. 모두들 실력에 자신이 있지만 압도적인 숫자로 밀어붙인다면 당해낼 도리가 없었다.

실내에서 싸우는 것은 위험하다고 생각하며 모두가 밖으로 나가자 그들을 향해 다가오는 한 무리가 있었다.

선두에는 브루크가 서 있었다.

"이런, 이런. 어디에 가십니까?"

"당신과는 상관없는 일입니다, 브루크 사제."

"죄송하지만 저는 리리시라 님께 볼일이 있어서 말이죠. 저와 동행해주시지 않겠습니까? {성녀님}도 기뻐하실 겁니다."

"크윽."

히죽거리는 미소를 보자 리리시라의 팔에 소름이 돋았다.

할 수만 있다면 지금 이 자리에서 브루크를 때려눕히고 싶었다. 꽉 움켜쥔 주먹과 표정에서 그녀의 심정이 절절하게 묻어났다.

그런 리리시라의 어깨에 누군가가 툭 하고 손을 얹었다.

"리리시라 공. 아무래도 저자를 따라갈 필요는 없어진 것 같소이다."

"그 말은…… 설마!"

슈바이드의 말에 담긴 의미를 깨달은 리리시라의 표정이

밝아졌다.

"그렇소. 유키에게서 연락이 왔소이다. 지금 이쪽으로 오고 있다고 하오."

슈바이드가 힘 있게 고개를 끄덕여 보이자 리리시라뿐만 아니라 기사들도 탄성을 질렀다. 그와 동시에 눈앞에 모인 집단에 대한 적대심이 끓어올랐다.

"뭐, 뭡니까, 그 눈빛은? 내게 거역하면 어떻게 되는지 잊으셨소?!"

"잊지 않았습니다. 아니, 잊을 수 있을 리가 없죠."

우후후후 하고 낭랑하게 웃는 리리시라의 몸이 밀도 높은 마력에 뒤덮이기 시작했다.

공격 의사로 가득한 리리시라를 보며 브루크도 위험을 감지했는지 자기 진영의 최고 전력을 앞으로 내세웠다.

뒤에 우르르 몰려 있던 자들도 무기를 뽑으며 앞으로 나섰다.

"케, 케니히! 나를 지켜! 너희들도 앞으로 나오지 않고 뭣들 하는 거냐!"

"케니히, 설마 당신까지……."

리리시라는 선두에 선 기사를 보고 놀라고 말았다.

케니히는 바르멜에 파견되었던 기사였고 원래는 이곳에 없어야 할 인물이기 때문이었다.

"리리시라 공…… 미안하오."

"아니요. 사정은 이해합니다."

앞으로 걸어 나온 케니히의 표정에서 원통함이 전해졌다.

자신의 의사와는 상관없이 움직이는 몸을 어떻게든 멈춰보려고 한다는 것을, 무예에 통달한 리리시라는 잘 알 수 있었다. 그의 원통함이 절절하게 전해져왔다.

"도망치시오……. 이대로라면 나는 당신을 죽이고 말 것이오!!"

케니히의 팔이 천천히 허리의 검을 향해 뻗었다. 화려한 장식이 달린 그 검은 전설급 마검 『하우퍼』였다.

스르륵 하는 소리와 함께 뽑힌 『하우퍼』의 검신은 주인과는 달리 투명한 은색 빛을 발산하고 있었다.

"진짜 마검이군요."

마검을 뽑자 케니히의 몸에서 상대를 압도하는 위압감이 뿜어져 나왔다. 조종당하고 있음에도 그의 힘은 조금도 변함이 없었다.

전투를 각오했던 리리시라와 기사들도 무의식중에 몸이 딱딱하게 굳을 정도였다.

"하, 하하하. 방금 전까지의 기세는 어디로 사라지셨나?"

리리시라의 모습을 보며 여유를 되찾은 브루크가 케니히의 뒤에서 비아냥거렸다.

하지만 그 자리에 있던 모두가 케니히에게 압도당한 것은 아니었다.

"흐음. 그러면 저자부터 막아야 할 것 같구려."

슈바이드는 아무 일도 없는 것처럼 여유롭게 말했다.

그가 장비하고 있는 것은 신 일행과 처음 합류했을 때처럼 몸의 일부만 가리는 경장비였다.

유일하게 다른 점이라면 은색의 건틀렛을 끼고 있다는 점이었다. 건틀렛 전체에 은빛 모래를 섞어 넣은 것 같은 검은 선이 새겨져 있었다.

슈바이드는 원래 장비 중 하나를 실체화한 것이다.

"흥, 케니히는 상급 선정자 중에서 손에 꼽히는 실력자. 그렇게 허세를 부린다고 이길 것 같습니까?"

케니히의 위압감에 눌린 리리시라를 보고 기분이 좋아진 브루크가 이번에는 슈바이드에게 시비를 걸었다.

브루크의 눈에는 슈바이드가 허세를 부리는 것으로만 보였다.

"소인배가……. 네놈 때문에 분노하는 사람이 리리시라 공뿐인 줄 아느냐."

슈바이드가 마지막 말을 마친 순간 리리시라와 기사들을 짓누르던 위압감이 갑자기 사라졌다.

그리고 마치 힘의 방향이 바뀐 것처럼 브루크의 앞에 나선 적의 기사들이 바닥에 쓰러지는 소리가 울려 퍼졌다.

그 모습은 마치 보이지 않는 거인에게 위에서 짓눌린 듯했다.

"무, 무슨 일이……우욱!"

기사들이 쓰러지자 브루크는 깜짝 놀랐지만 이내 땅에 엎드리고 말았다.

몸을 단련한 기사들조차 버티지 못한 위압감을 브루크가 버텨낼 수 있을 리 없었고 찌부러진 개구리처럼 비명을 지르고 있었다.

원래 기백이나 기합처럼 상대를 위압하는 기술은 상대에게 물리적인 힘을 행사할 수는 없었다. 어디까지나 상대가 그렇게 느끼는 것뿐이었다.

하지만 슈바이드의 경우는 달랐다.

"네놈들의 악행은 전부 들었다. 놓치지 않겠다."

무겁게 울리는 목소리가 브루크와 그 부하들의 고막을 뒤흔들었다. 슈바이드의 분노에 호응하듯이 그의 몸에서 뿜어져 나오는 위압감도 더해갔다.

그와 동시에 슈바이드가 서 있는 곳을 중심으로 바닥이 흔들리기 시작했다.

슈바이드의 메인 직업은 성기사였다. 강력한 적의 공격을 막아내는 강철 방패라고 할 수 있었다.

상대의 주의를 끄는 기술, 상대를 위압하는 기술에 관해서는 서포트 캐릭터 중에서도 제일의 실력을 갖고 있었다.

그래서 능력치가 많이 차이 나는 상대에게는 물리적으로 제압하는 것과 동일한 효과가 발휘되었다.

"교회 본부가 흔들리다니……."

브루크의 부하들 중 유일하게 버티고 서 있던 케니히는 믿을 수 없다는 표정으로 슈바이드를 바라보고 있었다.

케니히에게는 슈바이드의 분노에 팔미락이 공명하는 것처럼 보였다.

"케니히 공이 조종당하고 있다는 건 알고 있소이다. 나는 그 목걸이를 파괴할 방법이 없으니 조금 거친 방법을 쓰겠소만 이해해주시오."

"……내 검이 죄 없는 사람을 다치게 할 바에는 차라리 죽여도 좋소."

"그 각오, 훌륭하오."

슈바이드의 말과 함께 케니히의 몸이 폭발적으로 가속했다. 휘둘러진 검의 잔광이 허공에 한 줄기의 선을 남겼다.

전설급으로 분류되는 『하우퍼』의 칼날은 희미한 공기 저항마저 갈라버리며 슈바이드의 목을 향해 나아갔다.

그야말로 눈 깜짝할 사이에 벌어진 일이었다.

몸을 조종당하기에 가능한 최강의 일격이었다.

그러나 그 칼끝은 은색 건틀렛에 아슬아슬하게 막혔다.

"……?!"

날카로운 금속음이 울려 퍼졌다. 그것은 건틀렛과 격돌한 『하우퍼』의 비명 소리였다.

격돌하는 충격과 무기의 질 차이. 그 두 가지가 『하우퍼』만을 손상시켰다.

케니히는 그 사실을 보며 눈을 크게 떴다.

그리고 『하우퍼』를 받아낸 건틀렛과 함께 슈바이드의 모습이 사라졌다.

"— 잠들라."

그 말이 들렸을 때는 검을 휘두르려던 케니히의 몸이 이미 수직으로 솟구쳐 있었다.

케니히가 있던 곳에는 주먹을 치켜 올린 슈바이드의 모습이 남아 있었다. 수많은 전장에서 케니히의 목숨을 구해준 갑옷은 슈바이드의 주먹 모양으로 찌그러져 있었다.

슈바이드에게 일격을 당한 케니히는 슈바이드에게 접근할 때와 비슷한 속도로 천장과 부딪쳤다.

"— 카학?!"

상대의 공격을 받아내면서 펼치는 반격 기술.

그 단 일격으로 케니히의 몸은 주인의 명령을 거부하게 되었다.

케니히의 마음을 가득 채운 것은 경악이 아니었다.

상급 선정자를 쉽게 물리치는 압도적 강자가 악을 결코 용납하지 않는다는 것에 대해서.

그리고 그런 존재가 자신의 앞에 나타나주었다는 것에 대해서.

"감, 사…… 하오……."

케니히는 그 말만 남기고 의식을 잃었다.

"의식을 잃으면 조종을 당해도 움직일 수 없는 건가."

슈바이드는 정신을 잃은 케니히에게 다가가 몸이 축 늘어진 것을 확인했다. 하지만 상대가 어떤 원리로 남의 몸을 조종하는지 알 수 없었기에 일단은 그의 몸을 구속했다.

"이, 이럴 수가……."

케니히가 너무나도 허무하게 쓰러지는 것을 보자 브루크는 멍하니 중얼거렸다.

주변에 있던 기사들도 슈바이드가 얼마나 위험한 상대인지 인식했는지 필사적으로 땅을 기어 도망치려 하고 있었다.

"리리시라 공, 이자들을 구속하는 것을 도와주시겠소이까?"

"물론입니다."

레벨이 높은 기사는 슈바이드가 담당하고 나머지는 리리시라와 호위 기사들이 처리했다. 브루크도 도망치려 했지만 당연히 붙잡히고 말았다.

"내, 내게 이런 짓을 하고도……!"

"먼 곳에 보낸 네 부하는 이미 쓰러졌느니라."

브루크가 포박당하고서도 허세를 부리려 들자 슈바이드는 에이라인을 구속하고 미리와 해미를 구출했다는 사실을 알려주었다.

브루크의 표정이 경악으로 물들었다. 하지만 리리시라와

호위 기사들이 브루크와 싸우려 했던 것을 생각하면 슈바이드의 말은 틀림없는 진실이었다.

한편 리리시라는 이제 조종당하는 사람들을 지키기 위해 굴욕을 견딜 필요가 없어졌다.

정면으로 싸우는 것을 더 이상 주저할 이유가 없었다.

"지금까지 꽤나 건방진 짓을 하셨지요."

분노한 탓인지 몸에서 아지랑이를 일렁이며 리리시라가 브루크에게 접근했다.

아름다운 얼굴과는 대조적으로 그녀의 표정에서는 죽지 않을 만큼만 죽여버리겠다는 의사가 노골적으로 드러났다.

엄청난 기백에 강인한 기사들도 겁을 집어먹을 정도였다.

"나, 나는 이런 곳에서 끝날 남자가 아니다! 테, 【텔레포트】으으!!"

리리시라의 기백에 짓눌린 브루크는 반쯤 미친 사람처럼 주문을 외쳤다.

예전에 신도 사용한 적이 있는 순간 이동용 결정석이었다.

"어! 잠깐—."

리리시라가 말릴 틈도 없이 브루크의 모습이 사라졌다. 마치 처음부터 이 자리에 없었던 것 같았다.

"크읙, 설마 사라졌다고 알려진 순간 이동 결정석을 갖고 있었다니……."

리리시라는 분하다는 듯이 얼굴을 찡그렸다. 주변 기사들도 도망친 브루크에게 분노하고 있었다.

그러나 슈바이드만큼은 별로 당황하지 않은 듯했다.

"안심하시오, 리리시라 공. 브루크라면 아직 도망치지 못했소이다."

"하지만 이미 사라져버린 것 같은데요."

"이곳은 하이 휴먼 중 한 명인 카인 님의 거점이오. 그런 순도 낮은 결정석으로 【텔레포트】를 사용해도 탈출할 수는 없소."

"그런…… 건가요?"

"나는 이래 봬도 제법 오래 살았소. 이곳 팔미락에 대해서도 하이 엘프와 하이 로드에게 이야기를 들은 적이 있었소이다. 브루크는 지금쯤 도망친 것을 후회하고 있을 것이오."

슈바이드가 확신을 갖고 말하자 리리시라도 왠지 안심이 되었다.

그리고 잠시 뒤에 해미와 재회한 리리시라의 귀에 브루크의 비명이 들린 것 같은 느낌이 들었다.

†

"당신의…… 동료?"

"우리가 성녀 쪽으로 주력 멤버를 보낸 사이 리리시라를 제압하려는 것쯤은 쉽게 예상할 수 있었어. 그래서 그에 걸맞은 상대를 배치했고."

"그럴 리가…… 케니히 외에 다른 선정자들도 그쪽으로 갔습니다. 당신의 동료가 아무리 강하다 해도 한계가 있을 겁니다."

에이라인에 버금가는 실력자인 케니히가 리리시라 쪽으로 향하고 있다고 한다. 신은 케니히에 대해 잘 몰랐지만 슈바이드가 질 거라는 생각은 추호도 하지 않았다.

"그 케니히라는 녀석이 너와 비슷한 실력이라면 어렵지도 않을 텐데."

에이라인과 동급의 선정자가 있다 해도 슈바이드라면 무난하게 쓰러뜨릴 수 있었다. 그것은 명백한 사실이었다.

신이 괜히 서포트 캐릭터 강화에 힘써온 것이 아니었다.

"자, 이제 우리를 막을 수단이 사라졌다는 걸 알았으니까 너의 미래에 대해서 이야기해볼까?"

"히익."

신은 천천히 에이라인에게 다가갔다. 방금 전까지 당한 일을 떠올린 에이라인은 비명을 지르며 도망치려고 했다.

그러나 아무리 에이라인이 상급 선정자라도 대미지를 회복하기에는 너무나도 시간이 부족했다. 지금 가능한 이동 방법은 기껏해야 엎드린 채로 기어가는 것 정도였다.

에이라인은 도망치는 것밖에 생각하지 않았는지 생각보다 훨씬 빠른 속도로 기어갔다. 그러나 당연히 신에게서 도망칠 수 있을 리는 없었고 거리가 서서히 좁혀져갔다.

"제, 제길! 선택받은 존재인 내가 왜……!!"

지금 상황을 받아들이고 싶지 않았는지 에이라인의 입에서
무의미한 말이 흘러나왔다. 그리고 그가 몇 메르 정도 나아갔
을 때 그 일이 일어났다.

에이라인의 몸이 부들부들 경련을 일으키더니 관절이 고장
난 인형처럼 어색하게 움직이기 시작한 것이다.

"뭐야?"

에이라인의 행동을 이상하게 느낀 신이 의아하게 중얼거렸
다.

하지만 신이 움직이기도 전에 그 일이 일어났다.

"아…… 으, 어째서?! 싫, 어…… 싫어어어어어어어어!"

에이라인은 갑자기 비명을 질렀다.

카드화해서 숨겨두고 있었는지 에이라인의 손에는 검은 칼
날의 단검이 쥐어져 있었다.

그리고 신과 빌헬름이 보는 앞에서 에이라인은 손에 든 단
검을 자신의 몸을 향해 찔러 넣었다.

"아닛?!"

갑작스러운 참극에 신과 빌헬름은 순간적으로 몸을 움직일
수도 없었다.

단검이 꽂힌 순간, 신의 시야에 보이는 에이라인의 HP가
순식간에 0이 되었다.

즉사였다.

"가, 아…… 이……."

에이라인은 마지막으로 무언가를 중얼거리더니 피를 토하며 쓰러졌다. 그의 표정에는 당혹감과 공포가 뒤섞여 있었다.

"이봐, 이봐…… 갑자기 자살이라니, 이건 아니지."

무슨 일이 벌어졌는지 알 수 없는 신은 에이라인에게서 흘러나오는 피 냄새에 얼굴을 찡그렸다.

"하지만 모르겠군. 아무래도 자기 의지로 죽으려고 하는 것 같지는 않았어."

에이라인의 태도를 보면 본인의 의사가 아니었다는 것은 명백했다. 마치 누군가에게 조종당하는 듯한 움직임이었기에 신은 무언가를 떠올렸다.

신은 에이라인의 사체에 다가가 목과 팔, 다리 등을 조사했다. 하지만 에이라인의 몸 어디에도 미리가 차고 있던 예속 아이템은 없었다.

"아이템으로 조종당한 게 아닌 건가?"

"그런가 보군. 혹시 상태 이상에 걸렸던 건 아니야?"

"아니, 그렇지도 않았어."

신의 시야에 보인 상태 표시란에는 아무것도 나타나지 않았다.

아이템으로 조종당한 것도 아니고 착란이나 세뇌 같은 상태 이상도 걸리지 않았다는 것은 아무리 생각해도 이상한 일이었다.

'나도 모르는 무언가가 있는 건가? 아니면 내가 무언가를 놓친 걸까?'

현실로 바뀌면서 게임 시절에는 존재하지 않았던 무언가가 출현했을 가능성은 충분했다. 하지만 신이 깜빡 잊고 있을 뿐인지도 몰랐다.

아무리 신이 고참 플레이어라도 세세한 이벤트까지 전부 기억하고 있는 것은 아니기 때문이다.

"짚이는 게 있는지 슈니와 슈바이드에게도 물어봐야겠군."

"왜 그러는데?"

"아니, 내가 혹시 무언가를 깜빡하고 있는 게 아닌가 싶어서 말이야."

슈니와 슈바이드라면 무언가를 기억하고 있을지도 모른다고 신이 말하자 빌헬름도 고개를 끄덕였다.

"네가 모르는 게 존재할 줄이야. 하지만 그 녀석은 브루크의 부하였어. 정점의 파벌에서 무슨 일을 당했든 동정할 가치는 없어."

사람을 조종하는 아이템이나 마법의 영향을 받았다고 가정한다면 그의 성격이 삐뚤어질 수밖에 없었다고 생각할 수도 있었다.

그러나 에이라인이 한 짓을 자이에게서 들은 빌헬름은 동정의 여지가 없다고 단언해버렸다.

아이템으로 조작할 수 있는 기억은 과거뿐이며 인격에는 영향을 끼치지 않는다고 에이라인 본인이 직접 말하지 않았던가.

따라서 이런 비참한 최후를 맞이한 것도 자업자득일 뿐이었다.

"정보는 캐냈지만 기분 나쁜 결말이군."

"동감이야. 사체는…… 그냥 방치해둬도 괜찮다더군."

이 방도 팔미락 내부였다.

폭발한 선정자와 마찬가지로 시간이 지나면 자동으로 분해될 것이다.

신은 에이라인이 갖고 있던 아이템과 장비를 벗겨 조종당한 흔적이 없는지 조사해보았다. 하지만 사체를 보존하는 방법은 신도 몰랐기에 알아서 분해되도록 놔두기로 했다.

신이 빌헬름과 함께 방에서 나오자 슈바이드의 심화가 걸려왔다.

『신, 우리는 습격해온 브루크의 부하들을 제압했소.』

『역시 왔던 건가. 브루크는 어떻게 됐어?』

『순간 이동 결정석을 사용해 도망쳤소이다. 하지만 결정석의 순도가 상당히 낮은 것 같았소. 아마 미궁 구역으로 떨어졌을 것이외다.』

『잠깐…… 아아, 여기 있네. 뒷일은 나한테 맡겨.』

팔미락을 기동시킨 신은 그 기능 중 일부를 조작판 없이도 사용할 수 있었다.

빌헬름을 찾아낼 때 사용한 검색 기능으로 브루크를 검색하자 팔미락 내부를 이동하고 있는 것이 보였다.

팔미락 내에서는 최고 순도의 순간 이동 결정석으로도 즉시 탈출이 불가능했다.

전투직이며 아이템 감정에 큰 소질이 없는 슈바이드조차 순도가 낮다는 것을 알 만한 결정석이라면 탈출은커녕 침입자용 미궁 구역에 빠지는 수밖에 없었다.

신은 슈바이드와의 심화를 끊은 뒤 앞에서 걸어가던 빌헬름에게 말을 건넸다.

"이봐, 빌헬름. 브루크가 도망갔다나 봐. 잠깐 잡으러 다녀올 테니까 먼저 동료들하고 합류해줘."

"도망쳤다고? 도와주지 않아도 돼?"

"이미 위치는 파악했으니까 괜찮아. 밖으로 나가기는커녕 우리가 훈련에 쓰던 미궁 구역에 들어갔으니까 가만 놔두면 죽어버릴 거야. 그 녀석한테도 정보를 캐내야 하니까 확실히 잡아올게."

"드디어 그 자식도 죗값을 치를 때가 되었군. 그러면 나는 먼저 가 있을게. 최대한 본때를 보여주라고."

빌헬름은 히죽 웃으며 통로 쪽으로 걸어갔다.

신은 빌헬름이 사라지는 모습을 배웅한 뒤에 【텔레포트】를 사용했다.

✝

"히이, 히이, 어쩌다 이렇게 된 거야!"

늘어진 몸으로 힘겹게 달려가면서 브루크는 짜증을 냈다.

브루크는 교회의 사제이자 정점의 파벌 간부였다. 에이라 인이라는 무기를 손에 넣은 뒤로는 다양한 악행에 손을 더럽혀왔다. 하이 휴먼에 도달할 수 있다는 환상에 사로잡혀 몬스터뿐만 아니라 사람에게도 손을 댔다. 의식의 산 제물로 특수한 능력을 가진 인간을 몇 명이고 죽인 것이다.

우연히 입수한 아이템으로 성녀와 호위 기사를 마음대로 조종하고 거기에 『점성술사』의 칭호를 가진 소녀까지 손에 넣었을 때는 자신을 하이 휴먼으로 만들어주기 위해 온 우주가 도와주고 있다는 생각마저 들 정도였다.

"제길! 나는 이런 곳에서 죽어도 되는 사람이 아니라고! ― 우욱!"

필사적으로 달려가던 브루크는 평소의 운동 부족 탓에 발이 꼬이고 말았다. 그는 바닥에 쓰러지며 낙법조차 하지 못하고 온몸을 강하게 부딪혔다.

"으윽, 여기는 대체 뭐냐아아! 순간 이동의 결정석을 사용했는데 왜 탈출할 수 없는 게야!"

브루크는 고통에 몸부림치며 짜증을 냈다.

원래는 팔미락 밖으로 탈출해야 하지만 정신이 들고 보니 그는 어두운 동굴 안에 있었다. 영문을 알 수 없는 상황에서 브루크의 나약한 정신은 금방 한계를 맞이했다.

"Grrrrrr—."

"히익!"

브루크의 정신을 가장 크게 좀먹은 것은 이따금씩 들려오는 울음소리였다. 멀리서 들어도 몬스터라는 것을 알 수 있는 울음소리가 점점 브루크 쪽으로 가까워지고 있었다.

앞도 제대로 보이지 않는 통로. 출구는 알 수 없고 경호원도 없었다.

점점 커지는 울음소리가 브루크의 몸을 떨리게 했다.

"제, 제길—."

"여어."

앞으로 뛰어나가려던 브루크의 어깨에 슬며시 누군가가 손을 얹었다. 고개를 돌린 브루크의 시야를 어둠에서 나타난 남자의 얼굴이 가득 채웠다.

잔뜩 긴장하던 브루크는 소스라치게 놀라며 「쿠아ｗ세drftgy 후지코1p」라는 의미 불명의 비명을 질렀다.

"……후지코밖에 못 알아듣겠어."

펄쩍 뛰며 바닥에 쓰러진 브루크는 젊은 청년의 목소리에 얼굴을 들었다.

"무, 무슨 알 수 없는 소릴 하는 거냐! 하지만 마침 잘됐군. 이봐, 너. 나를 데리고 여기서 탈출해! 나는 교회의 사제다. 보상은 두둑이 하겠다."

브루크는 극한의 공포에서 다른 사람과 만난 탓에 혼란에 빠져 상대의 정체조차 확인하지 않고 명령을 내렸다.

"핫핫핫. 농담은 니 얼굴만으로도 충분해, 이 돼지 자식아."

"어쩌려는 거냐. 나, 나는 교회의 사제란 말이다!"

청년이 손가락을 우드득 꺾으며 브루크에게 다가갔다. 청년이 가까워진 만큼 브루크는 뒷걸음질을 쳤다.

브루크는 이제야 눈앞의 청년이 자신에게 명확한 적대감을 갖고 있다는 사실을 깨달았다.

그리고 그 깨달음은 너무나 늦었다.

"여러 가지로 물어볼 게 많아. 빨리 대답하는 게 신상에 좋을걸."

옅은 어둠 속에서 빛나는 두 눈. 가면 같은 미소. 본능이 도망치라고 말하는 적대감.

그것은 브루크가 한 번도 경험하지 못한 공포의 화신이었다.

더 이상 뒷걸음질도 칠 수 없는 브루크의 옷 일부가 축축해졌다. 희미한 암모니아 냄새가 두 사람의 코를 찔렀다.

"자, 이야기를 해주실까."

어두운 통로 안에서 브루크의 비명이 울려 퍼졌다.

✝

　리리시라 일행이 슈니가 데려온 해미 일행과 합류하자 모두의 마음이 환희로 들끓었다.

　해미의 목에서 검은 목걸이가 사라진 것을 보고 리리시라는 기쁨의 눈물을 흘렸고, 그런 리리시라를 보며 해미 또한 눈물을 흘렸다.

　기사들은 박수를 치며 브루크의 실각을 확신했다.

　빌헬름이 나타나자 기다렸다는 듯이 미리가 힘차게 달려와 안겼다.

　"오, 다들 즐거운가 보네."

　"왔냐. 이봐, 이봐. 그거 살아 있는 거 맞지?"

　"죽지는 않았어. 앞으로 사제 노릇은 계속하지 못할 테지만 말이야."

　빌헬름은 뒤늦게 도착한 신에게 질렸다는 듯이 말했다.

　그도 그럴 것이 신의 왼쪽 팔에는 기절한 브루크가 들려 있었다. 눈이 뒤집히고 입에는 거품을 문 채 이따금씩 몸을 부르르 떠는 것을 보면 다들 똑같은 질문을 할 수밖에 없었다.

　"신 님? 대체 무슨 일이……."

　"캐낼 수 있는 정보를 전부 캐낸 것뿐입니다. 나머지는 교회에서 알아서 처리하십시오."

　신은 호위 기사에게 브루크를 인도한 뒤 슈니와 슈바이드에게 심화를 걸었다.

『브루크의 이야기에 따르면, 정점의 파벌에 필마가 붙잡혔을 가능성이 높아. 「익스베인」은 파벌의 사자라 자처하는 녀석에게서 받았다나 봐.』

신이 전달한 정보에 두 사람은 눈을 가늘게 떴다. 동료가 붙잡혀 있다는 말을 듣고 멀쩡할 수 있을 리는 없었다.

『의식 장소에 대한 정보는 없었나요?』

『안내자가 데리러 오기로 되어 있었대. 일단 일시는 알아냈지만 사자라는 녀석이 어떻게 나올지는 모르겠어..』

『다른 단서는 없소이까?』

『없어. 어떻게 된 건지 저 녀석 본인도 모르는 것 같았어. 중요한 부분은 기억이 지워진 것 같아.』

브루크라면 잠을 재운 뒤 이번처럼 상대를 조종하는 아이템을 사용하면 쉽게 처리할 수 있었다. 리리시라가 사용한 방법도 만약 악용한다면 비슷한 효과를 볼 수도 있을 것이다.

『정신 계열 마법은 정말 성가시다니까.』

모두가 기쁨에 열광하는 가운데 신과 슈니, 슈바이드의 심경은 복잡하기만 했다.

†

신과 빌헬름이 떠난 뒤, 해미가 붙잡혀 있던 방에서 누군가가 움직이고 있었다.

"으, 기, 아아……."

부자연스러운 움직임으로 몸을 일으킨 것은 스스로 심장을 찔러 즉사한 에이라인이었다.

"크핫, 겨우 죽었군, 이 녀석."

그는 예전보다 더욱 일그러진 미소를 지었다. 그의 얼굴 절반은 장미 문신으로 뒤덮여 있었다.

"이 녀석의 일그러짐이 질은 괜찮은데 조금 끈질기군."

에이라인은 마치 남의 일인 것처럼 이야기했다. 그의 모습을 누군가가 목격했다면 전혀 다른 사람 같은 인상을 받았을 것이다.

"오~ 오~ 몸이 있으면 역시 좋다니까. 아, 여기 오래 있어봐야 소용이 없겠군. 그 괴물에게 들키기 전에 튀어야겠어."

입에서 흘러나온 말이 지금 그의 정신은 에이라인이 아님을 대변해주었다.

에이라인의 몸을 조종하는 누군가는 작은 웃음을 남기며 그림자 속으로 녹아들듯이 사라졌다.

그 뒤에는 아무것도 남지 않았다.

신 일행과 따로 떨어져 여관에 와 있던 티에라는 아무도 습격해오지 않는 것을 의아하게 생각했다. 카게로우와 유즈하에게 물어봐도 주변에는 적대감을 가진 사람이 아무도 없다고 했다.

티에라도 미리가 걱정되었지만 신 일행이 구하러 간 이상 자신이 할 수 있는 일이 없다는 것을 잘 알고 있었다.

여관 옥상에 올라 팔미락을 지켜보던 티에라는 자기도 모르게 불평이 나왔다.

"밖에서 감시해달라고 해도 아무것도 안 보이는 걸 어떡해. 신이나 스승님이 놓칠 만한 상대가 있기나 하느냐고."

티에라는 자신이 모두에게 도움이 되고 있는지 확신할 수 없었다.

주위를 경계하던 카게로우와 유즈하가 그녀를 위로하듯 가까이 다가왔다.

"쿠우."

"그루."

"고마워. 혹시 모를 일이 발생할 수도 있으니까 열심히 할게."

티에라는 두 몬스터에게 그렇게 말하면서 팔미락을 감시하는 데 의식을 집중했다.

그녀의 마음이 보답받았는지 티에라는 잠시 뒤 주위의 정령들이 소란스러워지는 것을 감지해냈다. 그런 상황에 당황하는 사이 정령들이 일제히 팔미락 쪽으로 의식을 집중했다.

그에 따라 티에라도 시선을 돌리자 팔미락 끄트머리에 있는 건물 옥상에서 무언가가 날아오르는 것이 보였다.

"저게 뭐지?"

티에라의 뛰어난 시력 덕분에 하늘을 날아가는 그것이 인간형이라는 사실을 확인할 수 있었다. 하지만 그것의 등에는 두 쌍의 날개가 달려 있었다.

비스트의 새 타입은 티에라가 아는 한 날개가 한 쌍이었다. 티에라의 기억 속에 날개를 두 쌍 가진 존재는 없었다.

게다가 두 쌍의 날개는 각각 동물과 곤충의 날개로 지극히 이질적인 모습이었다. 아무리 봐도 평범한 존재는 아니었다.

그것의 모습이 살짝 사라진 것처럼 보이는 것은 특정한 스킬 때문인지도 몰랐다.

"저 그림자는 대체 뭘까? 저기, 저 그림자를 쫓아갈 수 있는 스킬 같은 거 없니?"

티에라의 요청에 유즈하가 스킬을 발동했다. 달빛에 녹아들듯이 투명한 새 형태의 무언가가 그림자를 따라 하늘로 날아올랐다.

"다른 사람들에게 무슨 일이라도 있었던 걸까?"

티에라는 뒤늦게 도착한 메시지를 통해 미리가 구출되었다는 사실을 알게 되었다.

하지만 티에라가 방금 목격한 그림자.

그것이 신 일행의 다음 행선지를 결정짓게 되었다.

충성심의 행방 | side story

THE NEW
GATE

"으음……."

"슈바이드 공, 왜 그러시오? 평소의 그대 같지 않소이다."

지라트의 장례식을 위해 방문한 파르닛드의 저택에서 신과 재회한 슈바이드는 준비된 의자에 몸을 깊이 기댄 채 팔짱을 끼고 마음을 진정하고 있었다.

휴먼과 비스트 같은 다른 종족들은 모를 테지만 같은 드래그닐의 눈으로 보면 눈에 띄게 동요한 상태였다.

그런 모습은 그와 동행한 용황국 킬몬트의 사자이자 국왕 대리이기도 한 슈마이어 우르 킬몬트가 의아하게 여길 정도였다.

"조금 놀라운 일이 있어서 말이오. 경호원이 걱정을 받다니 참 한심한 꼴을 보이는구려."

슈바이드는 그렇게 말하면서도 계속 안절부절못하고 있었다.

동요하고 있다고 해도 그것이 반드시 초조함이나 불안 같은 부정적인 감정 때문은 아니었다. 오히려 웃음을 참는 것처럼 긍정적인 감정에 기인하는 경우도 많았다.

슈바이드의 대답에 슈마이어는 미소를 지었다.

"아니, 아니. 평소의 슈바이드 공과는 다른 모습을 보게 되어 나는 오히려 기쁘오. 용황국의 영웅님께도 기쁨을 주체 못할 때가 있다니 말이오."

용황국에서 장군도 겸임하고 있는 첫째 황녀의 미소는 목격한 사람이 거의 없을 만큼 귀중한 것이었다.

인간의 몸에 용의 꼬리와 날개, 뿔을 가진 슈마이어는 머리가 완전히 용의 형태인 슈바이드보다 표정이 풍부했다. 웃을 때면 칠흑의 눈동자가 부드럽게 반달 모양을 이루었고 뒤로 묶은 진홍색 머리카락이 기분 좋게 흔들렸다.

"나도 아직 미숙한 것뿐이오. 하지만 이 감정은 아무리 해도 주체할 수가 없구려. 우리에게는 어떤 종류의 비원(悲願)이었으니 말이외다."

슈바이드는 슈마이어에게 웃어 보이며 감개무량하게 말했다.

신의 앞에서는 꾹 억눌렀지만 긴장이 풀어지자 드래그닐 특유의 비늘로 싸인 꼬리가 무의식중에 땅을 내리칠 것만 같았다.

만약 슈바이드가 지라트와 쿠오레 같은 비스트였다면 허리에서 뻗어 나온 꼬리가 좌우로 격렬하게 흔들렸을 것이 틀림없었다.

그러나 감정을 꼬리로 표현하는 일은 드래그닐에게 미숙함의 상징일 뿐이었다. 그래서 열심히 참아내고 있었다.

"우리라……. 그 말은 지라트 공에게도 똑같은 의미를 가진다는 말이오?"

"아아, 그렇소. 그 친구도 나와 같은 심정이었을 테지."

슈바이드는 입가를 치켜 올리며 단언했다.

지라트가 죽었다는 소식을 전해 들었을 때는 마음이 동요하기도 했다. 하지만 장례식에서 본 죽기 전 얼굴과 신에게서 들은 이야기를 종합해보면 틀림없이 만족스러운 죽음이었다고 확신할 수 있었다.

만약 그가 어디의 누구인지도 모를 상대에게 죽었다면 슬픈 감정을 주체할 수 없었을지도 모른다. 하지만 죽지 않는 신세를 고민하던 지라트를 신이 도와주었다면 편안한 마음으로 받아들일 수 있었다.

그렇기에 이렇게 신과의 재회를 기뻐할 수 있었던 것이다.

"비원의 내용에 대해 내가 물어봐도 되겠소이까?"

"미안하지만 자세히는 말할 수 없소. 엄중히 숨겨야만 하는 일은 아니지만 그렇다고 떠벌릴 만한 일도 아니라오."

"그렇소이까. 슈바이드 공이 감정을 주체하지 못할 만큼 기쁜 일이라면 내 개인적으로도 축하 선물을 보내고 싶었소만."

"그 말만 들어도 충분하오. 자, 이제 슬슬 회담이 시작되겠군. 회장에 가야 할 시간이오."

감정을 제어하지 못한다는 것은 아직 자신이 미숙한 증거라고 생각하면서 슈바이드는 분위기를 바꾸기 위해 슈마이어에게 움직이자고 재촉했다.

"귀공은 언제나 매정하구려. 지금은 얌전히 공무에 힘쓰겠소."

슈바이드가 일어서자 슈마이어도 준비를 시작했다.

지라트의 죽음은 파르닛드 외의 나라들에도 적지 않은 영향을 끼치고 있었다.

그중에서도 슈바이드가 초대 용왕을 역임한 킬몬트에서는 황족과 군인처럼 지라트를 직접 만나본 인물뿐만 아니라 국민들까지도 지라트의 죽음을 슬퍼했다.

지라트와 슈바이드는 하이 휴먼의 부하로 오랫동안 전쟁을 함께해온 전우이자 좋은 호적수이기도 했다.

기술과 속도의 지라트와, 힘과 방어력의 슈바이드.

타입은 다르지만 함께 최전방에 섰던 적은 수도 없이 많았다.

"좋지 않은 일을 꾸미는 자가 없어야 할 터인데……."

지라트는 비스트의 상징이면서 불온분자의 억제력이기도 했다.

많은 사람들의 존경을 받는 영웅에게도 불만을 품는 사람은 있기 마련이다. 지라트의 죽음으로 억눌려 있던 것이 터져나올 가능성도 있었다. 이번 회담에서는 그에 대한 대책도 의제로 올라올 예정이었다.

"그것은 괜찮을 것이오. 【봉월】을 정식으로 계승한 후계자가 있지 않소이까. 아직 젊지만 상당히 뛰어나 보였소."

"흐음. 슈마이어 공의 눈에 그렇게 보였다면 안심해도 되겠구려."

용족으로서 많은 사람들을 만나본 슈마이어의 견해를 듣자 슈바이드도 안도의 한숨을 쉬었다.

슈바이드 역시 선하거나 악한 수많은 사람들을 봐왔지만 그 본질을 꿰뚫어보는 것은 지금도 어려웠다.

상대가 무인이라면 무기를 맞대보는 것으로 인품 정도는 알아볼 수 있었지만 그 외의 자질을 평가할 수는 없었다.

슈바이드가 가진 무인으로서의 감은 월프강을 후계자로 인정하고 있었다. 거기에 슈마이어까지 동의해준다면 충분히 안심할 수 있었다.

게다가 슈니도 월프강을 지도하러 온 적이 있었고 무슨 일이 벌어졌을 때마다 지라트와 함께 대처해왔을 것이다.

"준비가 됐소이다. 그러면 가십시다."

"알겠소."

인격과 무인으로서의 자질은 문제가 없다. 그렇다면 위정자로서의 기량은 어느 정도일까.

슈바이드는 그것을 알아보기 위해 슈마이어와 함께 회담장으로 향했다.

✝

회담을 통해 국가들끼리의 관계를 돈독히 한 다음 날이었다.

슈바이드는 슈마이어를 용황국으로 보내기 위해 하늘을 날고 있었다.

신 일행은 일단 베일리히트 왕국으로 돌아간다고 했기에 그사이 자신도 여행 준비를 끝마칠 생각이었다.

"이렇게 하늘을 나는 것은 기분이 좋구려."

"그렇소. 우리들의 날개로는 하늘을 날 수 없으니 말이오."

나란히 날아가던 슈마이어의 말에 동의하면서 슈바이드는 눈 아래로 펼쳐진 풍경을 내려다보았다.

드래그닐은 인간과 거의 비슷한 자가 있는가 하면 드래곤과 비슷한 외모를 한 자도 있었다.

등에 날개가 달려 있는지는 태어날 때부터 결정되는 일이었다.

하지만 슈바이드의 말처럼 어떤 날개를 가졌더라도 드래그닐은 하늘을 날 수 없었다.

날개를 움직일 수는 있지만 잠깐 동안의 활공 정도가 고작이었다. 이것은 『영광의 낙일』 이후로도 바뀌지 않았고 플레이어든 NPC든 마찬가지였다.

지금 타고 있는 비룡(와이번)에서 떨어지면 아무리 슈바이드라도 멀쩡할 수는 없었다.

물론 상공 1000메르 높이에서 떨어져도 가벼운 대미지를 입는 정도지만 그것도 슈바이드의 능력치와 스킬, 장비 덕분이었다.

"하지만 할 수 있다면 대형 비룡을 타고 싶었는데에."

"억지를 쓰면 안 되오. 그건 긴급 시의 물자 수송용이지 않소이가. 그리고 말투가 풀어졌소이다."

슈마이어가 파르닛드에서와는 다르게 편한 말투로 이야기하자 슈바이드가 주의를 주었다. 슈바이드와 단둘이 있게 되자 평소 모습이 나온 것이다.

대형 비룡이라면 둘이 함께 타면서 몸을 밀착할 수 있다는 슈마이어의 생각을 슈바이드도 금방 알아챘다. 킬몬트의 첫째 황녀는 자신의 욕망에 제법 솔직한 편이었다.

용왕의 자리에서 물러나기는 했지만 슈바이드의 인품과 능력은 킬몬트에서 모르는 사람이 없을 만큼 유명했고 인망도 높았다.

그런 슈바이드를 부마로 맞는다면 전력 증강, 황족의 지지 상승, 슈니 라이자와의 관계 강화 등 이익이 셀 수 없을 정도였다. 지금이라면 덤으로 하이 휴먼과의 접점까지 얻을 수 있다.

"타고난 자질…… 이라고 해야 하나."

놀랍게도 슈마이어의 욕망은 대부분 국익으로 직결되었다.

무언가를 원하고 무언가를 하고 싶다는 마음이 돌고 돌아 결과적으로는 나라의 이익으로 돌아오는 것이다. 그런 사실을 본인도 자각하고 있는지는 슈바이드도 알 수 없었다.

하지만 슈바이드는 슈마이어의 마음을 받아줄 수 없었다.

슈마이어의 아버지는 현 용황, 즉 슈바이드의 전우였다. 어머니인 황후도 그렇지만 수많은 싸움을 함께 거쳐온 둘도 없는 친구였다.

육아까지도 도와준 적이 있어서 슈마이어는 슈바이드에게 딸이나 마찬가지였다. 어린 시절에는 자신을 잘 따라주는 것이 기뻤지만 연애 상대로 거론되는 것은 곤란할 따름이었다.

"자, 이제 슬슬 성에 도착할 것이오. 긴장을 놓는 건 여기까지만 하시오."

"쳇, 이건 어리광 피우는 거였소이다."

슈마이어는 토라진 듯이 입술을 비죽 내밀었다. 슈바이드는 쓴웃음을 지을 뿐이었다.

"그런 얼굴을 해도 소용없소. 나에게는 아직 해야 할 일이 남아 있소 ─ 아직 남아 있었던 것이오."

슈바이드의 목소리가 바뀌었다는 것을 슈마이어가 감지했다. 슈바이드의 눈은 이곳이 아닌 어딘가 먼 곳을 바라보고 있었다.

"……슈바─."

"거기 있는 비룡, 속도를 늦추시오!"

슈마이어의 말을 가로막으며 네 마리의 비룡이 나란히 날아왔다. 킬몬트의 하늘을 지키는 용기사단이었다.

"내 이름은 슈바이드! 킬몬트 첫째 황녀 슈마이어 우르 킬몬트 공을 모셔왔소이다! 이것이 그 증거요!"

앞에 나선 슈바이드가 황족을 나타내는 깃발을 들어 올렸다. 깃발에는 마법이 부여되어 용황국 소속의 용기사가 가진 마법 도구와 반응하게 만들어져 있었다.

"─확인했습니다. 무례를 용서하십시오."

"괜찮소이다. 그대들은 우리나라 하늘의 버팀목. 계속해서 임무에 힘써주시오."

"넷! 맡겨주십시오!"

슈마이어의 말에 용기사들은 경례로 답하며 멀어져갔다. 대열을 이루어 날아가는 모습은 조금의 흔들림도 없었다. 그것만으로도 기사들의 숙련도를 엿볼 수 있었다.

"응? 마중하러 나온 것 같소."

"마중?"

슈마이어의 시선을 따라 슈바이드가 황성의 비룡 발착장을 내려다보자 그곳에는 몇 명의 모습이 보였다. 선두에 서 있는 것은 슈바이드도 잘 아는 인물이었다.

훌륭하게 착지하는 두 사람을 향해 수행원을 거느린 그 인물이 다가왔다.

"두 사람 모두 잘 돌아왔다. 생각보다 빨랐구나."

"아바마마, 언제 이곳에?"

슈마이어가 아바마마라고 부른 인물은 바로 용황국의 용왕인 자이쿤 바르 킬몬트였다. 슈바이드 못지않은 체구를 진홍색 비늘로 감싸고 이마에 뻗은 남보랏빛 뿔이 하늘을 향해 늠름하게 뻗어 있었다.

"왠지 돌아올 것 같은 기분이 들었느니라. 그 모습을 보니 특별한 문제는 없었던 것 같구나."

"네. 지라트 공의 자제분은 뛰어난 인물인 것 같습니다."

슈마이어의 대답에 자이쿤은 만족스럽게 고개를 끄덕였다.

지금은 공무 시간이었기에 두 사람의 대화도 부녀가 아니라 왕과 신하의 예를 따르고 있었다.

"슈마이어가 그렇게 말한다면 문제는 없겠군. 자세한 이야기는 나중에 하자꾸나. 지금은 여독을 풀거라."

"네. 그러면 실례하겠습니다."

슈마이어가 발착장에서 성으로 돌아가자 자이쿤은 등 뒤에서 대기하던 호위병들에게 먼저 돌아가라고 말했다. 슈바이드가 함께 있다면 문제가 없었기에 드래그닐 호위병들은 순순히 물러났다.

"자, 슈마이어의 보고를 듣기 전에 자네 이야기부터 들어보세. 시간은 있겠지?"

단둘이 남자 자이쿤은 편한 말투로 슈바이드에게 물었다.

"으음, 실은 나도 자네에게 할 이야기가 있던 참이네. 하지만 밤에 하지 않겠는가?"

"흠음? 자네에게 할 말이 있다니 별일이로군. 알았네. 밤에
시간을 비워두지."

자이쿤은 조금 놀라는 반응을 보이면서도 바로 고개를 끄
덕이며 대답했다. 두 사람만 있었기에, 왕의 제안을 거절한
슈바이드를 책망하는 사람은 없었다.

✝

그리고 그날 밤 슈바이드는 자이쿤의 개인 방으로 안내되
었다.

"여기라면 방해자는 없네. 그래서 할 이야기라는 게 뭔가?"

"그 전에 미안하지만 숨어 있는 자들도 내보내주게."

"……아무래도 어지간히 중요한 이야기인가 보군."

자이쿤은 천장과 바닥 밑에 숨어 있던 호위병들에게 물러
나라고 명령했다. 원래는 왕과 모험가를 단둘이 남겨놓을 수
는 없었지만 선왕인 슈바이드만큼은 예외였다.

"그래서 대체 무슨 일이 있었는가? 역시 지라트 공에 대한
이야기인가?"

쥐 죽은 듯이 조용한 실내에서 자이쿤의 목소리가 울렸다.
지라트의 이야기가 나와서인지 그의 목소리는 슈바이드를 배
려하듯 조심스러웠다.

"아니, 그렇지 않네. 지라트는 정말 만족스럽게 갔다네. 죽기 전 얼굴은 무척 평온했다네."

"그런가. 보고를 받았을 때는 혹시나 했지만 정말 그렇다니 나도 안심이 되는군."

슈바이드의 이야기를 들은 자이쿤은 안도의 한숨을 내쉬었다. 자이쿤도 한때 지라트와 함께 싸운 적이 있었다.

슈바이드만큼은 아니지만 같은 왕으로서뿐만 아니라 한 명의 전사, 전우로도 오랫동안 알고 지낸 사이였다. 최대한 편안하게 떠나기를 바랐을 것이다.

"하지만 지라트 공에 대한 이야기가 아니라면, 자네가 할 이야기라는 게 대체 뭔가?"

자이쿤은 상황이 상황인 만큼 지라트와 관련된 이야기인 줄만 알았던 모양이다. 슈바이드를 바라보는 자이쿤은 조금 당혹스러워하는 눈치였다.

"갑작스러운 일이라 미안하지만 나는 용황국을 떠나 있겠네. 큰 걱정은 안 하지만 이제부터 내 도움을 받기는 힘들다고 생각해주게."

"……그건 결국 돌아올 생각이 없다는 뜻인가?!"

드래곤의 얼굴이라도 한눈에 알 수 있을 만큼 자이쿤의 표정이 경악으로 물들었다.

지금까지 킬몬트의 활동은 어디까지나 킬몬트를 중심으로 이루어졌다. 하지만 지금의 말투는 마치 영영 떠나겠다고 말하는 듯했다.

"혹시 새로운 하이 휴먼의 거점이 발견된 건가?"

엘트니아 대륙에는 하이 휴먼이 남긴 거점이 여러 곳 존재했다. 그중에서도 하늘을 나는 성인 라슈감과, 교회의 거점인 팔미락이 유명했다.

하지만 지각 변동으로 인해 행방불명이 된 거점도 있었다. 슈바이드의 주인인 【검은 대장장이】신의 거점은 아직도 발견되지 않았다.

진지한 얼굴로 묻는 자이쿤에게 슈바이드는 침착하게 말했다.

"아니, 그것도 아니라네. 그렇다고 달의 사당에 몸을 의탁하려는 것도 아니네."

"그러면 뭔가? 그 밖의 이유라면, 그렇지. 데몬 정도겠군. 하지만 그것은 나도 『영광의 낙일』 이후로는 보고를 받은 적이 없네."

"미안하지만 그것도 아니네."

"그러면 대체 뭐란 말인가? 뜸 들이지 말고 빨리 이야기해 보게."

자이쿤은 답답하다는 듯이 한숨을 쉬었다. 허물없이 지내는 슈바이드만 있었기에 조금은 왕답지 않은 태도를 보여주고 있었다.

"내가 충성을 바치는 대상이 돌아왔네. 그렇게 말하면 알아듣겠지?"

"—?! 이보게, 그건 설마……."

자이쿤이 눈을 동그랗게 떴다. 슈바이드를 보는 그의 눈에는 경악을 넘어 경외의 감정이 담겨 있었다.

"그 설마가 맞는다네. 언젠가는 알아차리는 자들도 나올 테지. 그래서 자네에게만큼은 이야기하는 걸세."

슈바이드는 자이쿤을 똑바로 바라보며 말했다.

"앞으로 절대 내 주인의 앞을 막아서는 짓은 하지 말게. 만약 그렇게 되면 나는 자네에게 검을 들 수밖에 없네."

그곳에 있는 것은 SS랭크의 모험가도 아니고 용황국의 초대 용왕도 아니었다. 단 한 명의 주인에게 충성을 바치는 무인이 있을 뿐이었다. 그의 눈에서는 만약 적대한다면 설령 옛 전우라도 용서하지 않겠다는 강한 의지가 전해져왔다.

"……그런가. 정말로, 돌아왔나 보군."

슈바이드의 비장한 말에 침묵하던 자이쿤은 몇 초 뒤에 살짝 한숨을 내쉬었다.

이별해야 한다는 것이 슬프지 않을 리는 없었다.

하지만 오랫동안 벗으로 지내왔기 때문에 슈바이드가 어떤 심정인지 이해할 수 있다는 표정이었다.

"미안하네. 다시 만난 이상 가만히 있을 수는 없었다네."

"사과할 필요는 없네. 지금의 나는 충성을 받는 입장이네. 만약 자네 같은 부하가 있다면 무척 기쁠 테지. 그러니 분명 자네의 주인도 기뻐할 걸세. 자네를 처음 만났을 때는 항상 어딘가 먼 곳을 바라보고 있었지. 미련이 남아 있다는 것 정도는 나도 안다네."

"음, 그랬나?"

"모르고 있었는가. 뭐, 그런 건 정작 본인만 모르는 경우가 많지."

자이쿤은 못 말린다는 듯이 살짝 웃었다.

그 미소는 슈바이드가 자이쿤을 처음 만났을 무렵과 매우 닮아 있었다. 왕으로서의 가면을 벗어던진 진짜 웃음이었다.

"하지만 그렇게 되면 슈마이어가 울겠군."

자이쿤은 지금까지의 긴장감을 완화하려는 듯이 한숨을 쉬며 말했다.

"그렇지는 않을 걸세. 그 아이는 강하다네."

"그렇게 생각하는 건 고작해야 자네 정도일세."

못 말린다는 듯이 어깨를 으쓱거리는 자이쿤을 보며 슈바이드는 눈썹을 찡그렸다.

자이쿤은 슈마이어가 슈바이드에게 호감을 갖고 있다는 것을 알면서도 잡으려고 하지 않는 것이다.

"그래서 언제 출발할 건가? 배웅 정도는 하게 해주겠지?"

"아직 남아 있는 의뢰를 마무리한 뒤가 되겠지. 그리 오래 걸리지는 않을 걸세."

"그런가. 그런데 이거, 다른 녀석들에게 어떻게 설명할지

막막하구먼. 진실을 밝힐 수도 없지 않은가."

자이쿤은 턱을 긁적이며 고민에 잠겼다.

하이 휴먼이 돌아왔다. 그 사실이 널리 알려지면 다양한 조직이 움직이기 시작할 것이다. 시텐교의 검은 파벌의 경우는 열광하며 접촉을 시도할 것이 분명했다.

하지만 좋은 일만 있을 거라는 보장은 없었다.

하이 휴먼의 힘이 얼마나 막강한지도 모르고 그를 이용하려는 바보들이 나타날 수도 있었다. 전설이 될 정도의 존재이기는 하지만 그 전설 자체가 지금 보면 황당무계한 이야기이기 때문에 진실이라고 받아들여지는 경우가 거의 없었다.

"그건 열심히 노력해볼 수밖에 없겠지. 그리고 무명으로 남아 있을 수 있는 시간도 이제 많지 않을 걸세. 이미 슈니도 합류했고 그 밖에도 동행하는 자들이 있는 것 같네. 머지않아 자연스레 이름을 떨치게 되겠지."

"뭐, 그야 그럴 테지. 자네도 그렇지만 강한 녀석들의 주위에 있으면 다양한 소동이 벌어지는 법일세."

"내가 그랬는가?"

"물론이네."

자이쿤이 그것도 모르느냐는 듯이 말하자 슈바이드는 정말 그랬나 싶어 고개를 갸웃거렸다.

"함께 있다 보면 싫어도 알게 될 걸세. 그보다도 모처럼의 기회니 오늘은 같이 한잔하세나. 슬프기도 하지만 자네에게는 축하주일세."

"흐음. 그렇게 하세."

자이쿤이 중요한 때를 위해 준비해두었다는 술병을 꺼내오자 슈바이드도 아이템 박스에서 비장의 술을 꺼냈다.

이제 더 이상 만나지 못할지도 모른다.

칠흑의 용인과 진홍의 용인은 그렇게 생각하며 술잔을 나누었다.

status | 스테이터스 소개

이름 : 빌헬름 에이비스(마룡해방)
성별 : 남성
종족 : 로드 + 드래그닐

메인 직업 : 창술사
서브 직업 : 없음
모험가 랭크 : A

●능력치

LV: 189
HP: 6800+1000
MP: 4700+500
STR: 613+100
VIT: 477+100
DEX: 431+50
AGI: 540+50
INT: 332+50
LUC: 55

●전투용 장비

머리　없음
몸　　강견(鋼絹) 전투복
팔　　용린의 팔 덮개【VIT 보너스[중], 불 속성
　　　내성】
발　　용린의 다리 갑옷【구속 경감】
액세서리　없음
무기　성창 베이노트【피대미지 20%, 투과 능력
　　　무효, MP 자동 회복[강], 사용자 제한】

●칭호

●성창의 주인
●창술 사범
●체술 사범
●마법 사범 대리
●미소의 수호자
etc

●스킬

●사광화선(四光火線)
●뇌호(雷號)
●화천 찌르기
●철관
●조기
etc

기타

●고대급 마창 『베이노트』 보유자
●크리티컬(완성종)

※ 보너스 상승치 미〈약〈중〈강〈특

이름 : 슈바이드 에트락

성별 : 남성

종족 : 하이 드래그닐

메인 직업 : 성기사

서브 직업 : 용기사

모험가 랭크 : SS

소속 길드 : 육천

●능력치

LV : 255

HP : 9704

MP : 4790

STR : 930

VIT : 892

DEX : 624

AGI : 578

INT : 581

LUC : 70

●전투용 장비

머리 용갑(龍甲)의 이마받이【STR 보너스[특], 상태 이상 내성[특]】

몸 용갑의 기사 갑옷【VIT 보너스[특], 장비 내구력 자동 회복】

팔 용갑의 건틀렛【DEX 보너스[특], 원격 장벽 생성】

발 용갑의 각반【넉백 무효, 구속 무효, 디버프 무효】

액세서리 신화의 귀걸이

무기 지월(凪月)【무기 파괴 공격 무효, 투과 능력 무효, 공격 범위 상승, 관심도 집중[특], 사용자 제한】

대충각(大衝殼)의 큰 방패【원격 장벽 형성, 관통 대미지 경감[대], 실드 배쉬 위력 증가[대]】

●칭호

● 마창부(魔槍斧)의 주인

● 창술의 정점

● 도끼술의 정점

● 용족의 맹우

● 용인자(龍忍子) 보유자

etc

●스킬

● 람추(嵐鎚)

● 강격(剛擊)

● 나락 뚫기

● 용의 발톱

● 용의 숨결

etc

기타

● 초대 용왕

● 신의 서포트 캐릭터 No.4

이름 : **비지 로레트**
성별 : 여성
종족 : 하이 픽시

메인 직업 : 조련사
서브 직업 : 마권사
모험가 랭크 : 없음
소속 길드 : 육천

●능력치

LV: 255
HP: 3840
MP: 7821
STR: 533
VIT: 315
DEX: 644
AGI: 511
INT: 719
LUC: 65

●전투용 장비

머리 별들의 머리 장식【넉백 강화[강]】
몸 특수 조련사의 배틀 드레스【몬스터 호감도 상승[특], 몬스터의 대미지 감소[특]】
팔 별들의 반지【피대미지 감소[특]】
발 바람 정령의 부츠【AGI 보너스[강]】
액세서리 혼란의 귀걸이【원거리 공격의 명중률 감소[강], 정신 공격 성공률 상승[중]】
무기 정령왕의 호권(豪拳)【랜덤 속성 대미지, MP 흡수[중], 사용자 제한】
매미의 바람 채찍【몬스터 길들이기 확률 상승[중], 공격에 상시 은폐 부여】

●칭호

●몬스터 · 사육사
●마도의 정점
●종마의 계약자
●군단의 장
●격투 요정
etc

●스킬

●몬스터 · 트레이스
●라이딩 · 어설트
●서몬 · 파트너
●페어리 · 스트레이트
●댄싱 · 스매시
etc

기타

●은색 소환사 캐시미어의 서포트 캐릭터
●용의 소굴의 지킴이

이름 : 해미 슈르츠
성별 : 여성
종족 : 휴먼

메인 직업 : 신관
서브 직업 : 없음
모험가 랭크 : 없음
소속 길드 : 교회

●능력치

LV: 12
HP: 410
MP: 712
STR: 71
VIT: 62
DEX: 81
AGI: 47
INT: 92
LUC: 39

●전투용 장비

머리　없음
몸　　마사(魔糸)의 드레스 로브【INT 보너스[미]】
팔　　푸른 수정의 반지【INT 보너스[미]】
발　　정밀(靜謐)의 부척【DEX 보너스[미]】
액세서리　예속의 목걸이
무기　신관의 지팡이

●칭호

●점성술사
etc

●스킬

●힐
●큐어
●정신통일
etc

기타

●예언의 성녀

이름 : **에이라인 슈바우처**

성별 : 남성

종족 : 휴먼

메인 직업 : **성기사**

서브 직업 : **마검사**

모험가 랭크 : **없음**

소속 길드 : **교회**

●능력치

LV: 255

HP: 6544

MP: 3653

STR: 621

VIT: 533

DEX: 301

AGI: 384

INT: 247

LUC: 48

●전투용 장비

머리 성기사의 헬멧【VIT 보너스[중]】

몸 성기사의 판금 갑옷【피대미지 감소[중]】

팔 성기사의 건틀렛【넉백 내성[중]】

발 성기사의 각반【AGI 보너스[중]】

액세서리 신목(神木) 조각의 목걸이【자동 장벽,
내구치 자동 회복】

무기 익스베인【통상 공격 시 추가 대미지[대인
한정(특)], 마법 무효[칼끝 한정], 사용자
제한】

●칭호

●검술의 달인

●창술 사범

●방패술 사범 대리

●살인귀

●용자

etc

●스킬

●클리어 · 바이트

●에러 · 스매시

●루미나스 · 세이버

●하이드 · 소드

●블랙 · 이터

etc

기타

●신전 기사

●선정자

◇ 당신은 언제나 옳습니다. 그대의 삶을 응원합니다. — **라의눈 출판그룹**

더 뉴 게이트 6

초판 1쇄　2018년 9월 27일

지은이　카자나미 시노기
옮긴이　김진환

펴낸이　설응도
펴낸곳　라의눈

출판등록　2014년 1월 13일(제2014-000011호)
주소　서울시 서초구 서초중앙로29길 26 (반포동) 낙강빌딩 2층
전화번호　02-466-1283
팩스번호　02-466-1301
e-mail　편집 editor@eyeofra.co.kr　마케팅 marketing@eyeofra.co.kr
　　　　경영지원 management@eyeofra.co.kr

ISBN　979-11-963499-6-7 04830
　　　　979-11-963499-0-5 04830(set)

THE NEW GATE volume6
ⓒ SHINOGI KAZANAMI 2016
Character Design: MAKAI NO JUMIN
Original Design Work: ansyyqdesign
Originally published in Japan in 2016 AlphaPolis Co., LTD, Tokyo.
Korean translation rights arranged with AlphaPolis Co., LTD., Tokyo,
through Tuttle-Mori Agency, Inc, Tokyo and AMO Agency, Seoul.
Korean edition copyright ⓒ 2018 by Eye of Ra Publishing Co.,Ltd